JN081858

諸葛亮

下

宮城谷昌光

日本経済新聞出版

諸葛亮　下　◉目次

玄菟郡
高句麗
昌黎郡
遼東郡
幽州
漁陽郡
遼西郡
右北平郡
楽浪郡
帯方郡
幷州
鉅鹿郡
冀州
青州
魏郡
上党郡
鄴
兗州
河内郡
東郡
琅邪国
徐州
陳留国
洛陽
潁川郡
河南尹
許昌
譙郡
広陵郡
豫州
淮南郡
南陽郡
汝南郡
建業
呉郡
襄陽郡
廬江郡(魏)
丹楊郡
江夏郡
会稽郡
南郡
揚州
武昌郡
荊州
鄱陽郡
豫章郡
長沙郡
零陵郡

三国時代の中国

敦煌郡
酒泉郡
涼州
武威郡
河水
金城郡
雍州
安定郡
隴西郡
天水郡
京兆
扶風郡
長安
武都郡
陰平郡
漢中郡
魏興郡
梓潼郡
巴西郡
巴東
汶山郡
益州
蜀郡
成都
巴郡
漢嘉郡
犍為郡
北
江水
牂牁郡

雍州（魏）
荊州（魏）
荊州（呉）
隴西郡
南安郡
冀県
略陽
街亭
広魏郡
西県
天水郡
上邽
祁山
建威
下辨
陳倉
散関
雍県
扶風郡
渭水
潼関
京兆郡
長安
郿
武功
五丈原
陰平郡
白水
武都郡
西漢水
沔陽
褒中
赤阪
沔水
陽平関
定軍山
南鄭
成固
黄沙
漢中郡
魏興郡
漢水
上庸郡
上庸
白水
葭萌
梓潼郡
汶山郡
涪県
閬中
巴西郡
広漢郡
緜竹
涪水
雒県
新都
成都
東広漢郡
蜀郡
広都
臨邛
宕渠
瓦口
巴東郡
永安
江水
徳陽
漢嘉郡
武陽
犍為郡
南安
江州
巴郡
涪陵郡
江陽郡
安上
卑水
越嶲郡
邛都
朱提郡
牂牁郡
庲降都督

三国時代の益州（蜀）

諸葛亮　下

攻防

劉《りゅう》備《び》軍のすすみは亀の歩みほどゆるやかである。

だがどれほどゆるやかにすすんでも、西漢水《せいかんすい》のほとりにある葭萌《かぼう》に近づいた。葭萌の北にあるのが白水関《はくすいかん》である。

ここで龐統《ほうとう》がふたたび説《と》いた。

「主は会見の席で劉璋《りゅうしょう》を捕斬《ほざん》なさらなかったので、あらたな策を立てなければなりません。ここで軍を停止させて、ひそかに精鋭を選び、昼夜、進軍させて成都《せいと》を襲うのです。劉璋はもとより武勇がなく、あらかじめ防備をしていませんから、大軍がにわかに出現すれば、成都はいちどの戦いで陥落するでしょう。これが上策です」

「ふむ」

劉備は黙ってきいている。

「さて、つぎは、白水関に関《かか》わる策です。楊懐《ようかい》と高沛《こうはい》という将がいます。ふたりは劉璋に仕えている名将で、それぞれ強兵を擁《よう》して、白水関のあたりを守っています。どうやらふたりは文書をもって劉璋を諫《いさ》め、あなたさまを追い出して、荊州《けいしゅう》に還《かえ》らせようとしています。そこで、あなたさまは白水関に到着するまえに、使者を遣《や》って、ふたりに報《しら》せるのです。その報せとは、荊州に火急《かきゅう》の事態が生じたので、還ってそれを救いたい、というものです」

劉備はうなずきもせず、虚空《こくう》をみつめている。

「兵に旅支度《たびじたく》をさせ、いかにも帰還するようにみせかけるのです。白水関の二将は、あなたさまの英名に頭があがらないとおもっていたのに、荊州に帰還するときいて喜ぶでしょう。たぶん軽騎に乗って、やってくるでしょう。そこをとらえて、白水関に進撃して、二将配下の兵を取り、ひきかえすかたちで成都にむかえばよろしい。これが中策です」

龐統は劉備にはっきりとした反応がないので、さいごの策を話さなければならない。

「ここから退却をつづけて、州境にある白帝城《はくていじょう》までもどります。そこにとどまって、荊州の援軍を待ち、益州《えきしゅう》攻略にとりかかる。これが下策です」

白帝城は魚復県《ぎょふくけん》にある城の名である。

ようやく劉備はまなざしを龐統にむけた。

「お考えになっているだけで、動かなければ、困難は増すばかりです。なにとぞ早いご決断を――」

為《な》さざること、すなわち無為《むい》をもって、生きかたの至上としてきた劉備にとって、龐統が提示した策は、いかにもこざかしい。が、天険《てんけん》の多い益州にはいることのむずかしさをおもえば、いま兵とともに広漢郡《こうかん》にいる有利さを活《い》かさぬ手はないであろう。

「中策を採《と》ろう」

劉備はいった。まだるっこい手だ。と龐統はおもったが、とにかく劉備が決断を示したのであるから、その策をすすめることができる。

「それでは、こうなさいませ」

龐統に説かれた劉備は、使者を選び、成都へむかって発《た》たせた。城にはいって劉璋に面謁《めんえつ》した使者は、劉備の親書を渡した。

この書翰《しょかん》の趣意《しゅい》はこういうものである。

「いま曹操《そうそう》の属将である楽進《がくしん》が、襄陽《じょうよう》から遠くない青泥《せいでい》において、関羽《かんう》と対峙《たいじ》しております。わが軍が荊州にもどって関羽を救わなければ、かならず楽進が大勝し、その軍は転戦して益州の境に侵攻するでしょう。そうなると、その愁《うれ》いは張魯《ちょうろ》よりもはなはだしくなります。張魯はみずから守っているだけの賊《ぞく》ですから、恐れるには足りません」

すぐに劉璋はいやな顔をした。

劉備軍はじれったいほどゆっくりと北上して葭萌あたりに到着したらしいが、張魯の兵とは一戦もせずに、荊州に帰るという。また劉備の使者は、あつかましくも、東行するにあたって一万の兵と軍需物資を劉璋に求めた。

「兵四千なら、与えるであろう」

そういった劉璋は、張松《ちょうしょう》を咎《とが》めるように視《み》た。なんの役にも立たぬ将を招くように勧《すす》めたのは張松である。

当《とう》の張松は顔をあげられない。

劉璋を見限っているかぎり、いいわけするつもりはない。とにかく劉備がここまできて帰ってもらってはこまる。それをおもって、内心蒼冷《あおざ》めた。

すぐに張松は書翰をしたためた。

「いま大事が成ろうとしているのに、どうしてここを棄《す》てて去るのでしょうか」

ほぼおなじ文面の書翰を劉備だけではなく法正《ほうせい》にも与えるべく、密使を発たせた。

ところが、この密事をのぞいていた者がいた。張松の兄の張粛《ちょうしゅく》である。かれは広漢郡の太守《たいしゅ》であり、弟と法正が暗々裡《あんあんり》にすすめている計画に積極的に加担《かたん》していなかった。

張粛は弟の張松がなにをたくらんでいるのか、うすうすわかっていた。劉備を荊州から迎えて、蜀《しょく》に新しい政府を樹《た》てて益州を新制国家とする。それが成功すれば、劉備を頂点とする権力の序列図において、張松は上から二、三番目、すなわち首相か副首相に置かれるであろう。その兄である張粛も優遇されないはずがない。

ところが張松のたくらみに手ちがいが生じて、劉備が益州を去るという。そうなれば、劉璋を殺すか、追放するという張松の叛逆《はんぎゃく》が露見してしまう。張松が死罪になれば、当然、兄の張粛は連座し、処罰される。たぶん同様に、死刑に処せられるであろう。

遅かれ早かれ、弟は死ぬことになる。それなら早く死んでもらおう。

——それは、こまる。

「至急、申し上げます」

張粛は多少の憶測《おくそく》をまじえて張松の陰謀を劉璋に密告した。

「張松め——」

この別駕《べつが》を絶大に信頼してきた劉璋は、めまいをおぼえるほど激怒した。すぐに役人をつかわして張松を捕らえ、収監させたあと、その謀叛《むほん》がまことであるとわかるや、張松を斬った。

「劉備は、とんだ食《く》わせ者よ」

苛立《いらだ》ちをつのらせた劉璋は、各街道を閉鎖《へいさ》させるべく関所に通達をおこなった。それを知った劉備は怒った。あえて怒ってみせたといったほうがよい。

「せっかく張魯征伐にむかうのに、これではなにもできぬではないか」

まず白水軍督《ぐんとく》である楊懐《ようかい》を呼びつけ、その無礼を責めて、斬った。ここで軍をふたつに分けた。ひとつを黄忠《こうちゅう》、卓膺《たくよう》に率いさせて引き返させた。いまひとつを劉備自身が率いて白水関に乗り込み、諸将とその妻子をおさえた。それから南下して、葭萌に霍峻《かくしゅん》を置いて、守らせた。

謀臣でもある龐統は、

「涪《ふ》県までおすすみになるのが最善です」

と、述べた。おなじことを考えていた劉備は、

「急ごう」

と、いい、葭萌からでた軍を急行させて、黄忠らの軍に追いつかせた。

白水関のあたりに劉備とその軍を封《ふう》じ込めることに失敗したと知った劉璋は、

「涪県を取られるな」

と、いい、劉璝《りゅうかい》、冷苞《れいほう》、張任《ちょうじん》、鄧賢《とうけん》などの将を遣り、涪県を防衛させようとした。が、そこでの一戦は、劉備の軍が圧倒的に強く、蜀軍は敗退し、諸将は緜竹《めんちく》を保持することにした。

涪県を取ったということは、戦略的に有利になったので、城にはいった劉備はめずらしく上機嫌になった。さらに、ここまで従った兵を慰労したくなり、左右の者に、

「宴会を催す。用意せよ」

と、命じた。酒盛《さかも》りの会となり、音楽も奏《かな》でられた。劉備は近くにいた龐統にむかって、

「今日の会は、じつに楽しい」

と、いった。ところが龐統は表情をくずさなかった。

「他人の国を伐《う》って、それを歓《よろこ》びとするのは、仁者《じんしゃ》のたたかいではありません」

劉備は酔っていたせいで、このことばは癇《かん》にさわった。

「周《しゅう》の武《ぶ》王が殷《いん》の紂《ちゅう》王を伐ったときに、まえに歌い、うしろに舞ったという。すると武王は仁者ではなかったのか。そなたの言は、適切《てきせつ》ではない。すみやかに退出せよ」

劉備は龐統を宴会場から去らした。だが、劉備はすぐに後悔し、近侍《きんじ》の者に、

「士元《しげん》に、宴席にもどるように伝えよ」

と、いいつけた。

もどってきた龐統は劉備に詫《わ》びることなく、平然と飲み食いをした。劉備はそういう龐統に問うた。

「さきほどの議論は、たれがまちがっていたのか」

龐統の答えは、当意即妙《とういそくみょう》であった。

「君臣、倶《とも》にまちがっておりました」

劉備は大いに笑い、宴会を楽しむことは、もとの通りであった。

涪県から成都へむかう場合、難関《なんかん》はふたつある。ひとつは緜竹であり、いまひとつは雒《らく》県である。

緜竹の城の防備が薄いと感じた劉璋は、李厳《りげん》を呼び、

「そなたを護軍《ごぐん》に任命する。緜竹へゆき諸将を督率《とくそつ》し、賊を防げ」

と、命じた。

李厳はあざなを正方《せいほう》という。

荊州の南陽《なんよう》郡の出身で、若くして郡の官吏《かんり》となった。

その才幹《さいかん》が劉表《りゅうひょう》に認められ、郡県の長官を歴任させられた。荊州に災難がふりかからなけれ

ば、かれは州の中央政府の高位に昇ったであろう。だが、荊州は劉表を喪《うしな》い、曹操の軍に侵された。そのとき李厳は、南《なん》郡の西部にあって江水《こうすい》に臨《のぞ》む秭帰《しき》県の長官であった。

劉表の子の劉琮《りゅうそう》が、

「曹操に従う」

と、宣明《せんめい》したかぎり、郡県の長官は曹操に服従しなければならないが、

——曹操はわれのことを知るまいよ。

と、考えた李厳は、そこから江水をさかのぼって益州にはいり、成都に行った。劉璋は李厳の経歴を知っていたのか、かれを成都令に任命した。

「李厳は有能である」

そういう評判が劉璋の耳にはいっていた。そこでこの才能を軍事に用いるべく、翌年、緜竹へゆかせて、劉備軍の進撃を阻止させようとした。

成都を発った李厳は、

——この戦いは、劉璋の負けだな。

と、予想した。かれは利害を読むのが早い。早晩《そうばん》、負ける者のために戦うことほど愚劣《ぐれつ》なことはない。緜竹の城にはいった李厳は、諸将を集め、利害を説いた。早々《はやばや》とかれらを説得《せっとく》した李厳は、劉備軍と一戦もおこなうことなく、将士を率いて劉備に降伏した。

夏に、緜竹までやすやすと進出した劉備は、李厳を裨《ひ》将軍に任命した。

このころ、公安《こうあん》でひとつの事件が起こった。

早朝に、宮室の見廻りをおこなった趙雲《ちょううん》は、孫《そん》夫人と従者の室《へや》に人のけはいがないことに気づいた。

「あっ、夜中に、孫夫人は公安を去ったのだ」

劉備に心をかよわせない孫夫人が、いつか実家に帰るであろう、という予測を趙雲にかぎらず多くの臣下がもっていた。

——それが、今日か。

孫夫人の存在は家中の異物《いぶつ》に比《ちか》かったので、それが消えてくれて、趙雲はほっとした。しかし孫夫人が劉備を嫌っていたからといって、夜中に去る必要はあるまい。趙雲は無人の宮室のなかをあらためているうちに、嚇《かっ》と叫んだ。

——阿斗《あと》さまがいない。

劉備の子である劉禅《りゅうぜん》が、生母である甘《かん》夫人のもとから、正室の孫夫人のもとに移されたことを、知らぬ者はいない。嗣子《しし》である劉禅を大切に養育していたとはおもわれない孫夫人は、自身が退去する際に、劉禅を連れ去ったのだ。いやがらせであろう。

「なんという女《ひと》か」

吼《ほ》えるようにいった趙雲は、属吏《ぞくり》をみつけると、

「阿斗さまが攫《さら》われた。艇艖《ていさ》をととのえよ。孫夫人を追うのだ」

と、歩きながら命じた。艇も艖も、小舟をいう。ほどなく事態が知られて、宮中は騒然となった。

孫夫人の船団を猛追するために作った小船団に乗り込もうとした趙雲は、気づいたことがあり、諸葛均《しょかつきん》を呼んだ。

「そなたは数人の兵とともに、江陵《こうりょう》へ急行し、張《ちょう》将軍に水軍をだしてもらえるように要請《ようせい》せよ」

「はい――」

諸葛均は快速艇を用意するや、出発した。

趙雲が気づいたことというのは、孫夫人が劉禅を連れ去ったのは、たんなるいやがらせではないということである。おそらく孫夫人は兄の孫権《そんけん》の密命によって脱出の準備をはじめ、劉禅を攫うのも兄の指示に従ったにすぎない。つまり孫権は劉禅を人質として、益州で軍を展開している劉備を恫《おど》す肚《はら》である。そのために妹と劉禅を迎えるべく、軍船をだしたにちがいない。

趙雲の小船団が孫夫人に追いついても、そのうしろに呉《ご》の軍船がならんでいては、劉禅をとりかえせない。戦いになることを想定して、江陵にいる張飛に軍船と兵の出動を頼んだのである。

「出発――」

趙雲は船を最大限に駛走《しそう》させた。かつて大混乱の長坂《ちょうはん》で救出した劉禅である。それから五年が経《た》ち、いまの劉禅は七歳である。幼年の劉禅が自分にむかって助けを求めている。そう感じる趙雲は胸苦しくなった。どんなことをしても劉禅を奪い返さなければならない。

江水の上に、船団の影はみえない。

天空と江水はむなしいほど碧《あお》い。

趙雲はむなしさをふり払うように追いつづけた。劉禅の奪回《だっかい》を趙雲があきらめれば、劉禅は二度とかえってこない。劉禅を抱きかかえた孫権が、

「この幼児をかえしてほしければ――」

と、劉備にむかって交換条件を提示しても、過去に妻子を棄ててきた劉備は、その提示にみむきもしないであろう。すると劉禅は呉にとってなんの役にも立たないとみなされて、捐棄《えんき》されるか、殺されるであろう。趙雲にはそれがわかる。

いま劉備を敬慕《けいぼ》している者たちの視界から、劉備のあとつぎが消えるのは、不安材料がひとつ増えることになる。

「阿斗さま、天と水をうごかすほど、泣いてください」

趙雲は心のなかでそう呼びかけ、祈った。

日が西にかたむくころ、遠い船影を発見した。

「いた――」

日没後ではみつけにくいと気をもんでいた趙雲は、歓喜の声を揚げた。劉禅と趙雲は惹《ひ》きあうものがあるのだろう、追跡者が趙雲でなければ、劉禅は歴史の外にはじきだされて再登場す

ることはなかったにちがいない。

　とうとう孫夫人のきらびやかな船に追いついた趙雲は、劉禅を捜しまわり、付属の船の貨物のあいだに押し込められていた劉禅をみつけた。趙雲の耳だけが劉禅の声をきくことができたといえよう。

　趙雲の腕に抱かれた劉禅を一瞥《いちべつ》したあと、すぐに横をむいた孫夫人は、

「よけいな荷物は、途中で棄てればよかった」

と、うそぶいた。

　人を愛することを知らないこの人は、いつまでも人から愛されることはあるまい、とおもった趙雲は、

「あなたさまこそ、ご実家にとって、よけいな荷物にならないことを祈っております」

と、孫夫人にいい、引き揚げた。

　しばらく航行すると、張飛に率いられた軍船が南下してくるのをみた。公安《こうあん》を発した諸葛均がもたらした急報に、すみやかに反応した張飛は、ひごろ配下を厳しく鍛えており、こういう非常時での対処は迅速《じんそく》であった。諸葛均は張飛の軍船に飛び乗った。が、趙雲が劉禅をとりかえすところを目撃できなかった。

　孫権が妹をつかって劉備の嗣子《しし》を拉致《らち》しようとした。この事実は、劉備のすべての従者の感情をさかなでした。孫権への感情を悪化させた。

もともと孫権を嫌っている関羽と張飛は、

「偸盗《ちゅうとう》にひとしい者と同盟していてよいのか」

と、孫権をさげすんだ。この事件については、公安までのぼった諸葛亮《しょかつりょう》が趙雲など関係者にききとりをおこない、書面をもって益州にいる劉備に報せた。

この報告書を読んで劉備に告げたのは龐統である。

「主の益州への討ち入りが孫権をくやしがらせたのです。それにしても子龍《しりょう》どのは、孫夫人にあざむかれなかったのですから、賢明であり、恪勤《かくきん》でもあります」

龐統は趙雲を称《ほ》めたが、劉備は、ふむ、ふむ、とうなずいただけで、趙雲が孫夫人にだしぬかれなかった対処を大いにたたえることをしなかった。それを視た龐統は、

「この人は、従者や臣下を称めないな」

と、首をかしげた。あえていえば、趙雲が疎漏《そろう》をみせずに公安を守っているのは、当然のことで、称賛《しょうさん》すべきことはなにもない、というのが劉備の思想であろうか。

龐統は本営をでて、雒《らく》城を眺めた。雒県は戦いになれば雒城とよばれることになる。この城は、劉璋の子の劉循《りゅうじゅん》が守将としてはいり、劉備軍の進撃を必死に止めようとしている。

盛夏である。

城を眺めているだけで、龐統は汗まみれになった。

——むずかしい城攻めになる。

が、どれほどむずかしい城攻めになっても、成功したあと、劉備は龐統を称めないであろう。雒城を陥落させられるとみこんだからこそ、この城攻めをまかせたのだ、と劉備は暗にいうであろう。

龐統は秋になって本格的な攻撃を開始した。

このころ、雒城よりはるか北にある葭萌にちょっとした異変があった。

漢中郡《かんちゅうぐん》にあって劉備と劉璋の争いを遠望していた張魯は、

——漁父《ぎょふ》の利《り》を得られよう。

と、おもい、属将の楊帛《ようはく》を招いた。

「葭萌を守っているのは、寡兵《かへい》にすぎない。少々恫せば、城を開け渡すであろう」

すぐに楊帛は漢中の兵を率いて、益州を侵し、葭萌城に迫った。

——城内には、数百人の兵しかいない。

そう算《かぞ》えた楊帛は、守将である霍峻に使者を遣った。

「われとともに、その城を守ろうではないか」

そう誘ったのである。つまり張魯に降《くだ》ったあと、ここまで張魯の支配地になるので、劉備や劉璋の兵をともに撃退しよう、といった。が、霍峻には胆力がある。大軍を看《み》てもおびえることなく、

「あなたはわたしの首を得られても、この城を得られない」

と、きっぱりといい、使者をかえした。

――たいした男だな。

楊帛は感心しただけではなく、あっさりと兵を引いたのであるから、この男もいさぎよさがあるといってよかった。楊帛が仕えている張魯にも清潔さがあり、かれらの宗教である五斗米道《ごとべいどう》がながつづきしたのも、指導者の規矩準縄《きくじゅんじょう》がしっかりしていたせいであろう。

が、霍峻の危難はそれだけではない。

苦戦らしい戦いをしないで雒城に迫った劉備軍であったが、雒城には、攻めあぐねることになった。

「循《じゅん》よ、みごとだぞ」

成都にいる劉璋は、子の劉循の堅守《けんしゅ》を称めた。秋がすぎて、冬になっても劉備軍が動けないとみた劉璋は、はるか北の葭萌に目をつけた。

――その城を落とせば、劉備を背後からおびやかせる。

葭萌に大軍が残っているはずがないので、たやすく落とせると踏んだ劉璋は、扶禁《ふきん》と向存《しょうそん》という二将に、

「葭萌を攻め取れ」

と、命じた。二将は一万余の兵を率いて、巴《は》郡の閬中《ろうちゅう》から西漢水をさかのぼって、葭萌を急撃した。巴郡は張魯の勢力圏であるが、劉璋の命令に従う将士もいる。あっというまに霍峻の

城は包囲されてしまった。

劉備に急報を発した霍峻であるが、ここでも、

「われの首を渡せても、この城は渡せない」

という気概《きがい》で、城を守りぬいた。が、雒城を攻めていた劉備は、さすがに心配で、ちょっと葭萌へ行ってくる、と龐統に本営をまかせて北へ急行した。

城を守る兵が寡《すく》ないということは、悪いことばかりではない。食料と武器などが百日をこえても潰《つい》えなかった。それどころか霍峻の配下は、

「兵糧《ひょうろう》は、明年の夏まで、尽きません」

と、胸を張っていった。

「はは、救援の軍は、明年の夏まではくるであろうよ」

眼下の敵陣を瞰《み》ながら霍峻が一笑したころ、寒風にさからいつつ、劉備軍の先鋒である黄《こう》忠《ちゅう》が葭萌にむかって直進していた。黄忠は老練《ろうれん》な猛将である。この救援軍の急行が敵将に知られなければ、敵の包囲陣を容易に破ることができる、と考えて、兵をかなりいそがせた。

だが扶禁と向存は急速にむかってくる劉備軍の先鋒に気づき、意識を南にむけた。あえていえば、ふたりは葭萌城に背をむけた。そういう意識の構えの変化に、霍峻は鋭敏に反応した。数百人の城兵のなかから精鋭を選抜して出撃したのである。

霍峻はみごとに敵の虚《きょ》を衝《つ》いた。

かれが率いた精兵は敵陣に深くまで斬り込み、将の向存を斃《たお》した。これによって包囲陣は崩壊した。

黄忠についで葭萌に到着した劉備は、霍峻と城兵に大仰《おおぎょう》な褒詞《ほうし》を与えず、かれらの健強さを確認してひきかえすことにした。

劉備の左右に、おもしろい才能というべき李恢《りかい》がいる。

かれは益州南部の益州郡兪元《ゆげん》県の出身で、郡の小吏《しょうり》であった。が、姑《おば》の夫が法を犯したため、連座して罷免《ひめん》された。しかしながら益州郡の太守である董和《とうわ》は、李恢に嘱目《しょくもく》していたため、推薦して成都へゆかせた。

成都へむかう途中に、劉璋と劉備の反目《はんもく》を知った李恢は、

――こりゃ、劉備の勝ちだ。

と、予想し、成都を素通りすると、緜竹までゆき、劉備に仕えた。すこしあとに、李恢は劉備の主簿《しゅぼ》になるので、すでに戦陣でも書記官であったろう。雒城の本営にもどろうとした劉備は、李恢に、

「戦況を荊州の諸葛亮に報せておくように」

と、命じた。

「承知しました」

李恢が作った報告書が、新年になって、諸葛亮のもとにとどいた。

　このころ諸葛亮は、情報蒐集《しゅうしゅう》の便のよさを考えて、居《きょ》を臨烝《りんじょう》から江陵《こうりょう》へ遷《うつ》していた。江陵を守っているのは、張飛であるから、この両者はおのずと親しくなった。なお張飛は、その容貌が後世に戯画《ぎが》化されるが、じつは、真影《しんえい》はそうとうにすぐれていたと想《おも》うべきであろう。

　益州からとどけられた報告書を一読した諸葛亮は、思案顔になった。たまたまその顔を視た張飛は、

「益州での戦況が、不利になりましたか」

と、問うた。

「いや、不利ではありません。しかし……」

　諸葛亮はことばを濁《にご》した。この日から十日後に、襄陽の僕佐《ぼくさ》のもとから帰ってきた岱《たい》の報告をきいた諸葛亮は、

「あとで書翰を渡すので、そなたは子龍《しりょう》どのに使いせよ」

と、いいつけ、斉方《せいほう》には、

「北へ往き、雲長《うんちょう》どのに会って、書翰を渡し、ここ江陵にお越しくださるように説《と》いてもらう」

と、発たせた。

　劉備が益州の劉璋の招きをうけて出発してから、まもなく二年半がすぎようとしている。いま劉備軍は雒城をまえにしてその攻略は停滞しているだけでなく、葭萌の城を劉璋軍におびやかされたように、不測《ふそく》の事態がいくつか生じようとしている。

諸葛亮が注視してきたのは、曹操の動きである。

劉備が益州にはいった年に、曹操は渭南《いなん》（渭水《いすい》の南）において韓遂《かんすい》と馬超《ばちょう》の連合軍を大破した。翌年の冬に曹操は孫権を征討し、南方で越冬して、初夏に鄴《ぎょう》県に帰還した。曹操は五月に、魏《ぎ》公となった。これは特異なことで、王族でもない者が、公国を建てることをゆるされたのである。曹操は鄴県があるのが魏郡であることから、その国名を、魏とした。

魏公となった曹操は、その戦略的まなざしを、南ではなく西へむけた。西には、涼《りょう》州に馬超がおり、漢中《かんちゅう》郡に張魯がいる。

「衰弱した馬超は張魯とむすびついたようです」

岱は諸葛亮にそう報告した。

——それは、まずい。

諸葛亮は劉備の視界の外で悪風《あくふう》が吹きはじめたと感じた。

十数日後に、北から関羽が、公安から趙雲がきた。諸葛亮はそのふたりに張飛を加え、四者会談を庁堂《ちょうどう》でおこなった。

まず諸葛亮は三年まえの渭南の戦いから語りはじめ、その後の曹操の征路について逐一《ちくいち》述べた。

「これでおわかりのように、曹操は孫権を討つことのむずかしさを感じ、戦術の主眼を西にむけるのではないかと想われます」

「その予想に誤《あやま》りはあるまい」

と、いったのは、関羽である。かれはうけとった書状をかざして、

「ここに馬超と張魯の連結を危惧《きぐ》することばがあるが、ふたりがそろって曹操と戦ったほうがよいではないか」

と、疑問を呈《てい》した。馬超と張魯が連合すれば、勁《つよ》さが倍加《ばいか》する。

「雲長どのが曹操であったら、そのふたりのまとまりをどう観《み》ますか。畏《おそ》れますか。まえまえから曹操は張魯征伐をほのめかしていたようですから、その張魯に馬超が付属したとなれば、この機に軍をすすめて張魯を討つのではありませんか」

「なるほど、張魯を討てば、おのずと馬超は倒れる。一挙両得《いっきょりょうとく》か」

関羽はわずかに苦笑した。

「そうなったとき、われらが主は苦境に立たされます。曹操軍は張魯討伐のために漢中《かんちゅう》郡にはいっており、劣勢の劉璋はかならず曹操に援助を求めます。すなわち、われらが主は劉璋と曹操の軍に挟撃《きょうげき》されるということです」

「ははあ、それはいかにも危《あや》うい」

張飛が声を揚げた。

「主は荊州からの援軍を望んでいませんが、危機は迫りつつあります。わたしは手後《ておく》れにならないために、主の益州平定を扶助《ふじょ》すべきであると考えています」

「ここから、軍をだす、ということですか」

趙雲が念を押すように問うた。

「そうです。この案に同意してくだされば、たれが益州へゆき、たれが荊州に残るか、それを決めましょう」

四人はさらに討議をつづけた。

翌日、援軍を率いて益州へゆくのは、張飛、趙雲、諸葛亮であり、関羽が荊州を統治することに決した。関羽は徐《じょ》州にいたころ、劉備にまかされて行政をおこなったことがある。軍事だけの人ではない。

趙雲のもとにいた弟の均をひきとった諸葛亮は、

「これから、わが書翰をもって益州へ行ってもらう。かならず主におとどけせよ。斉方を副弐《ふくじ》とする。なお、援軍は今日より半月後に、江陵《こうりょう》を出発する。主から問われたら、そうお答えせよ」

と、書翰を均にあずけ、斉方をつき添《そ》わせて、発たせた。それからすぐに徴兵《ちょうへい》にとりかかり、輜重《しちょう》をととのえはじめた。江陵の倉にある米と武器をすべて外に運びだしたので、北にある軍需物資を関羽の移動とともに江陵城内にいれてもらうことにした。

江水の岸を桃の花が飾っている。

張飛は故郷の桃の花を憶《おも》いだすような目つきで、花を眺めたあと、義理の兄というべき関羽

にむかって、

「益州平定は二、三年後には完了させてみせる。それからここに帰ってきて、雲長兄《けい》とともに北伐《ほくばつ》を敢行《かんこう》する」

と、壮語《そうご》を放った。

じつはこの未来図は、諸葛亮の天下平定の宏図《こうと》にそったものである。荊州の軍を率いて劉備の益州平定を援助する張飛、趙雲、諸葛亮の三人は、その平定のめどがつきしだい荊州に帰還する予定である。益州で劉備が州民を撫安《ぶあん》し、遠征にたえうる国力を確保したあと、荊州の関羽を上将に任命して、同時に北伐を敢行する。いま五十四歳という劉備の年齢を考えれば、遅くとも十年以内にその壮挙を実現したい。諸葛亮に親しくなった張飛には、そういう構想がわかる。

「益州平定など、さっさとすませてもらいたい。龐士元は、なにをしているのか」

関羽は遠征軍を統轄《とうかつ》している龐統を批判するようにいった。関羽も、どちらかといえば、龐統より諸葛亮を信用するようになっている。

援軍の編制が完了した。

江陵の津《みなと》で、関羽が大船団を見送った。この船団には前・中・後があり、前に張飛、後に趙雲を配した諸葛亮は全体の中央にいた。

舳先《へさき》に立って江水から吹きあがる風をここちよさそうに浴びている岱は、

「郡丞《ぐんじょう》さまはわたしにこういう光景をみせたかったのか……」

と、つぶやき、涙ぐんだ。春の天空がすこし揺れた。

先陣の張飛は、

「われらは雒城へまっすぐに駆けつけるのではなく、主の左右や後方から起《た》って主をおびやかす兵を潰《つぶ》してゆくのですから、いそいではなりません」

と、諸葛亮からいわれていた。それでも、ゆるゆると軍を率いていて、連勝するのはむずかしいことなので、多少は行軍をはやめた。

かならず落とさなければならない城は江州《こうしゅう》県のそれである。まえに述べたように、江州県には多くの川が集まっているので、そこからは益州のどこにもゆける。

江州城を守っているのは、巴《は》郡太守の厳顔《げんがん》である。

以前、厳顔は劉備が招かれて巴郡に到った際に、劉璋の招待が厄難《やくなん》をもたらすと予想したため、胸をたたいて嘆き、

「これは、いわゆる、独《ひと》りで奥山に坐《すわ》って、虎を放って自身を衛《まも》ろうとするようなものである」

と、劉璋の危うさを指摘した。

はたして、いまや劉備は虎と化して劉璋を襲おうとしている。そういうときに荊州から救助の軍がはいってきた。

「通さぬ」

厳顔は敢然と張飛と戦った。張飛は五十代にさしかかったばかりという年齢で、武人としてもっとも充実している。また率いてきた兵は鍛《きた》えに鍛えてきた兵であり、この軍は上陸するや、またたくまに城壁を越えた。

城兵の大半は城外へのがれたが、厳顔は寡兵《かへい》とともに城内に残って、戦いぬいた。矢が尽き、戟《げき》が折れて、厳顔は捕縛《ほばく》された。

ひきすえられた厳顔を瞰た張飛は、そなたは愚人《ぐじん》か、という目つきをし、

「戦っても勝てぬとわかる大軍をみれば、降伏するのが保身というものだ。なにゆえ抗戦したのか」

と、いった。が、これは侮蔑《ぶべつ》にすぎるいいかたというものであろう。首をあげた厳顔は、

「あなたがたがわが州を侵奪《しんだつ》したのは無礼であろう。わが州には、負ければ首を斬られる将軍がいるだけで、降伏する将軍などはいないのだ」

と、張飛をまっすぐに視ていった。

「ぬかしたな」

張飛は怒った。

益《えき》州平定

侵略者には礼も正義もない。

巴《は》郡をあずかっていた厳顔《げんがん》にそうなじられたと感じた張飛《ちょうひ》は、嚇《かっ》として、

「こやつの首を刎《は》ねよ」

と、わめくように配下に命じた。が、厳顔は恐れる色をまったくみせず、むしろ冷静で、

「首を斬りたければすぐに斬ればよいではないか。それだけのことで、どうして怒ることがあろうか」

と、張飛の怒気をいぶかるようにいった。

おのれのいのちを絶《た》とうとする刃《やいば》が迫っているのに、厳顔は平然としていた。その悠々《ゆうゆう》たる静けさに比類のなさを感じた張飛は、

「待て——」

と、配下に声をかけると、手ずから縄を解《と》いた。

「ご無礼を、つかまつった」

張飛は厳顔に礼容《れいよう》をみせただけでなく、賓客《ひんかく》として優遇した。この一事が、張飛の進撃をいっそう有利なものとする。

江州《こうしゅう》県をおさえた張飛は、後続の諸葛亮《しょかつりょう》と趙雲《ちょううん》を待った。諸葛亮は下船して県内にはいると、粛々《しゅくしゅく》たる空気にふれて、

「益徳《えきとく》どのは、奇術をつかわれたらしい」

と、張飛が予想以上の早さで江州県を制したことを称《ほ》めた。県民は張飛が厳顔を殺さなかったことに歓喜して、まったく躁擾《そうじょう》を起こさなかった。

趙雲が到着すると、諸葛亮は、

「ここで軍を分けます。わたしは益徳将軍とともに北上します。貴殿はこのまま江水《こうすい》をつかって西行してもらいます。成都《せいと》で、会いましょう」

と、いった。

江州県で水や食料の補給を終えた軍は、二手に分かれて出発した。諸葛亮はしばらく残って県の書類に目を通した。

成都にいる劉璋は、江州に敵の援軍が到着したことを知り、張裔《ちょうえい》を招くと、

「徳陽《とくよう》へゆき、荊州軍を阻止するように」

と、命じた。江州から涪水《ふすい》にはいって徳陽へむかったのは、張飛である。

ところで、兵を率いて徳陽へむかった張裔は、武官というよりも文官である。軍事でなければかなりの才能を示す人物であるが、戦陣での指麾《しき》に慣《な》れていなかった。緊急にこういう類《たぐい》の人物を派遣しなければならない劉璋《りゅうしょう》の周辺に優秀な高官がいなくなっていたと想《おも》うべきであろう。

張飛の船団はいそがず慎重に北上をつづけた。張飛が厳顔を殺さなかったばかりか、賓客としてもてなしたことは、うわさとなって飛び、張飛に好意をむける州民がふえたことはたしかである。そのため、張飛はいちども激戦を経験することなく、徳陽に近づいた。

城には抗戦を明示する旗が林立していた。それを軍船から眺めた張飛は、

「城兵だけにしては数が多いようにみえる。成都から救援の兵が駆けつけたのであろう」

と、となりに立っている厳顔にいった。厳顔はわずかに首を横にふった。

「益州牧《えきしゅうぼく》のまわりに、いまや良将はいません。救援の将がたれであっても、あなたとの戦いは、とても勝負にはなりますまい」

「それなら――」

張飛は兵を上陸させ、いきなり総攻撃をかけた。城攻めの場合、城外に営塁《えいるい》を築くのがさきで、攻撃はそのあとである。が、張飛は、

――退くときは、船を営所がわりにすればよい。

という発想で、陸地に攻撃の拠点をつくらなかった。張飛軍を迎え撃った張裔は、敵の常識

はずれの攻撃にとまどい、的確な指示を与えることができなかった。しかも敵将の張飛のもとに、巴郡太守《たいしゅ》の厳顔がいると知った城兵は、厳顔に内通しようとした。

徳陽はもろい城となった。

張裔は張飛の攻撃に三日も耐えられなかった。あっさり成都に逃げ帰った。

徳陽の県庁にはいった張飛は官の倉庫をすべておさえ、残された行政用の書類をまとめてから、諸葛亮の到着を待った。数日後、県庁に到着した諸葛亮は、張飛の配慮がゆきとどいたものであることに感心し、

「益州の風は、将軍に適《あ》っているようです」

と、いった。徳陽に軍をとどめた諸葛亮は涪水沿岸の不穏《ふおん》な勢力を潰《つぶ》すことに努め、雒《らく》城にはむかわなかった。

雒城攻めはつづいている。

本営にいて気温の上昇を感じている劉備《りゅうび》は、諸葛均《きん》によってとどけられた書翰《しょかん》を一読すると、すぐに龐統《ほうとう》にみせた。

「孔明《こうめい》らが、くるらしい」

あえて笑声を立てたのは、劉備が孔明と諸将を呼び寄せたのではないことを、龐統にわからせようとしたためである。

龐統はその書翰から諸葛亮の気づかいを感じた。つまり雒城攻めの埒《らち》があかないので、それ

を奮進《ふんしん》させるために益州にはいるわけでない、と諸葛亮はことわっている。もっといえば、諸葛亮は雒城攻略の武功をあなたから奪いにきたわけではないと気づかっている。

――孔明らしいやさしさよ。

それがわからない龐統ではないが、雒城攻めを開始してから三百日も経《た》っているのに、まだ陥落させられないということは、龐士元《しげん》という将領《しょうりょう》は凡庸《ぼんよう》なのか、という衆評があるにちがいない、と龐統はおのれを責めた。

この日から、龐統は陣頭に立つことが多くなった。それをみた黄忠《こうちゅう》は、

「軍師どの、そこでは城兵の放つ矢がとどきますぞ。成都からの補給路は絶っているので、今年の夏のあいだに兵糧《ひょうろう》は尽きるはずです。過激な攻撃はどうかとおもわれますが……」

と、龐統の焦《あせ》りをなだめるようにいった。

――城内の食料が尽きるのは、夏とはかぎるまい。

また食料が尽きたため守将の劉循《りゅうじゅん》が降伏するのでは、攻める側にまったく智慧《ちえ》がなかったという証左《しょうさ》になる。自負心のある龐統はそういうなまぬるい事態になることを嫌って、初夏のある日、猛攻を敢行した。が、龐統は兵を励ますために城に近づきすぎた。城兵の放った矢に殪《たお》された。ほとんど即死であった。本営に運ばれてきた遺骸をみた劉備は哭《な》いた。

三十六歳での死は、早すぎたといえる。このあと劉備は龐統のことを話すたびに涙をながした。自分の妻子を失っても悲嘆しない劉備がみせる特異な一面とは、これであった。

劉備が益州で政府を樹《た》てればかならず大臣になるであろう人物を喪《うしな》ったという悼痛《とうつう》を、多くの兵がもったのであろう。いつにも増して攻撃は烈《はげ》しくなり、ついに雒城を陥落させた。あえていえば、龐統はおのれの死をもって雒城を落としたのである。

雒城を得た劉備軍は、堰《せき》を切ったように南下して成都に押し寄せた。

涪水のほとりにいた諸葛亮は、訃報《ふほう》をうけとるや、張飛に声をかけた。

「士元が戦死した。雒城が落ちたので、われらも成都へむかおう」

諸葛亮と張飛が巴郡の西部および広漢《こうかん》郡の東南部を平定していたのにたいして、趙雲はそれより西の犍為《けんい》郡の北部を鎮圧していた。が、趙雲も龐統の死と雒城の陥落を知り、

「いよいよ成都攻めか」

と、軍を成都にむけて北上させた。

五月である。

途中で分かれた二軍が成都の城外で合流し、諸葛亮、張飛、趙雲は本営へゆき、劉備に会った。三人の顔をみた劉備は、悼心《とうしん》をかくさず、

「士元がなあ……」

と、やりきれぬようにいった。

龐統の戦死は諸葛亮の計画をいくぶんか破綻《はたん》させた。ここまでくると、劉璋が降伏することは確実である。問題はそれからで、成都を得た劉備は、すくなくとも益州の北部と中部にある、

漢中郡《かんちゅう》
広漢郡
巴郡
蜀《しょく》郡
犍為郡
越巂郡《えっすい》

という六郡を平定して、国力を蓄積《ちくせき》しなければならない。それを中心となっておこなうのが龐統のはずであったのに、戦歿してしまった。すると諸葛亮が龐統のかわりに益州に残らざるをえない。ともに益州にきた張飛と趙雲を、とどめるか、関羽のもとに帰すか、劉備と話しあわなければなるまい。

諸葛亮の姉が龐山民《ほうさんみん》に嫁《か》したため、龐氏とは親戚の関係になる。諸葛亮は龐統の父のもとに弔問《ちょうもん》に行った。龐統には、宏《こう》、という男子があり、まだ十代のなかばであるが、その面貌に剛直さをのぞかせていた。また龐統には、林《りん》という弟がいて、この人には謙虚さと正直さがあった。

――すぐれた家族だ。

劉備の左右に龐統がいない現実をうけいれがたい諸葛亮は、成都の城をぼんやり観《み》た。

成都はすっかり孤立した。

この城を救いにくる軍は、いまのところいない。いまのところ、といったのは、いつ曹操が西征《せいせい》の兵をだすかわからないからである。益州にはいると、かえって他の州の動静がわからなくなった。

諸葛亮は古参のなかの古参というべき簡雍《かんよう》をつかまえて、

「憲和《けんわ》どの、城にはいって、劉璋の話し相手になってくれませんか」

と、たのんだ。かれは劉備に関しては古い友人という感覚で接しているので、たとえば劉備が座に就《つ》いても、簡雍は足をなげだしたまま平気であった。が、簡雍の話には頓智《とんち》があり、それを外交につかえば、成果があった。

「降伏を勧告してこい、ということか」

簡雍は諸葛亮のかくれた意図《いと》をさぐるような目つきをした。

「とんでもない。雑談でよいのですよ。劉璋は誇り高い人なので、降伏などを勧告すれば、意地でも城を開かぬでしょう。ただし劉璋の近くには堅物《かたぶつ》が多いので、劉璋は退屈をおぼえているでしょう。この戦いは、どうせわれらが勝つでしょうから、われらが主を招いてくれた劉璋の無聊《ぶりょう》をなぐさめるのは、せめての礼です」

「ほっほう――」

簡雍は目で笑った。諸葛亮が劉備の臣下のなかで最高の切れ者であることはわかっている。むだなことをするはずがない。しかし狡猾《こうかつ》な下心をもって成都の城内にはいれば、どれほど簡雍がとぼけても、劉璋に嫌悪されて追い返されてしまうであろう。

——劉璋に信用されるのが肝要。

諸葛亮は声なき声でそういっている、と簡雍は解した。

「主から使者の旗をもらって、でかけてみるか」

「わたしの下に、岱《たい》といって、御《ぎょ》にすぐれた者がいます。その者と馬車にお乗りください」

翌朝、簡雍を乗せた馬車が成都城内にはいった。おどろいたことに、簡雍が本営に帰ってきたのは、夕方である。

「みこんだ通り、憲和どのは気に入られたか」

「それは尋常ではないほどで、わたしにも錦《にしき》が下賜《かし》されました」

と、岱は高価な絹織物を諸葛亮にみせた。

「さて……」

と、諸葛亮が問いを切りだすまえに、岱は、

「こころえております」

と、いわんばかりの顔で、

「城内の兵は三万余です。困窮しているようすはありません。わたしにも美膳《びぜん》をたまわりました。食料は充分です。一年が経っても、尽きることはありますまい」

と、述べた。

「すると、劉璋が降伏するのは、一年半後か……。それまでに曹操が静黙していることはけっしてない。そうなると、士元の死は痛かった」

諸葛亮は、張飛と趙雲を、北の防衛の拠点となる葭萌《かぼう》のほうへ遣《や》らざるをえない事態を想定した。

ただし成都攻略と益州平定のための計策を立てているのは、諸葛亮ではなく、法正《ほうせい》である。諸葛亮はあくまで法正の補助である。

五月の中旬に、劉備のもとに密書がとどけられた。一読した劉備は、すぐに李恢《りかい》を呼んで、

「馬超《ばちょう》が氐《てい》族のなかにひそんで、行き場を失って、われに従いたがっている。そなたは迎えにゆき、嚮導《きょうどう》するように」

と、命じた。李恢はおどろきの目をあげた。

「馬超はかつて父親の馬騰《ばとう》を人質にさしだして、曹操に臣従しました。が、のちに叛逆し、父は斬殺されました。そのような者を、あなたさまが信じて、近寄せてもよろしいのでしょうか」

「井戸に落ちようとする悪人でも、手をさしだせば、その手をつかんでやる。そなたの眼力で、馬超をよく観るとよい」

李恢は北上をかさねて氐族の居住地にはいり、馬超に会った。ちなみに氐族は羌《きょう》族と同系統の異民族である。李恢の顔をみた馬超は、

「荊州《けい》どのの御使者か」

と、幼児のように喜んだ。それをみた李恢は、

——これがあの馬超か。

と、拍子抜《ひょうしぬ》けした。馬超は最盛期に西方の覇王といってよいほどの威勢を示した。が、李恢の目に映《うつ》る馬超は、凋落《ちょうらく》した武人にすぎなかった。

「どうぞ。ご案内します」

馬超の兵が集まると、李恢はそういったが、その兵の数のすくなさに唖然《あぜん》とした。

——馬超はほんとうに窮地《きゅうち》にいたのだ。

涼州《りょう》の支配をもくろんだ馬超は失敗して、妻子は殺され、かれ自身は漢中の張魯《ちょうろ》のもとにころがりこんだ。ところが張魯の重臣や側近は馬超を信用せず、いのちを狙おうとしはじめたので、逃げて異民族のなかにひそんだというわけである。

「なるほど……」

李恢は心のなかでうなずいた。曹操と戦いつづけていまだに存命である者は、わずかしかいない。その点において、馬超は劉備に敬意をいだいたのだ。降伏するには、劉備しかいない、それが自尊心を失っていない馬超の最後の選択であったといえる。

李恢はじめて馬超に同情した。

そこで緜竹《めんちく》を過ぎるあたりで、報告書を書き、それを従者にもたせて先行させた。その報告書を読んだ劉備は、

「馬超がくる。われは益州を得たぞ」

と、大声を放った。すぐに営内は大歓声で揺れた。それを視《み》た劉備は、近侍《きんじ》の者に、

「千を単位とする兵を割《さ》いて、馬超にさずけよ。人に知られてはならぬ」

と、内密に命じた。李恢の報告書に強調されていたのは、馬超に従う兵のすくなさである。

——そこまで落ちぶれていたのか。

このままでは成都の兵に嗤笑《ししょう》されかねない馬超のみすぼらしさを、かくすだけではなく、到着する馬超に華やかさを添えてやろう。これが李恢のあわれみを汲《く》んだ劉備のこころづかいであった。

成都に近づくまえにひそかに兵を与えられた馬超は、いちど天を仰いで涙をこらえ、

「いまの世で、ほんとうに士を知る者は、劉玄徳《りゅうげんとく》どのだけだ」

と、いった。

この年、五月が二回ある。閏《うるう》五月に、馬超は兵を率いて成都城下に着き、城北に駐屯した。

——馬超が劉備を助けるのか。

成都内の将士は愕然《がくぜん》とした。はっきりいって馬超の勇名は劉備のそれをはるかにうわまわっている。なにしろ曹操と激闘してきた男である。

馬超が到って、十日も経たずに、成都は開城された。

「こんなことも、あるのですねえ」

岱と斉方《せいほう》がそろって驚嘆の声を揚げた。むりもない。劉備軍に包囲されても、戦う気が満々《まんまん》であった成都城の将士が、馬超の名をきいただけでふるえあがり、益州牧の劉璋は開城するという。

もっとも降伏を決意するまえに劉璋はこういったという。

「われわれ父子が益州を二十余年も統治したというのに、恩徳を百姓《ひゃくせい》（人々）にさずけることはなかった。百姓は三年も戦ってくれて、斃《たお》れて草野《そうや》のこやしになったのは、われのせいである。どうして心が安らかでいられようや」

まだ充分に戦えると知っている配下は、劉璋の配慮を知って、涙をながした。

なお、劉璋が馬超を恐れるわけがないことはない。

往時、馬超は劉璋のもとに使者をよこして、蜀と連合したい、といってきた。そのとき治中《じちゅう》従事《じゅうじ》である王商《おうしょう》が、すぐに、なりません、と反対意見を揚げた。

「たしかに馬超には勇気がありますが、その勇気は仁勇《じんゆう》ではありません。利をみるだけで義をおもいませんので、唇歯《しんし》のように親しくなってはなりません。『老子《ろうし》』には、国の利器《りき》（すぐれた物）は、もって人に示すべからず、とあります。いまの益州は、士はすぐれて民は豊かです。宝物をだす所です。これこそ狡猾《こうかつ》な男が転覆させようと欲するものであって、馬超らが西を望んでいる理由です。もしも引き入れて近づければ、虎を養ってみずから患《うれ》いをもたらすようなものです」

それを憶《おも》いだした劉璋は、よくぞ劉備は虎のごとき馬超を招いたものだ、とおもったが、いまの馬超の実情は知らなかった。

成都城を退去するにあたり、劉璋は迎えの使者に、簡雍を指名した。簡雍によって御者《ぎょしゃ》に指名された岱は、勇躍して馬車を走らせた。

劉璋はおなじ輿《こし》に簡雍を乗せて、なごやかに語り合いながら城外にでると、いさぎよく劉備に降《くだ》った。

「どうか公安《こうあん》へお遷《うつ》りください。あなたさまの私財はのこらずお送りいたします」

劉璋に敬意を表した劉備は鄭重《ていちょう》さを失わず前益州牧を送りだした。血みどろの掠奪《りゃくだつ》行為を避けたい劉備は、むりな攻城をおこなわず、城内の食料が尽きるのを明年まで待つつもりであったが、おもいがけない早さで成都を得た。

入城した劉備は、たんねんに城内の検分をおこなった。その検分のあとに、城外にかなりの広さの園囿《えんゆう》と桑田《そうでん》があることがわかったので、それをどうすべきか、諸将を集めて議論させた。

「分与《ぶんよ》してもらいたい」

諸将はそう望んだ。が、趙雲だけがはっきりと駁論《ばくろん》した。

「昔、霍去病《かくきょへい》は、王朝にとって患害《かんがい》である匈奴《きょうど》がまだ滅んでいないという理由で、家を建てませんでした。われらにとって賊《ぞく》とは、匈奴だけではないので、まだ安寧《あんねい》を求めるべきではありません。天下のすべてが定まるのを待ち、それぞれが郷里にもどり、耕作をおこなうことが、よろしいのです。益州の人民は戦禍《せんか》にあったばかりですから、田宅《でんたく》はもとの持ち主に返すべきです。住居に安んじさせ、家業に復《かえ》させ、そのあとに兵役《へいえき》を課せれば、民の歓心を得られましょう」

この意見をきいた劉備は、いささかもためらうことなく、

「そうしよう」

と、いったので、岱と斉方はそろって感心した。戦いに勝って広大な州を得たのに、むさぼらない主従があるということ自体が、奇異《きい》といってよい。諸葛亮のうしろにいて、その集会をながめていたふたりは、

「佳《よ》い光景でした」

と、諸葛亮にむかっていった。

「主は昔から、物を得ようとしないで、人の心を得ようとした。だが、臣下の数が十倍も百倍も増えれば、そうはいかなくなる。子龍《しりょう》将軍のように正義と清貧を好む者ばかりではない。それでも任務をはたせば、主を支えるひとりとなり、国家の役《やく》に立つ」

劉備は賞することも罰することも厳然《げんぜん》とおこなってこなかった。が、劉備に仕えて月日が浅い者やこれから仕えようとする者は、信賞必罰《しんしょうひつばつ》がはっきりしない宗主や政府を信じない。けっきょく離叛してしまう。

きめこまやかに人を賞するためには、土地と財を豊かに保有していなければならない。兵を

強くするためにも国力を向上させなければならない。

——わたしがそれを考え、実現させなければなるまい。

諸葛亮の脳裡《のうり》には、富国《ふこく》のための施策《しさく》が浮上しはじめた。

成都に入城した劉備はその時点で益州牧になったようなものであり、あらたな政権のために褒賞《ほうしょう》をおこなわねばならない。この褒賞のやりかたで、劉備の見識と器量がわかる。

劉備に随従《ずいじゅう》してきた者よりも、劉璋に仕えてから、劉備のもとに残った者たちの評価がむずかしい。そのひとりが許靖《きょせい》である。

許はあざなを文休《ぶんきゅう》といい、汝南《じょなん》郡平輿《へいよ》県の出身である。なにしろ許靖の従弟《いとこ》は、人物鑑定で高名な許劭《きょしょう》であり、許靖自身もおなじ道で有名であった。許劭に嫉《そね》まれた許靖は官途《かんと》をふさがれたが、董卓《とうたく》には重用《ちょうよう》された。それでも董卓に誅殺されることを恐れて、揚《よう》州刺史《しし》の陳禕《ちんい》のもとにのがれ、さらに会稽《かいけい》郡、交趾《こうし》郡を経て、劉璋に招かれて益州に移り、蜀郡太守に任ぜられた。だが、安寧の地のはずであった蜀郡が劉備軍に侵され、成都の城が包囲されると、許靖は劉備に降伏するために城壁を越えようとして失敗した。それを知って劉璋はいやな顔をしたが、

「殺せ」

とは、いわなかった。いまさら許靖を殺したところで、形勢になんらかかかわりないばかりか、名士を殺したことで自身の評判が落ちる。

劉璋に代わって成都の主《あるじ》となった劉備は、籠城中の許靖が恩のある劉璋にそむいたことをこ

ころよくおもわず、登用しなかった。

しかし、法正は許靖の名声を利用すべきであると劉備に説《と》いた。

「天下には虚誉《きよ》を得ながら、その実質がない者がいます。許靖がそれです。しかしながら、あなたさまは大業をはじめられたばかりです。あなたさまの思想を、戸ごとに説くことはできません。それにひきかえ、許靖の虚名は、四海《しかい》（天下）に播敷《はふ》されております。あなたさまがもしも許靖を礼遇《れいぐう》しなければ、天下の人々はあなたさまが賢者を卑《いや》しんだとおもうでしょう。どうか敬意をもって鄭重に接して、世間の目をくらまし、昔、燕《えん》の昭《しょう》王が郭隗《かくかい》を優遇《ゆうぐう》した故事に倣《なら》っていただきたい」

向光性《こうこう》があるのは植物だけではない。人も明るいほうにむく。ゆえに政治も明るくみせなければならない。許靖を礼遇することは、戦国時代に燕の昭王が人々をおどろかすほど郭隗を優遇したことにひとしく、これからの劉備の国を明るくみせる。

政治とは虚と実をとりまぜた形態であり、文《ぶん》（装飾）と質《しつ》（実質）で平衡《へいこう》をとるものでもある。法正にはそれがわかっており、虚と文を嫌う劉備をたしなめた。

「なるほど、わかった」

劉備は許靖を巷間《こうかん》にうち棄《す》てることをやめて厚遇することにし、左将軍長史《さしょうぐんちょうし》とした。また法正を蜀郡太守・揚武《ようぶ》将軍とした。このふたりが益州の知性を代表しているので、鄭重にあつかう必要があった。

劉備が益州にはいってからの戦いのなかで、もっとも重要であったのは、雒城や成都の攻略ではなく、後方にあった葭萌の死守であったとみた。寡兵《かへい》でその城を守りぬいた霍峻《かくしゅん》を褒賞するために、北部の広漢郡を割《さ》いて梓潼《しとう》郡をあらたに作り、霍峻をその郡の太守に任命した。だが、惜しいことに霍峻は官にあること三年で死去した。四十歳であった。

また西方で勇名をとどろかせていた馬超を平西《へいせい》将軍とした。

劉璋に信用されていながら緜竹においてさっさと劉備に降伏した李厳を犍為太守とした。

問題は、以前、

「劉備を益州に入れてはなりません」

と、劉璋に諫言《かんげん》した者たちのあつかいである。とくに劉巴《りゅうは》はむずかしい。かれは曹操のいいつけを背負ったかたちで、荊州において劉備と争い、また益州において対立した。劉備が劉璋を攻めるまえに、劉巴は病気と称して門を閉じていた。

諸葛亮は荊州にあって、劉巴の俊賢《しゅんけん》を認め、

「劉備に従わずに、あなたはどこへ行くのか」

と、勧誘したことがあった。それを憶《おぼ》えている諸葛亮は、成都へむかう劉備に書翰を送って、

「劉巴は、どうしても得なければならない俊才《しゅんさい》です」

と、念を押した。それをうけた劉備は、成都を攻める際に、すべての兵にこう命じた。

「劉巴を害する者があれば、誅殺は三族に及ぶ」

そこまで劉巴を尊重して庇護《ひご》した劉備の心が通じないはずはなく、辟《まね》きに応じて出仕した劉巴は過去の無礼をあやまった。が、劉備は意に介さず、諸葛亮の推薦を容《い》れて、かれを左将《さしょう》軍西曹掾《ぐんせいそうえん》に任命した。文書担当の中心にすえる予備段階といってよい。

劉巴のほかにも劉備を危険視したのが、黄権《こうけん》である。かれは主簿《しゅぼ》の立場から劉璋を諫止《かんし》したところ、うるさくおもわれて、外にだされ、広漢県の長に転任させられた。

劉備が白水関《はくすいかん》から引き返し、葭萌を通って、涪《ふ》県にむかったとき、黄権は城門を閉じて城を堅守した。広漢は涪水のほとりにあるので、その南に位置する徳陽《とくよう》まで張飛の軍がのぼってきたことから、張飛軍の攻撃をうけたと想われる。が、黄権は屈しなかった。

やがて成都が開城したと知った黄権は、いさぎよく成都へ往き、劉備に降伏した。たやすく降伏しない将に武人としての骨があるとみている劉備は、黄権の順服《じゅんぷく》を喜び、すぐに偏《へん》将軍に任命した。

さて荊州から援軍を率いてきた張飛は巴西《はせい》太守に、趙雲は翊軍《よくぐん》将軍に任命され、諸葛亮は軍《ぐん》師《し》将軍として左将軍の府事《ふじ》を統括することになった。ちなみに左将軍が官職名であることはわかりきっているが、この場合、劉備を指すと想ってもらいたい。

府内に腰をすえた諸葛亮は、

「益徳どのと子龍どのを、荊州に帰しましょうか」

と、劉備に問うことをやめた。劉備が成都にはいったことを知った曹操が、軍を益州にむけぬはずはなく、張魯をはさんで曹操と劉備が対峙《たいじ》することは必至《ひっし》なのである。その際、張飛と趙雲が戦陣にいないのはまずい、と劉備が考えているにちがいないのである。

諸葛亮の掾《えん》（属官）となった岱と斉方は、ふたりだけで語りあっていたが、諸葛亮のもとにやってきた。

「気がかりなことを申してよろしいでしょうか」

「申してみよ」

諸葛亮は事務の筆をとめて首をあげた。

「曹操と孫権をくらべてみると、妬心《としん》の強いのは孫権のほうではありますまいか。かつて孫権は荊州を左将軍に貸与《たいよ》するとうそぶいていたのですから。妹の孫夫人をひきとったあとということもあって、容赦なく荊州を武力で奪いにくるのではありますまいか」

「ふむ……」

しばらく考えていた諸葛亮は、急に関羽宛《あて》の書翰をしたためると、それを岱にもたせて発《た》たせた。

劉備が益州の宗主になったいま、それを不快におもう孫権が、過度《かど》ないやがらせによって、いきなり州境を侵して荊州を攻略しようとするかもしれないので、孫権とその配下の動きを注視していただきたい。関羽への書翰の内容は、そういうことである。

おもしろいことに、すれちがうように、関羽からの書翰が諸葛亮のもとにとどけられた。関羽の関心のまとは、あらたに劉備に臣従した馬超である。

「馬超の才徳は、たれと比較できるか」

それを諸葛亮に問うたのである。関羽としては、人を冷静に公平に鑑定できるのは、孔明しかいない、という考えがあったのであろう。

関羽は馬超の評判より下になりたくない、いわば負けずぎらいが発揮された問いである。問われたかぎり、返辞《へんじ》を書かなければならない諸葛亮だが、一考するまでもなく、筆を執《と》った。めずらしく愉《たの》しげに微笑して筆を走らせた。

「孟起《もうき》（馬超）の資質についていえば、文武を兼《か》ねており、その雄烈《ゆうれつ》さは人にまさっています。一世《いっせい》の傑人《けつじん》といってよく、昔の黥布《げいふ》や彭越《ほうえつ》の仲間であり、益徳とならんで前駆《ぜんく》して先陣を争う者ではありますが、まだ髯《ひげ》どのの絶倫逸群《ぜつりんいつぐん》にはおよびません」

つねづね関羽は髯の美しさを誇っている。それゆえ諸葛亮は関羽をあえて髯どのといったのである。絶倫は、たいそうすぐれていることをいい、倫は、もともと類《るい》と同義語で、たぐいの意味である。ちなみに黥布と彭越は、楚漢《そかん》戦争のころの群雄にあたり、劉邦《りゅうほう》の天下平定を結果的に扶《たす》けた人物ではあるが、もとは犯罪者であるので、そのあたりの履歴《りれき》の曲撓《きょくどう》を馬超にもみたということであろう。

この書翰を斉方にさずけた諸葛亮は、

「関将軍にこれを渡したあと、しばらく南《なん》郡にとどまるように。俉は僕佐のもとに逗留《とうりゅう》しているであろうから、そなたも襄陽《じょうよう》へ往き、ともに帰ってくるがよい」

と、命じた。

さて、この書翰であるが、関羽を大いに悦《よろこ》ばした。悦びがすぐにおさまらないので、関羽は書翰を賓客《ひんかく》にみせてまわった。関羽こそ、劉備の臣下のなかで、最高の勇者である、と諸葛亮が認定してくれたことが、それほどうれしかったのである。

漢中《かんちゅう》王

荊州《けいしゅう》へ往っていた岱《たい》と斉方《せいほう》が、諸葛亮《しょかつりょう》のもとにもどってきたのは、仲冬《ちゅうとう》である。ふたりは襄陽《じょうよう》の僕佐《ぼくさ》の家に滞在して、おもに中原《ちゅうげん》と西方の情報を蒐《あつ》めていた。

——曹操《そうそう》がどう動くか。

それが諸葛亮の最大の関心事である。

「いまのところ、曹操は動くけはいをみせません。しかし夏侯淵《かこうえん》を西方へ遣《や》って、隴西《ろうせい》郡の枹《ほう》罕《かん》の地を攻めさせ、宋建《そうけん》を滅ぼそうとしています。宋建が滅亡すれば、西方に残る賊の大物は韓遂《かんすい》だけですから、おそらく明年の春に、曹操は西方掃蕩《そうとう》のための軍旅を催すでしょう」

岱は明確に予想した。

ところで枹罕を本拠として小王国を建てた宋建は、河首平漢《かしゅへいかん》王と自称してここまで自立してきたが、夏侯淵の兵に包囲されて、万事休《ばんじきゅう》した。それでも牛を屠《ほふ》って神に祈り、

「どうか、われを救いたまえ」

と、願ったが、さっぱり天佑《てんゆう》はなく、ついに焼身自殺をした。

「明年の春のあいだに、曹操は隴西郡のほかの郡を平定し、早ければ夏に漢中《かんちゅう》にはいって、張《ちょう》魯《ろ》と戦うことになろう」

諸葛亮の予想は、岱のそれの延長上にある。

「張魯は凡庸《ぼんよう》な教主にみえませんので、曹操軍との戦いをはっきり予知しているでしょう。兵力で劣ることはわかりきっていますので、こちらに助力を求めてくることはないのでしょうか」

と、斉方が問うた。

「張魯と馬超《ばちょう》のあいだに隙《げき》が生じたときく。馬超がわが主に仕えたかぎり、張魯がこちらに救援を依頼することはあるまいが、張魯は実力のある男なので、曹操に殺させたくはない」

これは諸葛亮の本心であった。

年が明けた。

この年、曹操と孫権《そんけん》がほぼ同時に動いた。まず孫権が劉備に書翰《しょかん》を送った。

「あなたは益《えき》州を得たのであるから、荊州を返してもらいたい」

孫権は荊州を劉備に貸しているという認識をつらぬいている。が、荊州を借りたおぼえのない劉備は、

「北の涼《りょう》州を得たのちに、荊州を与えましょう」

と、孫権を刺戟《しげき》する返答をした。

以前、孫権が妹の孫夫人《そん》をつかって、劉備の子である阿斗《あと》（劉禅《りゅうぜん》）を拉致《らち》しようとした事件があった。その事件以後、劉備の群臣は、

——君主にあるまじき卑劣《ひれつ》さ。

と、孫権に怒りをむけ、さげすんだ。むろん、孫権と会見してその性質に灰汁《あく》の強さをみた劉備は、その事件以後はさらに強い嫌悪感をいだいた。それゆえ、荊州を返してもらいたい、という孫権の要請に、

——あつかましい人だ。

というおもいをこめて、涼州を得たのち、と答えたのである。ただし荊州返却を求めた孫権のことばにも棘《とげ》がある。というのも、かつて劉備は益州について、同姓の者が治めている州ゆえ、手をださないでもらいたい、と孫権にいってきたのに、手をだしたのは劉備自身である。

「詐欺師《さぎし》め」

孫権は劉備をののしって書翰をだしたのである。その後、冷ややかな返答をうけとった孫権は、

「ぬかしおったな」

と、嚇怒《かくど》し、ついに呂蒙《りょもう》と魯粛《ろしゅく》をつかって荊州攻めを敢行《かんこう》した。南部の三郡、すなわち長沙《ちょうさ》、零陵《れいりょう》、桂陽《けいよう》に、まず孫権が任命した長官をむかわせた。が、関羽《かんう》によって追い払われたので、武力によって奪い取ることにした。呂蒙は、鮮于丹《せんうたん》、徐忠《じょちゅう》、孫規《そんき》などを指麾《しき》し、二万の兵

を率いて、長沙と桂陽の二郡を降《くだ》した。

孫権自身は、長沙郡の最北端に位置する陸口《りくこう》に本営をすえて、そこより南の巴丘《はきゅう》に魯粛を遣《や》って、関羽の進攻を阻止《そし》させた。魯粛軍は一万である。

「孫権軍、きたる」

関羽からの急報に接した劉備は、さほどあわてなかった。今年、かならず孫権と曹操が動くことは、諸葛亮からほのめかされていた。

「われだけが征《ゆ》く。むこうには関羽がいる」

劉備の決断と行動は速かった。諸将を益州に残すということは、北からくる曹操のほうが孫権よりも難敵であると劉備が考えているあかしである。ただし率いた兵の数は、五万という多さである。緊急にこれほどの数の兵を集められるところに、益州の豊かさを想《おも》うべきであろう。

急行した劉備は、公安《こうあん》にはいった。

劉備は南下してきた関羽に三万の兵をさずけて、益陽《えきよう》へむかわせた。

益陽は長沙郡の中部にあり、江水《こうすい》の支流が集まるところである。かつて劉備は曹操と戦って勝ったことがなく、孫権は曹操に負けたことがないので、戦略面では孫権のほうが上位にみえるが、実態としては、孫権個人の兵術はけっして優秀とはいえず、むしろ劉備のそれのほうがすぐれている。ここでも、すぐに益陽という戦略的要地をおさえようとした着眼に、孫権はおくれをとり、あわてて魯粛を南下させ、零陵郡の攻略にてまどっている呂蒙を魯粛と合わせて益陽にむかわせた。

呂蒙は人をあざむく智慧《ちえ》を培養《ばいよう》したところがあり、ここでも、なかなか降伏しない零陵太守《たいしゅ》の郝普《かくふ》を、ことばたくみにあざむいて、城から誘いだして、零陵郡を奪った。

益陽では、関羽と魯粛が対峙《たいじ》した。

三万の軍をもっている関羽は、一万の魯粛軍を急襲してもかまわなかったが、孫権の群臣のなかで、ただ魯粛だけには恩義を感じていた。それゆえ、劉備から、

「攻撃せよ」

と、命令されないかぎり、前進をひかえた。

関羽軍をながめていた魯粛は、

「呉《ご》と蜀《しょく》が争うことは、愚かなことだ」

と、いい、使いをやって、会見を申し入れた。それぞれの兵馬を百歩はなれたところにとどめ、身には刀ひとつを付ける。そういう条件で魯粛は関羽と会った。

「問題は、荊州全郡ではなく三つの郡だけを返すように求めたのに、それを聴きいれてもらえないことです」

そう切りだした魯粛は、かつて落ちぶれて身の行き場がなくなった劉備を救ったのは、たれであったか、と諄々《じゅんじゅん》と説《と》いた。

関羽は情義《じょうぎ》がわからない男ではないので、魯粛の説述《せつじゅつ》に反駁《はんばく》できなかった。それに魯粛の態

度には、

――このあたりで、和睦《わぼく》しませんか。

と、いわんばかりのやわらかさがある。関羽は劉備の決断を待った。

――魯粛が相手では、戦いにくい。

と、おもっていた劉備のもとに、諸葛均《きん》が急報をとどけた。

「曹操、陽平《ようへい》に到る」

陽平は漢中郡の最西端にある要塞《ようさい》である。

――とうとう曹操がきた。

劉備は唇を噛《か》んだ。

陽平関《ようへいかん》に到着した曹操は、これから張魯討伐にとりかかる。それを終えれば、曹操軍は漢中郡をでて、成都にむかって南下を開始するであろう。劉備が益州に帰還するのがおくれると、防衛のための要地へ進出しそこない、蜀軍は一気に劣勢になる。

「やむをえない。荊州を割ろう。湘水《しょうすい》を境として、その東の郡を呉の支配としよう」

と、劉備は関羽に伝えた。

――いきなり横奪《おうだつ》しやがって。

匪賊《ひぞく》のごとき孫権のやりかたに、関羽には大いなる憤懣《ふんまん》がある。が、益州の情勢がここでの長期の戦いをゆるさない。

「わかりました」

しぶしぶ関羽は和睦のための交渉にはいった。相手が魯粛であることは好都合であり、交渉はながびかなかった。

江夏《こうか》郡、長沙郡、桂陽郡を東（孫権）に属させ、南《なん》郡、零陵郡、武陵《ぶりょう》郡を西（劉備）に属させることで、双方が合意した。

「あとは、まかせた」

と、あわただしく関羽にいった劉備は帰途についた。

ところで、曹操が陽平関に到着したのは、七月であり、劉備がそれを知ったのは八月以降である。

曹操軍という強敵とはじめて戦う張魯は、弟の張衛《ちょうえい》と将軍の楊昂《ようこう》らを陽平関に籠《こ》もらせた。かれらは山を横切って十余里にわたって城を築き、堅く守った。

「これでは、とても落とせぬ」

曹操はあきらめたようにわざと軍を退いた。敵の守備のゆるみを待った曹操は、高祚《そうそ》らに険しい山を登らせて、夜襲を敢行《かんこう》させた。この奇襲の軍はまんまと敵陣を大破し、進撃して張衛を攻撃した。張衛が夜陰《やいん》にまぎれて遁走《とんそう》したことによって、張魯の軍は総くずれとなった。

張魯は漢中にとどまれず巴中《はちゅう》に逃亡した。

ようやく益州にもどってきた劉備は、巴郡にくわしい黄権《こうけん》の進言をうけた。

「もしも漢中を失えば、巴郡も離れてしまいます。これは蜀にとって、股《もも》と臂《ひじ》が割《さ》かれるにひとしいことです」

「なるほど、そうなろう」

劉備はすぐに黄権を護軍《ごぐん》に任命して、諸将を率いさせ、張魯を迎えようとした。

が、この決断と行動は、わずかに遅かった。

張魯は節度《せつど》のある男である。

巴中へ逃走すると決めたとき、側近の者たちが、宝物や財貨のはいった蔵をすべて焼きはらいましょう、といったのにたいして、

「それは、ならぬ」

と、止めた。

「われはもともと国家に帰順したいと願いながら、本懐《ほんかい》がとげられないできた。この逃亡も鋭鋒《えいほう》をかわすためであり、悪意はない。宝物と財貨のはいった蔵は、国家のものである」

そういった張魯は、蔵に封印して立ち去った。その後、漢中郡の中心地である南鄭《なんてい》にはいった曹操は、このみごとな処置にたいそう感心した。

——張魯とは、そういう男か。

曹操は張魯のいやみのない本質を知ったおもいがした。

ところで、張魯には知者が伴随《ばんずい》していた。功曹《こうそう》の官にある閻圃《えんほ》である。

防衛の要《かなめ》というべき陽平関が陥落すると、張魯は、

「もはやこれまでだな」

と、いい、曹操に降伏しようとした。ところが閻圃はうなずかず、

「追いつめられた状態で投降すれば、あなたさまの評価は小さくなります。あなたさまを支持する者がいる巴郡へのがれ、抗戦をおこなったあと、曹公へ臣礼《しんれい》をとられるなら、かならずや評価は大きくなります」

と、巴中へ逃避することを勧《すす》めた。

人の進退にも、潮時《しおどき》、売り時、があるということである。

「なんじの言《げん》に従おう」

巴中へ逃げた張魯は、ふたたび閻圃の進言を容《い》れて、家族全員を引き連れて曹操のもとに出頭した。すると、賓客《ひんかく》の礼をもって待遇されて、鎮南《ちんなん》将軍に任ぜられた。またかれの五人の子と閻圃はそろって列《れっ》侯（二十等爵《とうしゃく》のなかの最高位）にとりたてられた。

張魯が曹操に順服《じゅんぷく》したことによって、漢中郡は曹操の支配地にかわった。さらに巴郡には張魯を支持する者がすくないので、おのずと曹操軍を歓迎するふんいきが生じた。

「帰ってくるのが遅かった。張魯を迎えられないばかりか、巴郡をも失いそうだ」

劉備の焦燥《しょうそう》がにじみでた声をきいた諸葛亮は、ゆるやかに首を横にふった。

「なにが、いいたいのか」

劉備は諸葛亮をするどくみつめた。が、諸葛亮のまなざしはおだやかで、

「かつて、あなたさまは劉景升《りゅうけいしょう》（劉表《りゅうひょう》）さまにむかって、事会《じかい》の来たるや、あに終極《しゅうきょく》有《あ》らんや、と申されたとうかがいました。わたしがいま申し上げたいのは、それとまったくおなじことばです」

と、やわらかくいった。

とたんに劉備は破顔《はがん》した。

昔、劉備が客将として劉表に遇《ぐう》されていたころ、曹操が北方の異民族である烏丸《うがん》を征討《せいとう》にでかけた。そこですかさず劉備が、空《から》になった首都を襲うべきです、と劉表に説いた。が、劉表は動かず、曹操が帰還してから、

「君の言を用いず、それゆえに、大きな機会を失ってしまった」

と、悔《く》やんだ。しかし劉備は、

「いま天下は分裂して、毎日、戦争がつづいています。機会がくることに、どうして終わりがありましょうや。もしもこのあとの機会に乗ずれば、ここで時宜《じぎ》を逸《いっ》したことを悔恨《かいこん》としなくなるでしょう」

と、答えた。

事会とは、機会といいかえたほうが、わかりやすいであろう。つまり諸葛亮は、張魯と漢中郡を曹操に奪われたことを大失敗であるとおもって悔やむのなら、つぎの策を考えたほうがよ

い、と劉備をはげましたのである。

「かつて人のために打った太鼓を、そなたに打たれたような気分である」

そういった劉備は、表情から焦《あせ》りの色を消して、敵情を調べさせた。

「張部《ちょうこう》が諸軍を指麾して、巴西《はせい》に下っております」

「曹操の主力軍は動かないのか」

「動きません。これは推測ですが、撤退するのではないか、とみられます」

「撤退する……」

まさか、とはおもうが、それが事実であれば、助かった、という気分である。劉備はすばやく張飛を巴西の宕渠《とうきょ》へ遣《や》り、張部の進出をこばませた。戦術に長《た》けてきた張飛は、別の道をつかって張部の軍を両断し、瓦口《がこう》というところで大勝した。

張部は馬を棄《す》てて山づたいに逃げて、夏侯淵がいる南鄭にたどりついた。

――なにゆえ曹操は引き揚げたのか。

と、劉備は考えたが、劉備より長く疑念をかかえていたのが、法正《ほうせい》である。

一年が経《た》ち、二年が経って、劉備が樹《た》てた政府が堅密《けんみつ》さを増すのをみた法正は、

「お話があります」

と、ふたりだけになり、出陣すべきであると説《と》いた。

「さきに曹操は一挙に張魯を降伏させ、漢中を平定しましたが、その勢いに乗じて、巴と蜀を

取ろうとせず、夏侯淵と張郃をとどめ、自身はあわただしく北（鄴県《ぎょう》）にもどりました。これは智が及ばなかったためでも力が足りなかったためでもありません。きっと国内にさしせまった心配事があったためです。いま兵を挙《あ》げて、夏侯淵と張郃を攻めれば、かならず勝てます」

曹操は魏公から爵位をすすめて魏《ぎ》王となった。これで実質的に天下の運営者となったわけだが、魏郡の鄴県にある王朝が実《じつ》であるとすれば、献《けん》帝のいる許《きょ》の朝廷は虚《きょ》ということになる。まえまえから政治の実権をにぎれない献帝をあわれむ有力者があらわれては、曹操暗殺や謀叛《むほん》を実行しようとした。曹操の遠征がながびくと、そういう類《たぐい》の者が出現しやすく、それが曹操にとって後顧《こうこ》の憂《うれ》いになっている。それゆえ、

「長期戦にもちこめば、曹操に負けることはない」

というのが、法正の見通しである。

「よし、冬に、出師《すいし》する」

農繁期《のうはんき》を終えて、劉備は法正をともなって漢中攻略におもむいた。が、すぐに漢中を攻撃したわけではなく、年があらたまると、涼州の武都《ぶと》郡に、将軍である呉蘭《ごらん》、雷銅《らいどう》らをいれた。ところが武都郡にいたのは、老練《ろうれん》な将というべき曹洪《そうこう》であり、呉蘭らは曹洪の兵にあっけなく敗死させられた。張飛と馬超も、武都郡にはいっていたが、三月に逃げ帰ってきた。

急襲によって武都郡を取るつもりであったが、曹洪に追い払われたかたちの蜀兵は、劉備に従って陽平関に駐屯した。

——どうしても夏侯淵との戦いになる。

劉備は肚《はら》をすえた。が、後部司馬《こうぶしば》である張裕《ちょうゆう》が、この戦いには利がありません。といったので、劉備は顔色を変えた。

諫言《かんげん》に関しては寛容である劉備ではあるが、決死のおもいでまえのめりになったとき、

「戦ってもむだですよ」

と、いわれ、全身がふるえるほど怒り、どうしても張裕を宥《ゆる》せぬとおもい、のちに誅殺《ちゅうさつ》した。諸葛亮が、死罪は厳しすぎませんか、と再考を願ったが、劉備は聴《ゆる》さなかった。

——なんといわれようと、この戦いには勝つ。

そういう強い意《おも》いをもちながら、大胆には踏みだせず、晩秋を迎えた。法正が、

「後詰《ごづ》めのために、曹操が長安《ちょうあん》にはいったようです」

と、告げた。劉備と夏侯淵が戦えば、曹操軍が戦場まで急行してくるにちがいない。

——さきに夏侯淵をかたづけておいて、曹操と対峙《たいじ》するのがよい。

それはわかるが、そのための良籌《りょうちゅう》がみあたらない。睨《にら》みあいになった場合、静止に耐えられず、さきに動いたほうが負ける場合が多い。劉備は冬のあいだに、それを考えたが、やはりこちらからしかけるしかない、と策を定め、春になって兵を動かしやすくなると、陽平関から南へ移動した。

沔水《べんすい》(漢水《かんすい》)を渡って、定軍山《ていぐん》に陣営を造った。

それを知った夏侯淵は兵を寄せてきた。

すかさず劉備は、猛将というべき黄忠《こうちゅう》に、

「上から巨岩のごとくはしり降りて、敵陣を潰《つぶ》すべし」

と、命じた。黄忠は老将でその白髪が特徴であるが、その攻撃の苛烈さは鳴り響いており、勇将として知られる夏侯淵と激突しても、ひけをとらなかった。

激闘のすえに、ついに夏侯淵を斃《たお》した。なお、夏侯淵は幼児でも戦陣にともなって鍛えることをしたので、十三歳の夏侯栄《かこうえい》も武器を執《と》り、父の近くでけなげに戦って死んだ。

――勝った。

これでなかば漢中郡を取ったようなものである。まもなく曹操軍がくるにちがいないが、その軍を撃退すれば、漢中進出は成功する。

はたして、三月に、曹操は長安から斜谷《やこく》をぬけて、漢中郡に侵入した。劉備はゆとりをみせ、

「われらには険阻《けんそ》な地がある」

と、いい、防衛に徹した。

三月からはじまった曹操との対決は、四月がすぎ、五月となった。

この間に、曹操は数千万袋の米穀《べいこく》を運ばせて長期戦にそなえたが、その米穀を奪い取るべく、黄忠と趙雲が活躍した。とくに趙雲は数十騎で曹操の大軍と戦って、敵陣を破砕《はさい》し、寡兵《かへい》とともに小城に籠《こ》もったときは、あえてその城門を開いて、寄せてきた敵の大軍を去らした。

翌朝、その小城に到った劉備は、

「子龍《しりょう》の一身《いっしん》はすべてこれ膽《たん》（胆《たん》）なり」

と、称《ほ》めた。

攻めれば攻めるほど死傷者を増やした曹操軍は、ついに撤退し、曹操は長安へ還《かえ》った。かつて曹操と戦っていちども勝ったことがない劉備は、ここではじめて勝ったといってよい。曹操軍が完全に引き揚げたことをみとどけた蜀兵の歓声が山谷《さんこく》にこだました。

この捷報《しょうほう》は、成都を留守《りゅうしゅ》する諸葛亮のもとにとどけられたあと、東宮《とうきゅう》にいる劉禅に伝えられ、さらに多くの官吏《かんり》に知らされた。ちなみにこの年に、劉禅は十三歳である。ほどなく城内は、万歳《ばんざい》を唱《とな》える声で盈《み》ちた。

ただし劉備は浮かれておらず、劉封《りゅうほう》、孟達《もうたつ》らに命じて、荊州の西北部にある上庸《じょうよう》を攻めさせた。

劉封は劉備が荊州にいたころに得た養子である。勇猛な将ではあるが、細心《さいしん》をもっていないところが欠点であろう。孟達は、まえに書いたように、法正の友人である。孟達は上庸よりさらに東へすすんで房陵《ぼうりょう》県に到り、長官の蒯祺《かいき》を討った。蒯祺はなつかしい名である。諸葛亮の姉が嫁《とつ》いだ人で、ここで戦死した。

劉備の威勢が伸張《しんちょう》する一方となった現状をみた群臣は、

「主を王に――」

という声を高めた。

この声をおさえ切れなくなった劉備は、ついに南鄭の西に位置する沔陽県《べんようけん》に壇《だん》を築かせた。そこで群臣から王の冠をすすめられた劉備は、五十九歳で、

「漢中王」

と、なった。この王国の首都は成都ではあるが、しばしば争奪戦がおこなわれた漢中郡を守らせるべく抜擢《ばってき》したのが魏延《ぎえん》であった。群臣は、漢中をさずかるのは張飛ではなかったのか、とおどろいた。

劉備が幽《ゆう》州で挙兵したときから左右にいた関羽と張飛は、身内のあつかいである。将軍名で、前・後・左・右が冠《かん》された位は、高位にはちがいないが、特別あつかいというわけではない。劉備が漢中王になったあと、関羽は前将軍に、張飛は右将軍に任命された。

ただし関羽には節鉞《せつえつ》が、張飛には仮節《かせつ》がさずけられた。節はもともと旗の一種であるが、王や皇帝の命令をおびてゆく使者にさずけられる。この旗には専断《せんだん》権があり、いちいち王や皇帝の判断を仰《あお》がなくても、事を処断できる。鉞は、いうまでもなく、まさかりである。これをさずけられた将は、軍事において独断専行《どくだんせんこう》がゆるされる。

すなわち劉備は荊州にいる関羽にむかって、

「存分《ぞんぶん》にせよ」

と、いったことになる。

おどろいたことに、劉備が漢中王になった翌月の八月に、関羽はとうに準備を終えていたかのように、軍を率いて江陵《こうりょう》をでると、北上して曹仁《そうじん》が守る樊《はん》城を攻めた。

関羽から出師を告げる書翰が諸葛亮のもとにとどけられた。これとはべつに、出師の表《ひょう》が劉備にささげられたにちがいないが、肝心の劉備はまだ成都に帰着していない。漢中郡が敵軍に突破された場合を考えて、白水関《はくすいかん》から成都に至るまで、亭《てい》と砦《とりで》を四百余り設置するための工事を指示していた。

諸葛亮は岱と斉方を呼び、

「すでに王は、前将軍の出師をご存じではあろうが、念のため、この書翰を王に献じよ」

と、いいつけて、すみやかに発たせせた。関羽は、劉備が荊州西部を取るあたりから、諸葛亮を格別に信用するようになった。武人ではなくとも諸葛亮がもっている勇気の質が比類《ひるい》ないものであると気づいたからである。

「この北伐《ほくばつ》は、貴殿が隆中《りゅうちゅう》にあったころ、主上に語った計謀《けいぼう》にそったものである」

と、書翰にはある。

たしかに劉備が益州を得たあと、劉備は益州から魏の涼州を攻めて長安へむかい、荊州の上将軍は荊州北部を平定して洛陽《らくよう》へむかう、それが霸道である、と劉備に説いた。

——だが関羽の北伐は、主上の動きと連動していない。

それとも関羽は、劉封と孟達が荊州の西北部を攻略していることを知って、それと連動しようとしているのか。

王朝の中心というべき尚書令《しょうしょれい》に任命された法正が、劉備よりさきに成都に帰ってきたので、すぐに諸葛亮は、

「関《かん》将軍の北伐は、王のご命令によるものではありません。将軍に節鉞がさずけられたとはいえ、早すぎます。王の北伐と同時におこなうのがよいので、引き揚げるように、王のご命令として発していただけませんか」

と、たのんだ。劉備の命令はすべて尚書令を通過するといってよい。

諸葛亮より五歳上の法正は、軍事と行政の両方に目くばりをしなければならない立場にあるものの、

「荊州の軍事には、口も手もだしにくい」

と、いった。ここだけの話であるが、劉備は関羽を、荊州王にしたい、のではないか。劉備は関羽を臣下とみなしておらず、同志とみている。法正はそういった。

——そうかな。

劉備は関羽、張飛と義兄弟の契《ちぎ》りを結んだ、ときいたことがある。関羽はどうみても劉備よりも年齢が上なので、義兄ということになる。この三人によって形成される世界は、独特でしかも純粋《じゅんすい》といってよく、他の者が立ち入ることはできない。その三人には、思想などは無関係である、と諸葛亮はみている。

晩秋、劉備が成都に帰着するとほとんど同時に、関羽の本営から捷報《しょうほう》がとどけられた。樊城に籠《こ》もる曹仁《そうじん》を救うべく、于禁《うきん》を将帥《しょうすい》とする七軍が南下してきたが、関羽は漢水の氾濫《はんらん》を利用して、その七軍を全滅させ、于禁を捕虜にしたという。

「やあ、関将軍は冬には樊城を落とせそうだ。明年、南陽郡《なんよう》を平定するかもしれぬ」

劉備は法正にほがらかな顔と声をむけた。法正はわずかに諸葛亮にまなざしをむけてから、首を横にふった。この状態で、

「関将軍に引き揚げをお命じなさいませ」

とは、とてもいえない。劉備は関羽におもう存分に戦わせてやりたいとおもっているにちがいないのである。

が、冬に、劉備は愁色《しゅうしょく》をみせた。

敗報がとどいた。曹操は再度救援軍をつかわし、将帥となった徐晃《じょこう》が関羽を破ったのである。関羽でも負けるときがある。と自分にいいきかせた劉備は、年末に関羽の死を知って、なぜだ、と喉《のど》を破らんばかりの声で叫んだ。

報復

劉備《りゅうび》は深い憂《うれ》いのまま新年を迎えた。

やがて、関羽《かんう》が敗死にいたるまでの詳細がわかるようになった。

意外なことが多かった。

まず、関羽は魏《ぎ》将の徐晃《じょこう》と戦って敗れたが、そこで戦死したわけではなかった。敗退した関羽は本拠である江陵《こうりょう》に帰ろうとした。

ところが、その江陵には、孫権《そんけん》の属将である呂蒙《りょもう》が兵とともにはいりこんでいた。信じがたいことであるが、江陵を留守《りゅうしゅ》していた糜芳《びほう》が、呂蒙を迎え入れたという。糜竺《びじく》、糜芳の兄弟といえば、昔、劉備が徐《じょ》州においてて窮地におちいり、配下ともども餓《が》死《し》しかけたとき、その富力《ふりょく》をもって救助の手をさしのべてくれた。その糜芳が関羽を裏切ったのである。

関羽は本拠を呂蒙に奪われたことを、当陽《とうよう》のあたりで知り、西へ奔《はし》って、麦《ばく》城に立《た》て籠《こ》もった。降伏を勧《すす》める孫権の使者に接した関羽は、城壁に旗や人形を置き、城内にいるように敵にみせておいて、逃走した。関羽に従う騎兵は、十余騎であったという。

が、ぬけめのない孫権は、関羽の逃走路を予想し、朱然《しゅぜん》と潘璋《はんしょう》に命じ、まえもって逃げ道を遮断させておいた。十二月に、潘璋の司馬《しば》が、関羽と子の関平《かんぺい》それに都督《ととく》の趙累《ちょうるい》を捕らえた。

かれらが斬られたのが臨沮《りんしょ》であると知らされた劉備は、

「呼々《ああ》……」

と、嘆息した。その地は、劉封《りゅうほう》と孟達《もうたつ》が平定にあたっている地域から遠くない。また、あとになって、わかったことがある。北伐《ほくばつ》をおこなっているさなかに関羽は、劉封らに使者を遣《や》って、協力してくれるように要請したのに、劉封はまだ平定が終わっていないという理由で、それに応じなかったらしい。

——応じていれば、関羽は死ななかった。

劉備は哀しみよりも怒りをおぼえるようになった。気がつくと、両手をうしろ手に縛った糜竺が、涙をながしながら処罰を乞《こ》うていた。すばやくその縄を解《と》いた劉備は、

「あなたになんの罪があろうか」

と、肩を抱いた。

——もっとも姦悪《かんあく》なのは、孫権である。

そうではないか。荊《けい》州の南《なん》郡、零陵《れいりょう》郡、武陵《ぶりょう》郡という三郡を劉備の支配下に置くと認めたのは孫権である。ところがその三郡の管理者である関羽が外にでかけているあいだに、三郡に

配下をしのびこませて、人民と財貨を盗んだのである。

「宥《ゆる》せぬ」

月日が経《た》つにつれて、劉備の怒りがつのった。

劉封は悪いときに帰ってきたといえるであろう。一度は成功した上庸《じょうよう》平定に、失敗して帰還したのである。また、劉封と連動して討伐をおこなっていたはずの孟達が、劉封と適《あ》わず、劉備に書翰《しょかん》によって別れを告げて魏へ去った。すなわち孟達を去らしたのは劉封の罪である。その罪よりも、関羽を助けにゆかなかったことが、はるかに大きい罪である。それについて劉備は執拗《しつよう》に劉封を責めた。

諸葛亮《しょかつりょう》は劉備が過度にきびしい処罰をおこなおうとするとき、諫止《かんし》をおこなって、その罪を軽減させることをしてきた。が、劉封に関しては、いっさい、とりなしをおこなわなかった。ここまで劉封の性質と行動をみてきたが、かれはつねにおのれの武《ぶ》と勇《ゆう》を誇りたがり、他人と共同することをいやがった。劉備が亡《な》くなったあとのことを想《おも》うと、劉封は劉備の養子であったことを鼻にかけ、嗣王《しおう》の劉禅《りゅうぜん》を扶助《ふじょ》しないであろう。要するに、劉封は後継における障害となる存在なのである。それゆえ劉備にむかって、諸葛亮は、

「国家のためです。いま、かれをお除きなさるべきです」

と、強く述べた。

「そうか……」

劉備は涙をみせた。あれほど劉封を責めたにもかかわらず、劉封への愛情を失ってはいない。ほどなく劉備は劉封へ死を賜《たま》い、自裁《じさい》させた。

この年、劉備は涙をみせることが多かった。法正《ほうせい》が逝去《せいきょ》したとき、劉備は数日間涙をながした。法正の享年は四十五である。法正のあとに尚書令《しょうしょれい》になったのは劉巴《りゅうは》である。また白髪の老将として有名であった黄忠《こうちゅう》も死去した。

劉備の表情は冴《さ》えないままである。関羽をひそかに追悼《ついとう》しつづけている、と諸葛亮にはわかった。

蜀《しょく》の朝廷には沈鬱《ちんうつ》な空気がよどんだ。

こういうさなかに、魏王の曹操《そうそう》が薨《こう》じて、子の曹丕《そうひ》が王位を襲《つ》いだという報《しら》せがはいった。だが、劉備をはじめ蜀の群臣は、それについての反応はにぶかった。

しかしながら、この年の冬に、曹丕が皇帝の位に即《つ》いて、献《けん》帝を弑《しい》したという伝聞には、するどく反応した。曹丕が献帝を弑殺《しいさつ》したというのは訛伝《かでん》であったが、蜀の君臣はそれを信じた。

劉備は献帝を悼《いた》んで、すぐに喪《も》を発した。

漢《かん》王朝は劉邦《りゅうほう》が創立し、いったん滅んだものの、劉秀《りゅうしゅう》（光武帝《こうぶ》）が再興し、献帝までつづいた。が、献帝が曹丕に帝位を禅譲《ぜんじょう》することによって、畢《お》わった。劉備は漢王朝の命運が尽きたことを悼んだといってよい。

だが蜀の群臣は、

――漢王朝は絶滅したわけではない。

と、考えた。なぜなら漢中王《かんちゅうおう》である劉備は、前漢の皇帝であった景《けい》帝の裔孫《えいそん》であり、皇帝の位に升《のぼ》れば、漢王朝を引き継いだことになるではないか。そこで群臣はこぞって、

「どうか大王は、天に応じ、民に順《したが》って、すみやかに洪業《こうぎょう》（天子の位）に即き、海内《かいだい》（天下）を寧《やす》んじてくれますように」

と、願った。

傲慢《ごうまん》でありたくない劉備はそういう声をたびたびしりぞけて春を迎えた。晩春になったとき、群臣に倦怠《けんたい》の色をみた諸葛亮は、このままでは王朝が生気を失うと感じ、おもい切って劉備を説得した。

「後漢王朝の創業時に、呉漢《ごかん》や耿弇《こうえん》たちが世祖《せいそ》（光武帝）に帝位に即くことを勧めました。が、世祖は数回も辞退しました。そこで耿純《こうじゅん》が、あなたさまが即位なさらなければ、士大夫《したいふ》はそれぞれ去って主君をあらたに求め、あなたさまに従う者はいなくなるでしょう、と進言しました。世祖はそのことばに切実さを感じて、即位を承諾《しょうだく》しました。いま大王が帝位にお即きになるのは、当然のことです。士大夫が大王に従って久しく苦労してきたのは、尺寸《せきすん》の功《こう》（わずかな恩賞）をも欲し望むからで、耿純が述べた通りです」

呉漢、耿弇、耿純は、光武帝を支えた名臣、賢臣である。とくに武事での功績が光る。

劉備は諸葛亮の進言を聴いて、王朝とは王や皇帝の私有物ではないことを、あらためてさと

った。

四月に、践祚《せんそ》した劉備は、大赦《たいしゃ》をおこなって、元号を改めた。魏の黄初《こうしょ》二年が、蜀の章武《しょうぶ》元年となった。ちなみにこの年は、西暦の二二一年にあたる。

さっそく劉備は、諸葛亮を丞相《じょうしょう》とし、許靖《きょせい》を司徒《しと》とした。丞相を設けた場合、司徒、司空《しくう》、太尉《たいい》という三公をはぶくのがふつうであるが、司徒だけを残したのは、許靖への敬意を表したと同時に、その位に実権はなく装飾的であることを暗に示したといえるであろう。

さらに五月には、呉《ご》氏を皇后に立てた。劉備の正室から孫《そん》夫人が去ったあと、劉禅を産んだ甘《かん》夫人が正室にもどったが、荊《けい》州にいるうちに亡くなった。呉氏は兗《えん》州陳留《ちんりゅう》郡の出身であり、劉備や甘夫人とまったく関係のない道を通って益《えき》州へ往った人である。呉氏の兄がまだ若いころに父を喪《うしな》った。そこで父の縁をたぐって、益州牧《ぼく》の劉焉《りゅうえん》（劉璋《りゅうしょう》の父）に身を寄せた。当然のことながら呉氏も兄に随《したが》って益州にはいったのである。

当時、劉焉は占いに凝《こ》っており、なかばたわむれに呉氏の人相を観《み》させた。観相《かんそう》をおこなった者は大いにおどろき、

「この女《むすめ》は、たいそう高貴な身分になります」

と、劉焉に告げた。

——たいそう高貴とは、天子か王の后《きさき》になるということか。

そう考えた劉焉は、自分の子のなかで劉瑁《りゅうぼう》が近くにいたので、呉氏を劉瑁のために娶《めと》った。

占い通りになれば、劉瑁が天子か王になるはずである。ところが劉瑁が亡くなり、呉氏は寡婦《かふ》となった。この時点では、観相の者の占いは、はずれたことになる。

ところが、劉璋に代わって劉備が成都《せいと》の主《あるじ》となり、正夫人がいなくなったとなれば、

「呉氏を正室にお迎えになるのがよろしい」

という声が、臣下からいくたびも挙《あ》がったため、その進言を容《い》れた劉備は呉氏を娶った。ちなみにすでに亡くなっている甘夫人を追尊するかたちで、甘皇后といい、呉氏は死後に穆《ぼく》皇后と呼ばれる。

いつの世にも、どこの国にも、観相の名人はいるものである。

皇后が定められるとほぼ同時に、劉禅は皇太子に立てられ、弟の劉永《りゅうえい》は魯《ろ》王に、劉理《りゅうり》は梁《りょう》王とされた。

さて、諸葛亮が丞相に任命されたことで、諸葛家では、岱《たい》と斉方《せいほう》が手をとりあって喜んだ。丞相といえば群臣のなかで最高位であり、それより高い位にいる人は皇帝ただひとりである。

岱はため息をつきながら、斉方にむかって、

「なんじは知るまいが、昔、わたしは郡丞《ぐんじょう》さまに、主《しゅ》が青雲に梯《はしご》をかけてのぼる人である、と教えられた。それがわかっていながら、あの人は寿春《じゅしゅん》の袁術《えんじゅつ》のもとへ帰った。主とともに荊州から益州まできていたら、いまや益徳《えきとく》（張飛《ちょうひ》）どのに次ぐ将軍になったかもしれない」

と、残念がった。

「われらが郡守《ぐんしゅ》（諸葛玄《げん》）さまに従って揚《よう》州を去ったのは、二十五、六年まえよ。あのころ郡丞さまはおいくつであったのか。そういえば、わたしを頼って揚州の知人や親戚がいまだにやってくるが、その郡丞さまらしき人が、孫権の子の孫奮《そんふん》に仕えている、と語《つ》げた者がいる」

「ほう、初耳だ」

岱は半信半疑ながら、すこしうれしそうな顔をした。

「くわしいいきさつはわからないが、推測をまじえるとこうなる」

袁術が病歿したあと、妻子は廬江《ろこう》太守の劉勲《りゅうくん》のもとに身を寄せた。郡丞はその妻子に付《つ》き添《そ》ったにちがいない。ところが劉勲は孫策《そんさく》に撃破された。それにともなって妻子は孫策にひきとられた。袁術の女《むすめ》はのちに孫権の後宮にはいり、子の袁燿《えんよう》は郎中《ろうちゅう》に任命された。さらに袁燿の女が、孫奮の妻となったので、郡丞はその帰嫁《きか》にかかわって、孫奮家の臣となった。

「それが本当であれば、孫奮は、孫権の子のなかで出頭《しゅっとう》となるのではないか」

と、岱はいった。

「孫奮が卓説《たくせつ》を聴く耳をもっていればの話だ」

「それも、そうだ。しかし、郡丞さまが生きているのなら、主が蜀王朝の丞相になったことをお知りになり、われらのことを憶《おも》いだしてくださるだろう」

岱は目頭《めがしら》を熱くした。

いまや斉方は諸葛家の家宰《かさい》であり、岱は斉方を扶《たす》けながら、諸葛亮の左右につねにいる臣となり、馬車の御者《ぎょしゃ》にもなる。ちなみに諸葛均《きん》は、長水校尉《ちょうすいこうい》に任命され、一家を建てた。

新政権が樹《た》つことは、

「受命改制《じゅめいかいせい》」

ともいう。天命を受けて、旧制度を改める、ということである。が、蜀の王朝は、多少事情がちがう。改元をおこなったのは、予想通りであるが、暦《れき》に関しては、後漢王朝が採用していた四分暦《しぶん》を、踏襲《とうしゅう》した。なお四分暦は、一年を三六五・二五（四分の一）日とするものである。

蜀の法令は、すでに諸葛亮、法正、劉巴、李厳《りげん》の合議によって定められている。四分暦の襲《しゅう》用《よう》は、諸葛亮が劉巴などに諮問《しもん》して決定し、劉備の聴許《ちょうきょ》を得たにちがいない。

朝廷には新鮮な空気がながれている。

劉備の表情にも変化がある。いつにない澄晴《ちょうせい》なものさえ感じられるので、かえって諸葛亮は不安をおぼえた。

はたして、劉備は突然に、

「東征する」

と、宣明《せんめい》した。はっきりいえば孫権を討つということである。

――そういうことか。

諸葛亮は天を仰いだ。あれほど憂鬱《ゆううつ》な顔をしていた劉備が、急に晴れやかになったのは、皇帝となることによって公《おおやけ》の義務をはたし、これで個にもどれる、とおもったからであろう。その個とは、関羽にはじめて遭《あ》ったころの劉備である。義兄弟を殺されて黙っていては、男がすたる。いまの劉備の意《おも》いとは、そういうものであろう。

諸葛亮は諫言《かんげん》を呈さなかった。

劉備を懸命に諫《いさ》めたのは、趙雲《ちょううん》である。

「国賊とは曹操であって、孫権ではないのです。また、さきに魏を滅ぼせば、おのずと呉は服従するでしょう。曹操の身はすでに斃《たお》れたといっても、子の曹丕は帝位を盗みました。多くの人々が望んでいるように、早く関中《かんちゅう》を攻略し、河水《かすい》と渭水《いすい》の上流に居をすえて、凶逆《きょうぎゃく》の曹氏を討てば、関東の義士は、かならず兵糧《ひょうろう》を包み、馬に鞭《むち》打って、王師《おうし》（劉備の軍）を迎えるでしょう。魏よりさきに呉と戦ってはなりません。交戦がはじまると、すぐに解くことはできないのです」

幼いころの劉禅を攫《さら》われそうになった趙雲にも、孫権への悪感情があるが、それをおさえて正論を吐いた。

しかしながら、この理屈は、仇討ちとおなじ情熱に満ちている劉備の胸にとどかなかった。出師《すいし》を命じた劉備のもとに、ほどなく張飛の都督《ととく》から上表《じょうひょう》がとどくときくと、その内容を問うまでもなく、

「ああ、飛が死んだ」

と、悲しみの声を揚げた。張飛は車騎《しゃき》将軍の高位に昇り、このたびは、一万の兵を率いて、

巴西郡《はせい》の閬中《ろうちゅう》から出発しようとしていた。

張飛は配下のだらしなさを怒る質《たち》で、つねに鞭《むち》をつかって叱呵《しっか》していた。それを怨んだ属将の張達《ちょうたつ》と范彊《はんきょう》が張飛を暗殺し、その首をもって呉へ奔った。

さきに関羽が討たれ、いままた張飛が殺されたとなると、劉備は三人だけで作った小宇宙へゆこうとするであろう。つまり呉を攻めて死ぬ、その覚悟がいよいよ固くなったとみてよい。遠征軍を見送った諸葛亮は、ふたたび劉備に会えないかもしれない、とおもった。

ところで劉備の東征を、角度をかえて観ると、殺された臣下の仇討ちを君主が国を挙《あ》げておこなったことになり、前代未聞《ぜんだいみもん》の珍事といえないことはない。

とにかく劉備は、馮習《ふうしゅう》に全軍の督率《とくそつ》をおこなわせ、張南《ちょうなん》に先鋒を命じた。ほかに輔匡《ほきょう》、趙融《ちょうゆう》、廖淳《りょうじゅん》、傅肜《ふゆう》などに軍を率いさせた。劉備自身は、呉班《ごはん》に数千の兵をさずけて先行させ、呉軍に戦いをいどませた。呉の諸将はそれに応じて戦おうとしたが、陸遜《りくそん》が劉備に策略があると予想して、諸将をとどめた。呉班を囮《おとり》とした劉備は呉軍を急襲できなかったが、敵軍の抵抗がないことを見定めると、むやみに前進せず、陣営を固めた。呉班と陳式《ちんしょく》という将は、水軍を率いてゆるゆると江水《こうすい》をくだり、夷陵《いりょう》で停まった。江水の両岸をおさえて、川をはさむかたちになった。

これが正月のことで、二月になると、劉備は本拠にしていた秭帰《しき》県をでて、山にそってすすみ、嶺を横切って、夷道《いどう》県の猇亭《こうてい》で駐屯した。夷道は夷陵より南に位置する。だいぶ江陵《こうりょう》に近づいたことになる。

ここで劉備は随従《ずいじゅう》させてきた侍中《じちゅう》の馬良《ばりょう》に、武陵蛮《ぶりょうばん》を説《と》いて協力させるように命じた。馬良は諸葛亮が荊州にいるころから親交があり、弟の馬謖《ばしょく》が劉備に従って益州へ往き、諸葛亮も荊州を去ったので、書翰を送って益州へ招いてもらった。最初は左将軍掾《さしょうぐんえん》であった。

武陵蛮は、武陵郡の五渓《ごけい》の蛮夷《ばんい》、というのが正確かもしれない。孫権の政府に服従しない族である。

夷陵と夷道のちょうど中間に位置する猇亭に、本営をすえた劉備は、皇帝でありながら、最前線に立って指麾《しき》をおこなっているといってよく、関羽をあざむき殺した呉の主従への怨恨《えんこん》のすさまじさが、そうさせたといえる。

孫権は、蜀とは争いたくない、といい、講和を望んで、諸葛瑾《きん》を蜀軍の本営へ遣った。が、劉備は孫権の親書をほとんど読まずに、棄《す》てた。背をむけていた関羽を、うしろから襲ったにひとしい呂蒙は、関羽が死ぬとほどなく病死した。卑怯《ひきょう》なことをしたむくいといえなくない。が、呂蒙に詐謀《さぼう》をおこなわせた孫権は、天罰もうけずに、のうのうと生きているではないか。

——宥せぬ。

昔から劉備は孫権が嫌いであり、この嫌厭《けんえん》の感情がつもりつもって爆発したといってよい。たとえ孫権の首を獲《と》っても、関羽は生きかえらない。そんなことくらいわかっていても、どうしても呉の諸将をたたきのめしたかった。

荊州に攻め込んだ劉備は冷静ではなかった。

だが、孫権から反撃のための指麾権をさずけられていた陸遜は冷静であった。ちなみに、まだ天下に名を知られていない陸遜は、この年に、四十歳である。

陸遜は劉備軍にすぐに応戦する愚かさを避け、劉備軍の伸展《しんてん》ぶりを遠望するだけで夏を迎えた。

――劉備軍は進撃しない。

ということは攻略のための策は出尽くした。そう判断した陸遜は、晩夏に、猇亭攻めを敢行した。むろん劉備は呉軍の反撃を予想していたが、ここでの戦いに敗れ、江水にそって西へ走った。夷陵をすぎ、馬鞍《ばあん》山に登った。

江水沿岸には劉備が造らせた営塁《えいるい》が多くあり、陸遜はそれらを焼き払うために、兵たちに茅《かや》をひとたばずつもたせて、火攻めをおこなった。この猛攻によって、蜀の馮習《ふうしゅう》、張南《ちょうなん》たちは戦歿した。

やがて馬鞍山にも呉軍が迫った。

山の周囲に兵を配していた劉備であるが、敗色が濃厚になると、夜陰にまぎれて逃走し、秭帰県にたどりついた。そこで離散した兵を収めた。馬良の生還《せいかん》はなかった。

――負けたのか……。

それでも自分は生きている。これは唾棄《だき》すべき事実であった。

秭帰でわずかに安息《あんそく》を得た劉備は、呉軍の追撃が急であると感じ、船をつかわず、歩道をすすみ、益州の魚復《ぎょふく》県にはいり、駅舎に落ち着いた。

往時、この地に公孫述《こうそんじゅつ》が城を築き、白帝《はくてい》と号したので、魚復県を白帝城と呼ぶ者もいるが、実際は位置がずれており、劉備がとどまったのは県の駅舎で、それを拡大して宮室とした。さらに、それを、

「永安宮《えいあんきゅう》」

と、呼び、県名も魚復をやめて、永安とした。

「われが陸遜ごとき者に辱《はずかし》められたのも、天命であろうか」

敗走した劉備は、辱在《じょくざい》をあらわにし、成都《せいと》へ帰るとはいわなかった。多くの将士を失った大敗が事実となれば、官民にあわせる顔がない。というのが劉備の真情であろう。

戦死せずに、敵に降伏した将軍がいる。黄権《こうけん》がそれである。ただし降伏した相手は、呉ではなく魏《ぎ》である。

黄権は真摯《しんし》な臣であり、呉を討伐するという劉備を諫《いさ》めた。が、劉備の決意が堅いとみるや、

「それがしに先陣をおまかせください」

と、望んだ。だが、劉備は呉を攻めているあいだに魏が軍を南下させる危険があると想い、黄権を鎮北《ちんほく》将軍に任じて、江水北岸の軍を督率《とくそつ》させた。その後、劉備はその軍を置き去りにするかたちで敗走したため、帰路が呉軍にふさがれた黄権は、呉ではなく魏へ投降したのであ

る。法によると、敵に降《くだ》った将軍の妻子を捕らえて処罰することになっているので、担当の役人がそのことを劉備に言上《ごんじょう》すると、

「われは黄権に背《そむ》いたが、黄権はわれに背いていない」

と、いい、黄権の妻子をもと通りに待遇した。なお魏の臣となった黄権は、曹丕と司馬懿《しばい》に厚遇された。

ところで劉備が猇亭で敗れたとき、それを知った巴西太守《はせいたいしゅ》の閻芝《えんし》は諸県の兵五千を集め、それを馬忠《ばちゅう》にあずけて劉備の護衛にむかわせた。馬忠のはつらつたる救援をみた劉備は、永安において、

「われは黄権を失ったが、かわりに馬忠を得た」

と、尚書令の劉巴にいった。

ところで知力のある劉巴は、このあと、ほどなく死去した。

かれはある時期、劉備にさからいつづけたので、劉備に臣従するようになってからは、ほかの臣に嫉《そね》まれたり疑われたりしないように、家産を増やすことはせず、生活は清恬《せいてん》をつらぬいた。諸葛亮が後《うし》ろ楯《だて》になってくれたことが、心の拠《よ》り所《どころ》であったにちがいない。

劉巴が病歿したことを知った劉備は、李厳を永安宮《えいあんきゅう》に召して、尚書令に任命した。

なお、この年に、許靖のほかに馬超が卒《しゅっ》した。馬超の享年《きょうねん》が四十七であったのは、その死が早すぎたといってよい。心身を酷使しすぎたせいであろうか。

成都にいて、蜀軍のみじめな敗退を知った諸葛亮は、岱と斉方にむかって、

「法孝直《ほうこうちょく》（法正）が生きていれば、主上《しゅじょう》の東征《とうせい》を止めたであろう。また、かりに東征を止められなかったとしても、あのような危険を避けることができたはずである」

と、声を湿《しめ》らせていった。

「どうして主上を諫止《かんし》なさらなかったのですか」

岱は劉備の東征に関して諸葛亮が口をつぐんでいたことが解《げ》せない。

「主上の目が……」

関羽の仇討ちを止めてくれるな、と劉備の目がいっていた。永安に引き揚げた劉備は、悔恨の情を棄て去ったであろう。もしも呉軍と戦わずに死期を迎えたら、劉備は臨終まで、悔しいといいつづけることになろう。

「さようでしたか」

岱は、法正が劉備に重用《ちょうよう》されるようになってから、わずかな怨みにも報復したことを、知っている。そのころ諸葛亮に、法正の権力を抑えるべきだと忠告した者がいたが、諸葛亮はその言を採《と》らなかった。

――劉備をここまで押し上げたのは法正である。

と、いう認識であった。諸葛亮は法正にたいして、つねに一歩譲っていた。

劉備は諸葛亮の兄が孫権に仕えていることを知っており、あえて諸葛亮に東征について諮問《しもん》

しなかったかもしれない。斉方はそうおもっている。

「ところで、主上はいつ成都におもどりになるのですか。重病説が、ながれております」

と、ふたりは口をそろえて問うた。

「ふむ……、主上は下痢《げり》ぎみで、体調がすぐれないようであるが、重態ということはない」

永安宮にいる李厳からの報《しら》せでは、劉備は憂慮《ゆうりょ》すべき状態ではない。それゆえ諸葛亮は見舞いにゆかない。年が明ければ、劉備は成都に還《かえ》ってくるであろう。帰還してくれなければこまるのである。劉備が永安にとどまっていると、そこが政府の主体となり、呉の孫権との講和も、劉備が独断でおこない、太中大夫《たいちゅうたいふ》の宗瑋《そうい》を呉へ遣ったのも劉備である。

諸葛亮があずかっている成都の朝廷は、国の大事にかかわることなく、瑣末《さまつ》の処理機関になりさがっている。この現状では、劉備の近くにいる李厳が、国政に臨《のぞ》んでいるというべきであろう。

年内に劉備の帰還はなかった。

年があらたまると、岱が浮かない顔をした。岱は諸葛亮の使いで、高官の家に往き、不快な伝聞に接した。

蜀郡の西南に漢嘉《かんか》という郡がある。その郡の太守を黄元《こうげん》という。黄元はまえから諸葛亮を嫌っているといううわさが立っている男であるが、このたびは、劉備の病気が重いという流言《りゅうげん》をきいて、叛乱するために挙兵したらしい。

帰ってきた岱が斉方にその話をすると、

「乱れはじめたのは、漢嘉郡だけではない。南中《なんちゅう》の諸郡も揺れはじめたらしい」

と、愁色《しゅうしょく》をみせた。劉備が崩《ほう》ずれば、後嗣《こうし》の劉禅は幼帝で、とても益州を統治できない、とみている有力者が南部に多いということである。

諸葛亮に会った岱は、黄元が叛乱したのではないか、と告げると、

「いまは、うわさの段階である。実態を調べさせている」

と、いった諸葛亮は、声を低めて、主上の病状が悪化した、永安までゆく馬車を用意してもらわねばなるまい、といいつけた。成都から永安までまっすぐ行っても、千二百里以上ある。駅舎で馬を替《か》えながら行くのである。

正月の中旬に、劉備の使者がきた。

「主上がお召しです」

すばやく岱は廏舎《きゅうしゃ》から馬を曳《ひ》きだした。諸葛亮の子が見送りのために門のほとりに立った。諸葛喬《きょう》は揚州にいる諸葛瑾《きん》の次男で、養子となって益州へ移ってきた。ずいぶん長い間、妻の黄氏《こう》が子を産まないので、諸葛亮は兄の次男を迎えて養子とした。養子というより猶子《ゆうし》といったほうがよい。諸葛亮は喬をもらいうける際に、

「たとえこのあと実子が生まれても、この子をわたしの嗣子《しし》とします」

と、兄に約束した。それゆえ、この時点で、二十歳の諸葛喬が諸葛亮のあとつぎである。な

お諸葛喬のあざなは伯松《はくしょう》であり、のちに生まれる実子の瞻《せん》は思遠《しえん》というあざなをもつ。

成都をあとにした諸葛亮は、二月中に永安に到着し、さっそく劉備に謁見《えっけん》した。笑貌《しょうぼう》をみせた劉備は、少々やつれたようではあるが、

「そなたがいないと、なにかとやりにくい」

と、いった声に衰えはない。

永安に丞相の諸葛亮と尚書令の李厳がそろえば、ここが中央政府といってよかった。

三月になると、劉備の病は悪化した。万一のことを想った諸葛亮は李厳に、

「皇子をお呼びしたほうがよい」

と、ささやいた。すると李厳は、

「すでに二王に使いをだしましたが……」

と、いった。諸葛亮は眉《まゆ》をひそめた。二王とは劉備の子の魯王（劉永）と梁王（劉理）を指しているにちがいない。だが、肝心な人がぬけている。

「皇太子がいなければなるまい。いそいで使者を立てよう」

「お待ちください。主上は皇太子を呼んではならぬ、と仰《おお》せになりました。妄《うそ》ではありません。それに皇太子を、なぜか、いま、主上は卿《けい》とお呼びになっています」

「これは容易《ようい》ならぬことをきいた。主上は皇太子を廃《はい》されて、二王のうちおひとりを、帝位に升《のぼ》らせるご所存なのであろうか」

卿は、大臣と同義語で、すなわち皇帝の臣下ということである。後継問題をこじらせると、一国の命運が衰亡《すいぼう》にむかってしまう。

だが、李厳は諸葛亮ほどの深刻さをおぼえていない口調で、

「十代のなかばに達しないふたりの皇子が、兄をさしおいて即位できましょうか。丞相もわたしも、その登祚《とうそ》に反対しますし、それがわからぬ主上ではありますまい」

と、乾いた声でいった。

「ふむ……」

李厳のいった通りではあるが、不可解さは残っている。

ところで、諸葛亮を恐れ、嫌っている漢嘉太守の黄元は、三月に、諸葛亮が成都に不在であることを好機とみて、兵を蜀郡に侵入させ、臨邛《りんきょう》県を攻めた。

むろん、このとき、成都の朝廷が無人になっていたわけではない。臨邛が突破されると、叛乱軍が成都に近づいてくるので、

「すみやかに賊《ぞく》を討伐なさるべきです」

と、皇太子の劉禅《りゅうぜん》に献言《けんげん》したのは、楊洪《ようこう》である。

楊洪はあざなを季休《ききゅう》といい、犍為《けんい》郡武陽《ぶよう》県の出身で、劉璋が益州牧のころに郡吏《ぐんり》を歴任していた。政府が変わると諸葛亮に認められて、蜀郡太守となった。ここで討伐軍をだすにおいて、陳曶《ちんこつ》と鄭綽《ていしゃく》という二将軍を推薦し、それが劉禅に聴《ゆる》されると、

「南安峡口《なんあんきょうこう》を遮断すれば、すぐさま黄元を捕らえられよう」

と、策をふたりにさずけた。

南安峡口は臨邛のはるか南にあるが、その地が水上交通の要地であることから、その地を抑《おさ》えることは黄元の退路をふさぐことになり、黄元に不安を与えると判断したのであろう。

陳曶と鄭綽はその指図に従って軍を展開した。はたして黄元軍ははやばやと崩れ、黄元自身は江水に乗って呉へ逃げようとした。ところが配下の護衛兵に捕縛され、成都に送られたので、斬殺された。

諸葛亮は楊洪を擢用《てきよう》したことで、間接的に叛乱を鎮《しず》めたのである。

四月にはいると、劉備は重態となった。

諸葛亮は病室に呼ばれた。ぞんがい劉備の顔色が良い。死が近いと、こういう日がある、と承知している。

劉備はおだやかな目つきをしている。

「君の才能は、そうだな……、曹丕の十倍はある」

そういわれた諸葛亮はまなざしをさげた。

「かならず国家を安んじるであろうし、最後には天下平定の大事業を成し遂《なと》げるであろう。わが嗣子《しし》が、輔佐《ほさ》するに足るようであれば、これを輔佐してくれ。もしもわが嗣子が不才であれば、君はみずから帝位を取るべきである」

劉備は本気で帝位を諸葛亮に譲ろうとしている。

南征

帝王がその位を有徳者《ゆうとくしゃ》に譲《ゆず》ることを、

「禅譲《ぜんじょう》」

と、いう。魏《ぎ》では、まがりなりにもその禅譲がおこなわれた。後漢《ごかん》王朝の皇帝である献帝《けんてい》が、魏王である曹丕《そうひ》に、帝位を譲ったのである。

蜀《しょく》においても、劉備《りゅうび》は帝位を諸葛亮《しょかつりょう》に譲ることで、禅譲を成立させようとした。

——なるほど、それで、皇太子をここに召さなかったのか。

諸葛亮は心のなかでうなずいた。禅譲をおこなうという劉備の意向が本物であるというあかしが、それである。もともと劉備は私有するという欲が稀薄《きはく》な人である。皇帝の位をどうしても子に襲《つ》がせたいという欲も、なさそうにみえる。

しかしながら、諸葛亮はそういう劉備よりも私有欲のすくない人である。隆中《りゅうちゅう》という山中で、晴耕雨読《せいこううどく》をつらぬいて一生を終えようと覚悟した諸葛亮に、欲があったとすれば、龐徳公《ほうとくこう》のように尊敬されたいという一種の名誉欲のみであろう。

ここでは、当然のことながら、禅譲を享《う》ける気は毛頭ない。諸葛亮は涙をながした。

「皇太子の知力は増し、整いつつあります。臣《わたし》はすすんで股肱《ここう》としての力をつくし、忠節をささげ、死ぬまでそれをつらぬきます」

諸葛亮の涙は、ここまで自分を讃美してくれた劉備への礼とみることができる。その劉備とは、まもなく別れなければならない。

劉備のまなざしに、わずかに温かさが加わった。

「わかった」

三顧《さんこ》の礼《れい》をもって諸葛亮を迎えてからここまで、諸葛亮がその場しのぎの発言をしたことは、いちどもない。それを知っている劉備は、諸葛亮が死ぬまで劉禅《りゅうぜん》を誠実に輔佐《ほさ》するであろう、と信じた。

ここで劉備は劉永《りゅうえい》と劉理《りゅうり》というふたりの子を病室にいれて、

「われが死んだあとには、そなたたち兄弟は、丞相《じょうしょう》を父とおもって仕え、成都《せいと》にいる卿《けい》いや兄といっしょに大事をおこなうようにせよ」

と、いった。これがふたりへの遺言《ゆいごん》となった。劉禅へは詔《しょう》のかたちで訓戒を与えた。

「そなたは丞相とともに政治をおこない、丞相に仕えるに父のごとくせよ」

遺言は歳月が経《た》てば忘れられてゆくものなのに、劉禅は忘れなかった。

ところで劉禅を輔佐するように命じられたのは、諸葛亮だけではない。尚書令《しょうしょれい》の李厳《りげん》も遺命《いめい》をさずけられ、諸葛亮の副となって、内外の軍事を統《す》べることになった。

李厳は利害に鋭敏な男であり、その感覚で劉禅の器量をはかると、とても蜀という国を盛栄《せいえい》させることはできない。それどころか、おのれの暗弱《あんじゃく》さから、政治をすべて諸葛亮にまかせるであろうから、蜀もかつての献帝と曹操による権力構図と同様なものができあがる。はやい話が、諸葛亮は劉禅の輔佐などせず、独裁政治をおこなって王となり、益《えき》州のなかに王国をつくり、やがて益州全体を諸葛亮の国にするであろう。すでに、この時点で、李厳はそう予想した。

四月癸巳《きし》の日に、劉備は永安宮《えいあんきゅう》において崩御《ほうぎょ》した。六十三歳であった。

天子のひつぎは梓《あずさ》で造られるので、梓宮《しきゅう》という。その梓宮は五月に成都に帰った。死後の劉備は追尊されて、

「昭烈《しょうれつ》皇帝」

と、呼ばれることになった。埋葬は八月におこなわれた。

――三日経てば、百官は喪服《もふく》をぬぐように。

というのが、劉備の遺詔《いしょう》であったため、諸葛亮はそれを劉禅に伝え、下の者にも伝えて実行させた。

劉禅の即位は五月であり、このとき十七歳である。すぐに諸葛亮を武郷《ぶきょう》侯に封じて、丞相府を開かせた。さらに益州牧《ぼく》を兼務させた。それによって政治上の事案は大小を問わず、みな

諸葛亮が決定することになった。ただし軍事に関しては、永安にとどまった李厳の権限を忖度《そんたく》しなければならない。

諸葛家では、家宰《かさい》の斉方《せいほう》が、永安から帰ってきた岱《たい》をつかまえて、

「六尺《りくせき》の孤《こ》を託《たく》す可《べ》く、以《もっ》て百里の命《めい》を寄《よ》す可し。わが主《しゅ》は、君子人《くんしじん》なり」

と、大声でいった。斉方がいったのは『論語《ろんご》』からの引用文だが、『論語』を読まない岱は、なんのことか、という顔をした。

六尺の孤とは、幼い孤児のことで、幼君を指す。そういう幼君を託すことができ、しかも百里四方の国の政治をまかせることができる、そうした人は君子らしい人物であり、わが主である諸葛亮がそれにあたる、と斉方は大いに誇ってみせたのである。

「孔子《こうし》が、そういったのか」

すこし鼻で哂《わら》いながら、岱は問うた。

「いや、六尺の孤といったのは、孔子の弟子の曾子《そうし》だ」

「ほう、なかなか味《あじ》のあることをいったものだな。幼い児《こ》が君主の席に即《つ》いて、その後、うまくいったためしはすくない。曾子は、もしかすると、六尺の孤は周《しゅう》の成《せい》王を想《おも》っていったのではないか」

岱は『論語』を読まないが、歴史には関心がある。

周の成王は、武《ぶ》王の子である。殷《いん》を滅ぼした武王は幼い成王を遺《のこ》して病歿した。その幼王を

託《たく》されて、政治をおこない、革命後の周王朝をかたむかせなかったのが、武王の弟の周公旦《たん》である。かれは周王朝の基礎をかため、成王が聴政《ちょうせい》をおこなうことができる年齢になると、大政《たいせい》奉還《ほうかん》をおこなった。

「わたしもおなじことを想ったよ。主はたぶん周公旦とおなじことをなさる」

「これから、われらも、さらにいそがしくなる」

岱はうれしくてたまらないようにいった。

諸葛家を訪《たず》ねてくる客の数は、以前の三倍以上になった。

諸葛亮は永安宮において、二月から四月まで劉備を看病した。そのあいだにことばを交わす時間がすくなからずあり、劉備の追懐《ついかい》や信条などをきかされた。たとえば、

「悪は小さいからといって、これを為《な》してはならず、善は小さいからといって、これを為さないことがあってはならない。ただ賢《けん》と徳だけが、人を服させることができる」

と、いい、これを劉禅への教訓としている。

諸葛亮は政治をおこなう上で、公平こそが善政の基《もとい》であると考えている。その公平を実現するためにどうするか、どれほど小さな悪もみのがしてはならず、かならず罰しなければならない。また、どれほど小さな善も、ひろいあげて、かならず顕彰《けんしょう》しなければならない。

——それさえできればよい。

さらに官界に関しては、適材適所をこころがけること、諸葛亮はそう自分にいいきかせ、な

るべく多くの人にじかに会うようにしている。適所にすえられた人は、上から指図を与えなくても、おのずと動いてくれる。

以前から、諸葛家をよく訪ねてきていたのは、馬良《ばりょう》、馬謖《ばしょく》という兄弟である。馬良は先年の東征に従い、劉備が夷陵《いりょう》において敗退する際に戦死した。それを悼《いた》む心もある諸葛亮は、馬謖を参軍《さんぐん》とし、丞相府に招いては談論《だんろん》した。それが昼から夜におよぶこともあった。

ただし、馬謖に関して、劉備から注意をうけたことがある。

「馬謖のことばは、その実力よりも過ぎている。重く用いるべきではない。君はこれを察せよ」

劉備は雄弁《ゆうべん》の人物を尊重しない癖《へき》があった。だが、諸葛亮は馬謖のことばの多さは、知力のあらわれであり、虚飾《きょしょく》にはみえなかった。とくに馬謖は兵書にくわしかった。それだけに最近の兵事にも大いに関心があった。

「丞相はご存じでしょうが、南中《なんちゅう》が騒がしいようです」

と、馬謖は諸葛亮の表情をうかがいながらいった。

益州は大きな州であり、南部にも多くの郡がある。しかもそれらの郡には異民族の勢力が厳然としてあり、蜀にある中央政府の法令を拒絶している。

南部のなかでも北に位置し、しかも中央にあるのが、越嶲《えっすい》郡である。

そのなかの部族の軍団長である高定元《こうていげん》（または高定《こうてい》）は、劉備が崩御《ほうぎょ》したと知るや、挙兵して、郡丞《ぐんじょう》の焦璜《しょうこう》を殺害し、みずから王を僭称《せんしょう》した。

擾乱《じょうらん》の状態になったのは越嶲郡だけではない。

越嶲郡の南にあるのが益州郡である。益州という州のなかに、益州という郡があるのは、わかりにくいので、のちに建寧《けんねい》郡に改称される。

この郡にいる豪族の雍闓《ようがい》が、太守《たいしゅ》の正昂《せいこう》を殺した。それを知った朝廷は、蜀郡出身の張裔《ちょうえい》を太守に任命して、赴任させた。ところが郡の人々は雍闓の妖言《ようげん》にまどわされて、張裔を捕らえて呉《ご》へ送った。

そういう状況を喜んだ呉の孫権《そんけん》は、雍闓を永昌《えいしょう》郡の太守に任命した。

永昌郡は益州の南部のなかで西端にある郡で、越嶲郡と益州郡に接している。孫権は蜀と和睦したにもかかわらず、そういうことを平気でおこなう人である。

南部の乱れは、それだけではない。

荊《けい》州に接する東端に牂牁《そうか》郡がある。なお牂はショウとも発音し、牁は柯《か》の文字に置き換えることができる。

益州郡の雍闓の叛乱に刺戟《しげき》された牂牁郡の丞《じょう》の朱褒《しゅほう》は、ぬけぬけと太守の席を奪って、恣放《しほう》をはじめた。

劉備が亡《な》くなった年は、喪に服す期間であるとおもっている諸葛亮は、南部諸郡の紊乱《ぶんらん》を知っても兵をださなかった。それに軍事に関しては、李厳が主導的立場にいるので、それをはばかった。

李厳も出師《すいし》をおこなうけはいをみせず、蜀郡出身の常頎《じょうき》を南中につかわして、叛乱の首領を説諭《せつゆ》させた。ところが、益州郡から牂牁へまわった常頎は、朱褒の不正を匡《ただ》すべく主簿《しゅぼ》を捕らえて、厳しく問い詰めたため、

「よけいなことをするな」

と、朱褒に憎まれて、殺害されてしまった。

それらの叛乱を整理してみると、首魁《しゅかい》は、

高定元（越嶲郡）

雍闓（益州郡）

朱褒（牂牁郡）

という三人になる。

「南中の叛乱を鎮《しず》めるのは、たやすいことではないが、それよりもむずかしいのは、北を伐《う》つことだ。なんじは南よりも北のそれを考えておいてくれ」

諸葛亮にそういわれた馬謖は、おどろきのあまり息を呑《の》んだ。北を伐つこととは、魏を攻めることである。さらにいえば、魏を攻めることは、天下平定のために歩をすすめることである。関羽《かんう》、張飛《ちょうひ》、黄忠《こうちゅう》、馬超《ばちょう》といった天下に名の知れた猛将がいなくなったいま、まさか諸葛亮自身が蜀軍を率いて北伐《ほくばつ》をおこなう壮図《そうと》をもっているとは想《おも》わなかった。

「考えてみます」

馬謖は表情をひきしめて答えた。

諸葛亮は良臣であると観《み》た者をつぎつぎに抜擢《ばってき》した。

益州の副長官というべき別駕従事《べつがじゅうじ》には、秦宓《しんふく》を引き上げた。秦宓は広漢《こうかん》郡緜竹《めんちく》県の人で、劉備が益州を支配するようになってから、はじめて官途《かんと》に就《つ》いた。その後、劉備が呉を征伐することを批判したため投獄され、のちに釈放された。それからいきなり別駕従事に昇った秦宓は、諸葛亮の慧眼《けいがん》を痛感したであろう。

王連《おうれん》も、諸葛亮に尊重された人である。

あざなを文儀《ぶんぎ》といい、出身は荊州南陽《なんよう》郡である。文武において、荊州の頭脳が益州に移植されていることがわかる。

王連は荊州にいた劉備が益州にむかうまえに、みずから益州にはいり、劉璋にその才徳を認められて、梓潼《しとう》県の令となった。これは推測にすぎないが、王連が荊州をあとにしたというのは、荊州が曹操軍に大きく侵《おか》されたときではあるまいか。

その後、劉備が劉璋の招きで益州にはいり、葭萌《かぼう》を経て白水関《はくすいかん》にむかう際に、劉璋と劉備のあいだに隙《げき》が生じ、劉備軍は成都へむかって進撃した。その軍を観《み》た王連は、城門を閉ざして、降伏しなかった。

それを知った劉備は、

「ほう、骨のある者がいる」

と、むしろ王連の節義《せつぎ》に好感をいだき、あえてかれの城を攻めさせなかった。成都にはいった劉備は、王連の毅然《きぜん》とした態度を忘れず、招いて什邡令《じゅうほう》とし、さらに広都令《こうと》とした。県令となった王連はいたるところで業績をあげた。

その才覚をみこまれた王連は、塩をあつかう司塩校尉《しえんこうい》に任命された。頭脳に柔軟さをもっている王連は、塩および鉄の専売を監督して、大いに利を得た。王連が国を富ました臣であることは、あきらかである。

王連は人材発掘の目をもっており、呂乂《りょがい》、杜祺《とき》、劉幹《りゅうかん》らを抜擢した。のちにかれらはそろって高官に昇った。

王連自身は、それから蜀郡太守、興業《こうぎょう》将軍になったが、以前のように塩府を統括した。

諸葛亮はこの才能を近くに置きたくなり、王連を屯騎《とんき》校尉に任命し、丞相長史《ちょうし》を兼任させた。長史は、丞相府で働くすべての官吏《かんり》のなかの長官である。

年があらたまると、諸葛亮が南方の状況について属吏《ぞくり》に諮問《しもん》する回数がふえたので、王連はおだやかに諫言《かんげん》を呈した。

「南中は不毛の地、疫病《えきびょう》の郷《さと》です。一国の望みを担《にな》うかたが、危険を冒《おか》してゆくべきではありません」

諸葛亮が南征して斃《たお》れたら、この国の官民は絶望の淵《ふち》に落ちるしかない。王連はまごころをこめて、諸葛亮の出陣を止めた。

王連を視《み》ていると、精神の成熟した者という感じをうける。諸葛亮はそういう者が発するねんごろなことばを、ぞんざいにあつかうことはできなかった。しかしながら、早晩《そうばん》、南中へは鎮討軍《ちんとう》をださなければならない。

「丞相は征《ゆ》くべきではありません」

と、王連に止められてしまうと、ほかに将帥《しょうすい》を選んで南征をおこなわせたいが、それにふさわしい才能をみつけられなかった。その遠征は、ただただ賊の首魁《しゅかい》の首を馘《き》ってくればよい、というものではない。南部の異民族を心服させたうえで治安《ちあん》を回復しなければ、出師の意義がない。

――われが征くしかない。

この時点で、諸葛亮はひそかに決意していた。

ひとつ、わからないことがある。

軍事を統括しているはずの李厳が、

「わたしが南中を鎮《しず》めてきましょうか」

と、諸葛亮に打診《だしん》にこないことである。それについて岱は、

「あの人は、うわべをきれいにみせたがるので、失敗することを恐れているのです」

と、かなり辛《から》いことをいった。

――そうかもしれない。

諸葛亮は李厳の有能さを評価しているひとりではあるが、その才能のなかにあるはずの芯《しん》がみえない、とおもっている。いのちがけで正義を守る型の人物ではなく、いちはやく危険を察して回避する型の人物であろう。ゆえに危険な南征には手をださない。

じつは、このとき、岱は馬謖についてもいいたかった。馬謖の態度には表裏がありすぎる、ということである。馬謖は、諸葛亮のような上司には謹厚《きんこう》さをみせるが、属吏や配下には尊大さをみせているということである。が、それについていうことは、讒言《ざんげん》にあたるので、岱は口をつぐんでいる。

——南征をあとまわしにすると……。

諸葛亮にはなすべきことが多い。呉との親睦《しんぼく》を深めることも、そのひとつである。たまたま尚書である鄧芝《とうし》が、

「いま主上《しゅじょう》は幼弱で、即位なさったばかりですので、呉へ大使をつかわして、誼《よしみ》を重ねるべきです」

と、進言にきた。

鄧芝は、なにしろ先祖が光武《こうぶ》帝に従った第一の功臣の鄧禹《とうう》である。鄧という氏をきいたら、まずその人は荊州出身であると想ってまちがいはあるまい。実際、鄧芝は、かつて劉備が駐屯していた新野《しんや》県（南陽《なんよう》郡）の出身である。

鄧芝は荊州で官途を捜さず、蜀に移ったということなので、やはり鄧芝も荊州が曹操に降伏

することを嫌ったのではあるまいか。

そのころ益州従事《じゅうじ》の張裕《ちょうゆう》が、観相《かんそう》の達者であるときいた鄧芝は、行って観《み》てもらった。

張裕は鄧芝にいった。

「君は七十歳をすぎると、位は大将軍に至り、侯に封《ほう》ぜられる」

七十歳は遠い未来だが、まずその歳まで生きることがうれしいし、大将軍などという群臣の最高位が待っていてくれることがさらにうれしい。

心に張りを得た鄧芝は、巴西太守《はせいたいしゅ》の龐羲《ほうぎ》が士《し》を好むときいて、そこに行き、かれに従った。

やがて劉備が益州の宗主となると、鄧芝を採用して、郫《ひ》県の邸閣《ていかく》の督《とく》に任じた。邸閣ときけば、立派な宮殿を想うかもしれないが、じつは穀物の貯蔵所である。そこの督とは、大きな倉庫の番人であり、めだたない職に就いていた。だが、たまたま劉備が成都をでて西北にむかい、郫県に到って、邸閣を視察したのである。その番人の長である鄧芝と語りあったところ、

――みどころがある。

と、感じ、ほどなく抜擢して郫県の令に昇進させた。さらに広漢郡の太守に遷《うつ》した。かれの政治は清厳《せいげん》であるという評判が立ち、治績《ちせき》もあがったので、中央に呼ばれて尚書となった。

この鄧芝の進言をきいた諸葛亮は、

「われも呉との友好を深めることを考えていた。しかしながら大使にふさわしい人物を得られず、実行できなかった。今日、はじめてその人物を得た」

と、表情をゆるめながらいった。

「その人物とは、たれでしょうか」

「もちろん、君である」

すみやかに諸葛亮は鄧芝を大使に任命して、呉へ送った。

ところで出発まえの鄧芝に、諸葛亮は、

「張君嗣《ちょうくんし》をつれもどしてくれ」

と、たのんだ。君嗣は張裔のあざなであり、かれは益州郡の太守として赴任したあと、雍闓にそそのかされた郡民によって、呉に追放された。ここまでめだった功績のない張裔であるが、諸葛亮はその才能を高く買っていた。

蜀の大使となって呉へおもむいた鄧芝であったが、すぐに孫権は会ってくれなかった。蜀の主は幼帝であるため、呉との盟《ちか》いを棄《す》て、魏の力を借りるようになるのではないか、と孫権が疑っていたためである。しかし鄧芝はことばたくみに孫権の疑念を解《と》いただけではなく、めずらしいことに、大いに信用された。

さいごに孫権は、

「もしも天下が太平になって、呉と蜀の二主が天下を分けて治めれば、なんと楽しいことではないか」

と、いった。が、鄧芝はそれに同意せず、

「そもそも天にふたつの日はなく、大地にふたりの王はいないのです。もしも魏を併合するようになったあとは、ふたりの君主はそれぞれその徳を盛んにし、臣下はおのおのその忠を尽くし、両国の将は枹《ばち》と太鼓を提げて、戦争をはじめようとするだけです」

と、ことばで飾らない未来を述べた。この正直さを大いに気にいった孫権は哄笑《こうしょう》して、

「君は誠実だな、たしかにそうなるであろうよ」

と、いい、あとで書翰《しょかん》を諸葛亮に与えて、鄧芝を称《ほ》めちぎった。

「二国を和合させることができるのは、ただ鄧芝のみである」

鄧芝のてがらはまだある。呉からでられない張裔の出国を孫権に認めさせたのである。

じつは、孫権は張裔をよく知らなかった。帰国させるにあたり、はじめて張裔を引見した。

「君は帰還すれば、蜀の朝廷で用いられ、田舎に埋もれることはない。さて、君はどのようにわれに報《むく》いてくれるのかな」

張裔は答えた。

「わたしは罪を負って帰国しますので、いのちを有司《ゆうし》にゆだねます。もしも首を失わなければ、五十八歳以前は父母よりもらった年ですが、それより以後は大王からの賜《たまわ》り物です」

ほかにも気のきいたことをいって孫権の心をなごませた張裔は、宮中の小門である閤《こう》をでるや、

——まずかった。

と、反省した。愚者《ぐしゃ》のふりをしておけば、孫権に危険視されることはなかったのに、賢明さをみせてしまった。

——引き戻されるかもしれない。

張裔は趨《はし》った。ただちに船に乗り、二倍の速さで航行させ、しかも夜も休ませなかった。この判断は正しかった。せっかく得た頭脳を失ったことに気づいた孫権は、張裔を追わせたが、張裔の船は、国境の県である永安《えいあん》よりも数十里西へ去り、追手はおよばなかった。

蜀にもどった張裔を迎えた諸葛亮は、すぐにかれを参軍として、丞相府の事務をおこなわせた。さらに益州治中従事《じちゅうじゅうじ》を兼任させた。

張裔は呉から脱出させてくれた諸葛亮に恩を感じ、感謝する心があったためか、のちに諸葛亮を称賛した。

「諸葛公は、賞については遠くにいる者をも遺《のこ》さず、罰については近くにいる者におもねらない。爵《しゃく》は、功がなければ取ることができないようにし、刑は、位が貴く勢力がある者でもまぬかれることができないようにした」

諸葛亮の公平さをわかりやすく説《と》いたといってよい。とにかく、張裔は諸葛亮の良き輔佐《ほさ》となった。

南中の状況はまっさきに丞相府に報告される。主簿である杜微《とび》が永昌《えいしょう》郡の善戦について諸葛亮に報せた。

杜微は涪《ふ》県の人で、学問においても高名であったので、劉璋が辟召《へきしょう》したが、病を理由にすぐに辞任した。その後、門を閉じて出仕しなかった。が、諸葛亮がその家に車をまわして迎えた。杜微は属吏であっても、諸葛亮は尊重した。

「永昌郡は雍闓《ようがい》の兵に攻められているようですが、功曹《こうそう》の呂凱《りょがい》と府丞《ふじょう》の王伉《おうこう》が頑強に抗戦しています」

孫権によって永昌太守に任ぜられた雍闓は、北隣の高定元に、北から永昌郡を攻めるようにたのんだが、たやすく高定元は兵をださなかった。それゆえ雍闓は単独で永昌郡を攻めた。

「ふたりを励ますためにも、南征の兵をださねばなるまい」

諸葛亮は本気で南征を実行しようとした。

こういうときに、王連が逝去《せいきょ》した。

塩と鉄は国家に富を産むものであるが、そのふたつにくわしい王連は、鉄銭の鋳造《ちゅうぞう》を諸葛亮に勧《すす》めたことがある。その進言を善《よ》しとした諸葛亮は、鉄銭によって物価の高騰《こうとう》をおさえることができた。

古昔《こせき》、斉《せい》の為政者であった管仲《かんちゅう》も、米価《べいか》を安定させたことによって国民に尊敬されたが、諸葛亮も同様なことをおこなって国民に信頼された。内政に関しては、諸葛亮の政治は非《ひ》のうちどころがないほどすぐれていたといってよい。

幹才《かんさい》をみつけて擢用したことはいうまでもないが、皇帝や朝廷に害をおよぼしそうな官人を容赦なく貶降《へんこう》した。

その対象のひとりが、廖立《りょうりつ》である。

かれは荊州《けいしゅう》武陵《ぶりょう》郡の臨沅《りんげん》県の出身である。

劉備が荊州牧を兼任したころ、廖立を辟召して従事《じゅうじ》とした。従事が官名であることはわかるが、この官名は中央政府にはなく、州刺史《しし》あるいは牧の属官をいう。

廖立は劉備に気に入られて、三十歳まえに、抜擢されて長沙太守《ちょうさたいしゅ》となった。

劉備が蜀にはいったあと、荊州を鎮守《ちんしゅ》していた諸葛亮のもとに孫権の使者が友好の意を伝えにきた。その際、たれが諸葛亮とともに荊州を治められるか、と問われた。

すぐさま諸葛亮は答えた。

「龐統《ほうとう》と廖立は、楚《そ》の良才です。後世に伝える功業を輔佐し、興隆《こうりゅう》すべき者たちです」

すなわち廖立は龐統とならぶほどの偉才《いさい》である、と諸葛亮は称めたのである。その後、諸葛亮の去った荊州が呂蒙の兵に襲われたとき、廖立はひとり脱出して劉備のもとに帰った。劉備はその行為を責めず、あいかわらず優遇して、かれを巴郡太守とした。劉備は漢中《かんちゅう》王になると、かれを側近というべき侍中《じちゅう》にした。

だが、諸葛亮は怠惰《たいだ》な廖立を観察するうちに、

――みそこなった。

と、評価をさげた。それゆえ劉禅が即位したあと、廖立を長水校尉《ちょうすいこうい》へ遷した。廖立は自分の

才能と名声が諸葛亮に次《つ》ぐものであるとうぬぼれていたので、この左遷《させん》は大いに不満で、誹謗《ひぼう》をぶちまけたため、ついに庶民に貶《お》とされ、汶山《ぶんざん》郡にながされた。

それはそれとして、諸葛亮の身をつねに気づかってくれた王連が亡くなったので、諸葛亮は危険を承知で、南征を敢行《かんこう》しようとした。

丞相府に呼び寄せたのは、馬謖、張裔、向朗《しょうろう》、楊儀《ようぎ》、李恢《りかい》、馬忠などである。

昔、向朗は劉表《りゅうひょう》が死去すると、県長の官を棄てて、劉備に帰服したので、古参の臣であるといってもさしつかえあるまい。蜀が平定されると諸郡の太守を歴任し、歩兵校尉《ほへいこうい》のまま王連の後任となった。

楊儀は荊州において官にあったが、それを放擲《ほうてき》して関羽のもとへ奔《はし》った。関羽の下で功曹史《こうそうし》となった楊儀は、使者となって劉備のもとに至り、優遇されて、尚書《しょうしょ》まで昇ったが、尚書令の劉巴に嫌われて弘農《こうのう》太守に遷された。が、すでに劉巴は病歿しているので、諸葛亮ははばかることなく楊儀を丞相参軍に任命して、近くに置いた。かれの計算能力は抜群である。

李恢については、すでに書いた。

くりかえすことになるかもしれないが、かれは益州郡兪元《ゆげん》県の出身である。叛乱軍の首領のひとりである雍闓が益州郡を支配しているとあっては、その地形をふくめて李恢から教示されることは多い。また馬謖は、越嶲太守に任命されたことがあるので、高定元に蹂躙《じゅうりん》されているその郡にくわしい。

「賊の首魁は三人であり、その三人に奪われている郡は三郡である。益州、越嶲、牂牁という郡の地図を簡単に画《か》いてくれ」

諸葛亮は楊儀にいいつけた。

半時《はんとき》後に、楊儀によってひろげられた地図をながめた諸葛亮は、

「西路、中路、東路という三路をもって鎮討《ちんとう》するのがよい。李恢は中路をすすんで雍闓を討つ。馬忠は東路によって牂牁にはいり、朱褒《しゅほう》を討つ。われは西路を通り、越嶲の高定元を討つ。ほかにも賊はいる。それらを駆逐《くちく》しながら、三軍は益州郡の滇池《てんち》で合流しよう」

と、いった。

それをきいて意気込んだ馬謖にむかって、諸葛亮は、

「このたびの南征に従えるのは楊儀で、そなたではない。そなたは丞相府を留守《りゅうしゅ》してもらいたい」

と、意味ありげにいった。

三路軍

呉《ご》の孫権《そんけん》はしたたかな人である。

益州《えき》南部の擾乱《じょうらん》に目をつけ、叛乱を起こした雍闓《ようがい》を利用して、間接的に南部を支配しようとした。

呉の群臣のなかで本気になって天下平定をめざしていたのは、周瑜《しゅうゆ》と魯粛《ろしゅく》であり、このふたりを喪《うしな》ったあと、孫権の心志《しんし》の規模は縮小したようであり、自分の手をよごさずに成果を得ようとする姑息《こそく》さをみせるようになった。

呉という国の盛衰を通覧《つうらん》するまでもなく、君主と国家にとって最大の痛恨事《つうこんじ》は、魯粛の死であろう。

魯粛が亡《な》くなったのは、劉備が漢中《かんちゅう》郡にむかって軍をすすめて、夏侯淵《かこうえん》のすきをうかがい、曹操《そうそう》との対決にそなえた年である。その訃報をきいた諸葛亮《しょかつりょう》は、成都《せいと》にいて蜀《しょく》の群臣のなかでただひとり、喪《も》に服した。魯粛が長生きしていれば、呉軍が堂々《どうどう》と北伐《ほくばつ》を敢行《かんこう》したにちがいない。

そういう心気の巨《おお》きな臣がいなくなったせいで、孫権は小利《しょうり》でも得ようとした。

ここで利用したのは、雍闓だけではない。

劉闡《りゅうせん》という人物も、である。

この人物は、劉備と戦って降伏した劉璋《りゅうしょう》の子である。

劉璋はその身を荊《けい》州の公安《こうあん》へ移されたが、すべての私財が送られてきたので、その生活は豊かで、悠々と歳月をすごしたといってよい。ところが荊州に孫権軍が侵入し、公安も呂蒙《りょもう》によっておさえられたため、劉璋は秭帰《しき》県へ移された。劉璋はその地で死んだのである。その子の劉闡を益州刺史《しし》と認めた孫権は、益州南部の乱れが烈《はげ》しくなると、劉闡に命じて、いつでも益州にはいることができるように、益州と交《こう》州の境に居住させた。ただし、おもしろいことに、劉闡という人は欲がすくなく、

――財を軽んじ、義を愛す。

という思想の持ち主なので、孫権の欲のために動くことを、善《よ》し、としなかったであろう。

なにはともあれ、益州南部は孫権に狙われていたのである。

孫権というたしかな後《うし》ろ楯《だて》を得た雍闓は、この叛乱が正当化されたので、ますます意気盛んになった。

ところで雍闓の先祖は、雍歯《ようし》である。

秦《しん》の二世皇帝（始皇帝の子《し》）のころ、天下は乱れに乱れて、各地で英傑が挙兵した。沛県《はい》から起《た》った劉邦《りゅうほう》もそのひとりであったが、信用していた雍歯になぜか背《そむ》かれて、生地である豊邑《ほうゆう》を攻めなければならなくなった。雍歯は頑強《がんきょう》に抗戦し、劉邦は手を焼いた。のちに劉邦は雍歯を宥《ゆる》し、天下平定後には、封地《ほうち》をさずけた。

その雍歯のあくの強さが、血胤《けついん》にもあって、雍闓をひとすじなわではいかない人物に仕立《した》てたのかもしれない。

永昌郡《えいしょう》を取るまえに、孫権から永昌太守《たいしゅ》に任ぜられた雍闓は、当然のことながら益《えき》州郡の兵を西進させなければならない。

永昌郡は太守が交替したばかりで、郡民を督率《とくそつ》する者がいない。そういう脆弱《ぜいじゃく》な状態であれば、郡境まで兵を寄せると、郡の吏民《りみん》はなすすべなく、雍闓を迎え入れざるをえまい。そういう楽観のもとに郡内で兵を集めたが、おもったように集まらなかった。そこでほかの部族の首長である孟獲《もうかく》を招き、

「長老どもはわれを疑って協力せぬ。なんじが行って、かれらを説《と》いてくれ」

と、たのんだ。

同時に、越嶲《えっすい》郡の高定元《こうていげん》に、使者をだして、

「永昌攻めに力を貸してほしい」

と、頭をさげるかたちでいった。

すでに述べたように、高定元は王と自称している。気位が高い。

もしも雍闓が永昌郡を得れば、益州郡とあわせて二郡を支配することになる。そうなってから仕える相手は、呉の孫権であるという。

――なんのために、われが雍闓を助けねばならぬのか。

高定元は不快そのものになったが、雍闓とのあいだに波風を立てたくないので、

「わかった。われは永昌郡を北から攻めよう」

と、いい、兵を動かしてみせた。みせかけである。永昌郡には踏み込まなかった。

それゆえ、雍闓は単独で永昌郡に侵入せざるをえなくなった。

郡境は閉じられていた。

こんな境などすぐに突破してみせるというおもいの雍闓は、郡兵の指麾官《しき》に檄文《げきぶん》を送って、むだな抵抗はやめよ、といった。

永昌郡の防衛を主導《しゅどう》していたのは、呂凱《りょがい》と王伉《おうこう》というふたりである。

ここにも、血胤のおもしろさがある。

呂凱は永昌郡不韋《ふい》県の出身である。

その呂という氏と県名の不韋をつなげると、

「呂不韋」

と、なる。歴史上の大物の氏名であることに気づくであろう。

呂不韋は秦の始皇帝の父ではないかといわれた宰相《さいしょう》で、その権力のあまりの大きさを始皇帝に嫌悪されて、自殺させられた。呂氏の子弟と族人は、蜀《しょく》へ徙《うつ》された。その後、赦《ゆる》されて故地へもどった者もいるが、蜀に残った者もいる。漢の時代になって、武《ぶ》帝のときに、蜀の西南の蛮夷《ばんい》の地が開かれて、郡県が置かれるに際して、呂氏の一族がそこに移住させられた。そのため作られた県の名を、不韋という。いちおう呂氏は尊重されたということであろう。

呂凱もその県の生まれで、永昌郡府に出仕して、五官掾《ごかんえん》、功曹史《こうそうし》となった。功曹史は地元に精通している有力な吏人《りじん》である。

東隣の益州郡で叛乱が起こったあと、首謀者である雍闓が兵を西進させてくると知った呂凱は、府丞《ふじょう》の王伉と相談し、

「吏民をはげまして、叛乱軍を郡内にいれないように戦いましょう」

と、確認しあい、兵を集めて、郡境を閉じた。そこに到着した雍闓は、

「むだな抵抗よ」

と、嗤《わら》い、降伏を勧《すす》める檄文をふたりに与えた。呂凱はその檄文に答えた。

「先帝（劉備《りゅうび》）が龍のように興ると、天下の人々はそれを伝え聞いて心を寄せ、宰相（諸葛亮）は賢明であるので天から康寧《こうねい》をおろしました。ところが雍将軍はどうでしょうか。盛衰の紀《き》（すじみち）、勝敗の符《ふ》（しるし）を観《み》ないことは、野火《のび》の原におり、河水《かすい》の氷《こおり》を踏むようなものです。火が消え、氷がとければ、どこに依付《いふ》なさるのでしょうか」

これを読んだ雍闓はむかっ腹をたてて、

「天からおろした康寧など、われが踏みつぶしてくれよう」

と、配下に郡境の攻撃を命じた。

が、永昌郡にはいる道はどこも塞《ふさ》がり、呂凱らが造った土の小城は、難攻不落であった。

そういう永昌郡の吏民の健闘ぶりが、蜀の朝廷に伝わり、諸葛亮をはじめ多くの高官を感動させた。

意幹《いかん》の活発な馬謖《ばしょく》は、したり顔で諸葛亮に近づき、

「はるばる永昌郡へゆかなくても、たやすく吏民を救助する方法があります」

と、いった。

「ほう、たやすい救助がある、と申すか」

「風聞《ふうぶん》をながすのです。丞相《じょうしょう》がみずから軍を率いて南征をおこなう、と南中にきこえるようにいえば、永昌郡を攻めている雍闓だけではなく、雍闓を助けようとしている高定元も、あわてて兵を引くでしょう」

「なるほど――」

風説《ふうせつ》、流言《りゅうげん》の類《たぐい》をあやつるのも兵法のひとつであるという馬謖の説を容《い》れた諸葛亮は、岱《たい》や斉方《せいほう》などの家人をつかって、うわさを南部へながした。

それから、南部の深いところまで征《ゆ》く中路軍を先発させた。

その軍を督率する李恢《りかい》は、精神のはたらきが活発で、機知《きち》をそなえている。かつて劉備は南部の鎮《しず》めとして、鄧方《とうほう》という良臣を庲降都督《らいこうととく》に任じた。が、鄧方が死去したので、劉備は李恢にむかって、

「たれが鄧方の代わりになるであろうか」

と、問うた。李恢は答えた。

「人の才能には、おのおの長短があります。ゆえに孔子《こうし》は、人を使うには長所に応じた使いかたをする、といったのです。英明な君主が上にいれば、臣下は情を尽くすものです。わたしは自分がその後任に適しているかどうか、量《はか》れませんので、陛下《へいか》に察していただくしかありませんん」

李恢は婉曲《えんきょく》に自薦《じせん》したのである。

劉備は笑いながら、

「われの本意も、すでに君に在《あ》る」

と、いい、李恢を庲降都督に任命して、牂牁《そうか》郡の西北端に位置する平夷《へいい》県に駐屯させていた。

諸葛亮は、牂牁郡を馬忠《ばちゅう》に鎮討《ちんとう》させるつもりなので、いちど李恢を蜀に呼びもどしてから、益州郡にむけて出発させた。

春である。

李恢が率いた兵は多くない。そのため益州郡にはいったとたん、叛乱軍に包囲されてしまっ

た。

包囲されたのは、滇池《てんち》の西の昆明《こんめい》という地においてである。

——はやまったか。

諸葛亮に率いられた主力軍がいまどのあたりにいるのか、まったくわかっていない李恢は、頭をかかえた。このままでは全滅させられる。だが、機転のある李恢は、絶望しなかった。すぐに配下を敵の隊長のもとに遣《や》った。

こういわせたのである。

「官軍の兵糧《ひょうろう》が尽きたので、退却して帰還しようとしていた。われはこのところ久しく郷里から離れ、いまこうして帰ることができた。もはや北に復《かえ》ることができないとなれば、なんじらと計謀をともにしたい。ゆえに誠心をもって告げるのである」

窮余《きゅうよ》の一策《いっさく》といってよいこの説明が疑われなかったのは、李恢の家が益州郡兪元《ゆげん》県の名家で、ある程度の勢力をもっていたからである。

「そういうことなら——」

李恢軍を包囲している者たちは、気をゆるめた。

「よし、いまだ」

李恢は包囲陣から脱出することだけを考えていたわけではない。もともとこの南征は叛乱を鎮圧《ちんあつ》するためにおこなわれたのであるから、敵と戦って勝たねばならない。その点、李恢はこの征戦の素志《そし》を忘れておらず、ゆるんだ敵陣に攻撃を敢行した。

「われが叛乱に加担するかよ」

李恢は猛攻をおこなって、包囲軍を大破した。益州郡は雍闓の本拠の郡であるが、かれは永昌郡の境からまだもどっておらず、また、そのため兵の統率をする者がおらず、叛乱軍はばらばらになりやすかった。

李恢は敗走する兵を追った。かれらを北に駆逐《くちく》すると、こんどは南にむかい、槃江《はんこう》に到ると、こんどは牂牁郡の境までかれらを追ったので、諸葛亮の主力軍とつながることができるようになった。

李恢の軍は縦横無尽《じゅうおうむじん》に郡内を往来したといってよい。

諸葛亮は晩春に軍をだすことにしたが、そのまえに、岱とその子の岫《しゅう》を呼んだ。岱はまもなく五十歳になるが、娶嫁《しゅか》が遅かったので、最初の子である岫は、まだ十五歳である。

ちなみに岱とおなじころに妻帯した斉方の長男も十五歳であり、斉仄《せいそく》という。さらにいえば、諸葛亮の実子である瞻《せん》は、この年に、まだ生まれていない。

諸葛亮はこの南征を、魏《ぎ》への攻撃、いわば北伐への前哨戦《ぜんしょうせん》であるととらえており、南中の叛乱軍よりも数倍強いであろう魏軍の実態を知っておかなければならないと考えるようになった。そのための情報を、荊州襄陽《じょうよう》にあって大賈《たいこ》となった僕佐《ぼくさ》を介して蒐《あつ》める必要がある。

——ただし、僕佐は六十代のなかばをすぎた。

その年齢を想《おも》うと、僕佐家の経営は二代目の僕佑《ぼくゆう》が主となっておこなうようになっているはずであり、そこに使いをする岱も、二代目の岫を連れてゆくべきであろう。

滞在費としての金貨を岱に渡した諸葛亮は、

「家業を手伝ってやるのもよい。今年の秋の内に帰ってくるように」

と、いった。

「主のご武運をお祈りしております」

岱は諸葛亮の南征が気がかりである。叛乱軍を恐れているわけではない。岱が恐れているのは、南方には瘴毒《しょうどく》が盈《み》ちており、その地に踏み込んだ者は病にかかりやすいということである。

「ふむ、年内には、還《かえ》れよう。それより、岫よ、他国の水には注意するのだぞ」

「はい――」

岫は父に肖《に》て、活発さを秘めている。

「では、往ってまいります」

岱は岫のほかにふたりの家臣を従えて出発した。いま岱は五人の家臣をもち、斉方は八人の主《あるじ》である。

翌日、諸葛亮は馬謖と楊儀に、

「そろそろ、出師《すいし》する」

と、告げた。それをきくと、楊儀には、またたくまに準備をととのえる才知がある。

丞相長史《ちょうし》の向朗《しょうろう》には、

「冬まで成都が空《から》になるので、そなたが統括してくれ」

と、いった。楊儀とは別のあわただしさをみせている馬謖は、いちど諸葛亮のもとにもどってきて、

「安上県《あんじょう》の龔禄《きょうろく》には、丞相が出師なさることを伝える使者を発《た》たせました」

と、報告した。

龔禄は、越巂郡の太守である。

劉備が崩御《ほうぎょ》するころに、越巂郡、益州郡が擾乱のきざしをみせたので、諸葛亮は龔禄を赴任《ふにん》させず、南中への入り口というべき安上県に駐屯させ、南中を監視させていた。

このたびの南征は、その安上県を経て、龔禄とともに越巂郡にはいり、高定元を討つという計画である。ちなみに、これが三路軍のなかの西路軍にあたる。

諸葛亮は南中の鎮討をおこなうために出師することを、皇帝である劉禅に告げた。上表をおこなったのである。

それにたいして劉禅は、金の鈇鉞《ふえつ》を諸葛亮にさずけた。鈇はおの、鉞はまさかりである。天子が将軍に鈇鉞をさずけるということは、生殺与奪《せいさつよだつ》の権を与えるということである。さらに劉禅は、曲蓋《きょくがい》をひとつと元帥の車の前後に配する羽葆《うほ》と鼓吹《こすい》（軍楽隊）のほかに、虎賁《こほん》（近衛兵）六十人を下賜《かし》した。

蓋というのは、車中に樹《た》てる傘であるが、曲蓋というのは、はるかな昔に、太公望呂尚《たいこうぼうりょしょう》が出陣する際に用いた傘である。それになぞらえた蓋は、出師を祝う心がこめられている。

羽葆は、鳥の羽で飾った儀式用のおおいである。華やかなものである。

儒教では、その人の罪をかぞえて攻めたてることを、鼓《こ》を鳴らしてこれを攻む、という。官軍にはどうしても太鼓は必要なものなのであろう。

とにかく丞相がみずから南征軍を率いて遠征にゆくというのは、きわめてめずらしいことなので、多くの人々が見送った。従軍するわけではない諸葛喬《きょう》と斉方も、郊《こう》まで同行した。

なお、家をでるまえに、諸葛亮は兄への書翰《しょかん》を斉方へ渡した。

「このたびの南征には、喬を帯同しません」

そういう内容の私信である。書翰は斉方の家臣が、呉にいる諸葛瑾《きん》のもとまではこぶ。諸葛瑾の次男を猶子《ゆうし》とした諸葛亮は、兄の心情を気づかって、しばしば書翰をだしては、喬の近況を知らせた。むろん、諸葛瑾も書翰を返す。ただし、この往復書翰に、国家の機密はいっさい書かれていない。しかしながら諸葛瑾は、ほかの臣から、

「蜀に通じているのではないか」

と、しつこく疑われたことがあった。

そういういやがらせに比《ちか》い諸葛瑾への非難を、うち消してくれたのは孫権である。

「われと子瑜《しゆ》とは、生死をこえて心を易《か》えぬという誓いをむすんでいる。子瑜がけっしてわれ

を裏切ることがないのは、われが子瑜をけっして裏切ることがないのと同様なのである」

孫権が兄の横死《おうし》によっておもいがけなく群臣を率いることになったのは、十九という歳である。そのときから孫権を扶助《ふじょ》してくれたのは、年齢が上の臣下が多く、そのため孫権は重臣の名を呼び棄《す》てにせず、あざなを呼ぶことが多かった。

孫権は諸葛瑾を信用したが、その弟の諸葛亮にも好感をいだいた。

さて、諸葛亮を見送る人々のなかに、馬謖がいる。

——南中をどのように鎮圧するか。

その策について、諸葛亮がもっとも多くの時間を割《さ》いて語りあったのは馬謖とである。

馬謖はいつまでも同行し、数十里もすすんだ。微笑の目を馬謖にむけた諸葛亮は、

「そなたと南中征伐について謀《はか》ること二年になるが、今、ここで、さらによい謀計《ぼうけい》をさずけてほしい」

と、いった。なかば戯言《ぎげん》であろう。いまさら、ふたりが確認しあった策略をうわまわる謀計が、馬謖の口からでるはずがない。だが、馬謖はいささかもとまどうことなく、

「南中は地形が険阻《けんそ》でしかも蜀郡から遠い。それをよいことに、蜀の朝廷に久しく服従しませんでした。今日、たとえ叛乱した者どもを破ったとしても、明日には、また叛《そむ》くだけです。まもなく公《きみ》は、国を傾《かたむ》けて北伐をなさる、いわば強敵と事をかまえるのです。そのまえに、異民族を全滅させて後患《こうかん》を除くのは、仁者《じんしゃ》の情ではありません。そもそも用兵の道は、敵の心を攻

めるのを上策とし、城を攻めるのを下策とします。どうか公は南中の心を服属させますように
──」
と、述べた。
ずいぶん馬謖は気のきいたことをいったものである。往時の戦いに精通している馬謖は、このとき、おそらく光武帝《こうぶ》が敵対してきた賊を宥《ゆる》して心服させる図が、念頭にあったであろう。
「善言《ぜんげん》なり」
諸葛亮はそのことばを悦《よろこ》んだ。
益州南部の諸郡の位置を整理するために、東からならべてみよう。
牂牁《そうか》郡
越嶲郡　益州郡
永昌郡
諸葛亮が成都をでた時点で、李恢の軍はすでに益州郡にはいっていた。なお、李恢の活躍をすでに述べたが、じつは益州郡の鎮定のむずかしさを想《おも》った諸葛亮は、王士《おうし》を益州郡の太守に任命して、任地にむかわせ、李恢を助けさせた。ところが、赴任した王士はほとんど身動きができず、のちに高定元の私兵に殺害されてしまう。
それだけを観ても、南部を治めることのむずかしさがわかるであろう。
さて、丞相の諸葛亮が諸軍を率いて南征をおこなうというわさが、南部にながれたとき、

高定元と雍闓のうけとりかたはちがった。

高定元はそれを信じ、雍闓はそれを信じなかった。

さきにうわさに接した高定元は、永昌郡近くまで寄せていた兵に、

「諸葛孔明《こうめい》がくる。引き揚げて、迎撃《げいげき》の陣を布《し》くぞ」

と、命じ、南にいる雍闓に、

「べつべつに官軍にあたるのはまずい。なんじも撤退して、北上してこい。われとともに官軍と戦うべきだ」

と、伝えた。

だが、雍闓は動かなかった。高定元はうわさにおびえているのか、と嗤《わら》った。

「考えてもみよ。丞相となった諸葛孔明のどこに戦歴がある。劉玄徳《りゅうげんとく》が北へゆき、また東へ行って戦ったときも、孔明は成都にいただけではないか。あの男には、戦いはわからない。たとえ南征をおこなうにしても、南中にくるのは孔明ではなく、将軍のたれかだ」

そううそぶいて永昌郡の境を攻めることをやめなかった雍闓であるが、どうしても境を突破できなかったところをみると、兵術家としてすぐれていたわけではなかった。

この間に、諸葛亮は南下をつづけ、龔禄が駐屯している安上県に到着した。

龔禄に迎えられた諸葛亮は、すぐに問うた。

「高定元の位置は、わかっているか」

「はっきりとはわかりませんが、越嶲郡の南部にいるとおもわれます」

だが、実際のところ、高定元はかなりの速度で北上をつづけ、すでに越嶲郡の中部に到っていた。それを知らない龔禄の諜報《ちょうほう》能力は高くないといえた。

龔禄は諸葛亮の主力軍のすすみがゆるやかであったことも解《げ》せず、

「丞相は、ずいぶんのんびりとお発ちでしたね」

と、皮肉をいいたくなる気分をおさえた。

だが、諸葛亮がいそがなかったのは、馬謖と語り合って練《ね》りあげた策なのである。いそいで越嶲郡の深部まではいると、かえってめんどうなことになる、という馬謖の意見をもっともだとおもった諸葛亮は、安上県をすぎても、行軍の速度を上げなかった。

——これまた、ごゆっくりです。

諸葛亮が万を超《こ》える兵を督率《とくそつ》するのを、たれもみたことがない。この行軍の緩慢《かんまん》さをみると、戦場でも、的確な指麾ができるかどうか、怪しいものである、と龔禄は疑った。

この軍は川をつかって南下した。

卑水《ひすい》という川が注ぐ地点で南下をやめさせた諸葛亮は、卑水の北岸に営塁《えいるい》を築かせた。

「さて、待とう」

そういった諸葛亮は軍を停止させ、それ以上の行軍をさせなかった。この駐屯地からほぼまっすぐに西行すると、越嶲郡府にゆきあたる。

「いそげば、たやすく郡府を奪回できます」

龔禄はそう献策したかったが、諸葛亮のゆったりとした構えをみると、献策がばかばかしくなった。こんなにのんびりしていたことを、後悔なさっても、知りませんぞ、と心のなかでけわしいことばを吐いた。

だが、龔禄は知らなかったが、高定元はすでに郡府にもどり、卑水にむかって兵をすすめていた。主力の官軍が卑水のほとりにとどまっているという報告をうけた高定元は、腹心のひとりに、

「雍闓と共同で、官軍にあたりたい。呼びに行ってこい」

と、百人ほどの兵を属《つ》けて、使者とした。

このころ、ようやく雍闓は、永昌郡に侵入することをあきらめた。去ってゆく雍闓の兵をながめた呂凱と王伉は、

「ついに郡を守りぬきました」

と、手を執《と》りあって、歓喜した。

多くない兵で永昌郡を死守した功績は大きい。吏人だけではなく庶民をも兵に仕立てた呂凱と王伉は、郡内で声望があったのであろう。

ふたりはさっそく急使を立て、卑水のほとりにいる諸葛亮に、防衛の完遂《かんすい》を報《しら》せた。最初にその朗報をうけとった楊儀《ようぎ》は、あえて高い笑声を立てて、

「永昌のふたりは、雍闓を撃退しました」

と、諸葛亮に告げた。

このときより、すこしあとに、諸葛亮はふたりを称揚《しょうよう》するために上表をおこなった。内容はこうである。

「永昌郡の吏人である呂凱と府丞の王伉らは、絶遠の地にいて、忠誠を十余年も尽くしてきました。雍闓と高定《こうてい》（高定元）に東北の境に迫られても、呂凱らは義を守って、敵とは交通しませんでした。わたしは永昌の風俗がこれほど敦直《とんちょく》であるとは意《おも》いませんでした」

敦直という熟語が少々むずかしいが、敦は、てあつい、とか、つとめる、という意味である。てあつくて素直であることを、敦実《とんじつ》、というが、敦直もおなじ意味であると想ってよいであろう。

この上表によって、呂凱は雲南《うんなん》太守に任ぜられ、陽遷亭侯《ようせんていこう》に封《ほう》ぜられた。王伉は永昌太守となり、同様に亭侯に封建された。もっとも小規模な領地をさずけられるとき、亭侯に封ぜられるという。

なお呂凱は、在任中に、叛いた夷狄《いてき》に殺されることになる。あとを継いだ子の呂祥《りょしょう》は、晋《しん》王朝の時代になって南夷校尉《なんいこうい》となり、かれの子孫は代々永昌太守となった。呂凱の霊が裔孫《えいそん》を守護したようにみえる。とにかく、みごとな人であった。

一方、永昌攻めに失敗した雍闓は、益州郡にはいった李恢によって叛乱勢力が潰《つぶ》されていることを、孟獲《もうかく》の使者によって報された。

——益州郡を掌握《しょうあく》しなおさねばならぬ。

ようやく雍闓はいそぎはじめた。

こういうときに、高定元の使者が到着した。

「わが王は雍将軍とともに、蜀の丞相の軍を撃破なさろうとしている。どうか、ただちに軍を率いて北上していただきたい」

これをきいた雍闓はいやな顔をした。高定元はまともに永昌郡を攻めなかったのに、われを呼びつけるのか。

胸中に不快をおぼえた雍闓であるが、さすがに、

「王きどりの高定元なんぞを扶《たす》けて、なんの益がある」

と、怒鳴りたい気分をしずめて、

「わかった。すぐに征《ゆ》くであろう」

と、いぶかしげな表情をみせた使者に、空返事《そらへんじ》を与えた。

「さようですか。では、どうかすみやかに——」

高定元の腹心であるこの使者は、勘のするどい男で、雍闓が最初にみせたいやな顔をみのがさなかった。また、雍闓の返答に実《じつ》がないことをも感じていた。それでも、雍闓が出発するまでここにとどまっているわけにはいかない。

使者は雍闓軍の本営をあとにして、東北にすすみ、益州郡と越嶲郡の境に近づいた。川がある。その川のほとりに四、五百人の集団を看《み》た。

「おう、伯兄《はくけい》だ――」

その集団を率いていたのは、高定元の腹心のひとりで、使者の兄であった。弟の顔をみた伯兄は、

「帰りが遅いので、殺されたのではないかと王が心配なさったため、われが迎えにきた」

と、いった。

「われが、殺される……、どうしてですか」

「よくないうわさがある」

高定元とちがって雍闓の叛乱は、呉の孫権によって認定され、雍闓は永昌郡にはいれなかったにせよ、永昌郡の太守となっている。雍闓の後ろ楯となった孫権は、援助の兵を交州と益州の境に配置しているという。そうなれば、雍闓は高定元を助ける必要はなく、これから、諸葛亮との交渉しだいでは、益州郡の太守にもなることができる。

「その交渉というのは――」

弟の眉宇《びう》に怒気がただよいはじめた。

「益州郡と越嶲郡の境を閉じて、諸葛亮に、ひそかに助力することよ」

「あやつめ、ゆるせぬ。こちらの要請など、まともにきいていなかった顔であったことは、た

しかです」

「やはり、そうか。雍闓はわが王にとって害になる」

伯兄は考えはじめた。

やがて、雍闓が高定元に協力しないどころか、敵にまわりかねない事情を、高定元に報せるために使いを走らせた伯兄は、

「ふたりで雍闓をかたづけよう」

と、血の気の多い弟を誘った。

この兄弟はいちど郡の境を越えて、越嶲郡に帰ったようにみせかけた。このときすでに仲夏《ちゅうか》である。

益州郡内の叛乱勢力が李恢によってかなり消滅させられたので、雍闓は立て直しのために時間をかけざるをえなかった。各地の長老を説得するために孟獲に奔走してもらっているうちに、晩夏になった。

「はて、さて……」

雍闓は首をかしげた。

諸葛亮が南中にはいったのは、たぶん四月で、いまは六月であるから、すでにふた月が経《た》った。それなのに諸葛亮が高定元と戦ったとはきこえない。

「越嶲郡での戦いは、どうなっているのか、われに報告せよ」

雍闓は側近に命じた。

それから二十日後に、雍闓は報告をうけた。

「蜀の丞相の軍は、卑水のほとりに営塁を築いてから、まったく動かず、高定元の部隊が川を渡って攻撃しても、反撃しません。高定元はあなたさまの到着を待って総攻撃をおこない、官軍を全滅させるつもりのようです。そろそろお発ちになったほうがよろしいと存じます」

「官軍がそのような弱兵ぞろいでは、われがゆく必要はないようだが、いちおう顔をみせておくか」

ようやく雍闓は出発した。途中で初秋になった。

郡境の狭隘《きょうあい》の地で兵を伏せている兄弟は、雍闓の軍が近づいてきたことを知り、

「いまごろ、のこのことおでましか。ふざけた男だ。おそらく境を閉じるために小城を築くはずだ。そのまえに、その首をもらってやる」

と、語り合った。

雍闓軍は狭隘の地にはいって、隊列が縦長《たてなが》となった。軍が細長くなったところに、兄弟は矢を射かけ、急襲を敢行した。馬上の雍闓は射殺されて、あっけなく顚落《てんらく》した。

孟獲《もうかく》

以前、雍闓《ようがい》は孟獲《もうかく》を招いてこういった。

「蜀《しょく》の朝廷は、わが益《えき》州郡に、むりな要求をしている。たとえば、まっ黒な犬を三百頭よこせとか、腹が黒い毒蛇の脳味噌《のうみそ》を三斗《と》もってこいとか、ほかにも、むり無体《むたい》がある。われが政府にさからうのは、そういうばかげた命令をする官吏《かんり》から、郡民を護《まも》りたいからだ。君はものわかりがよいので、われの心情を察し、諸部族の長を説《と》いてもらいたい」

「わかりました」

小部族の長である孟獲は、郡内を巡って、諸県の長老や諸部族の長に会っては、説得をつづけた。そうしているあいだに、孟獲の声望《せいぼう》が高くなった。

初秋、雍闓が横死《おうし》した。

越巂《えっすい》郡にむかおうとしていた雍闓配下の兵は、郡境近くで敗退して、益州郡の中央にもどり、多くの兵が、

「孟獲どのに従うのがよい」

と、決めた。

雍闓の死は、李恢《りかい》の軍から諸葛亮《しょかつりょう》のいる本営に報《しら》された。参謀のひとりであるといってよい楊儀《ようぎ》は、

「おもいがけなく、賊は二分してしまいました」

と、諸葛亮に残念そうにいった。

この主力軍が卑水《ひすい》のほとりで畏縮《いしゅく》したように遅留《ちりゅう》したのは、叛乱の首領たちが集合してくれるのを待っていたのである。官軍がすばやい動きをみせて有利な地を占めてしまうと、叛乱軍はまともに戦うことをあきらめ、分散してしまう。それらをひとつひとつ潰《つぶ》してゆく戦いかたでは、年内の鎮定はとてもむりである。それで諸葛亮は馬謖《ばしょく》と語り合って、主力軍を敵将の目に弱く映るようにしたのである。

それはすでになかば成功している。

高定元《こうていげん》とその兵は、諸葛亮と官軍をあなどり、ときどき卑水を越えて攻撃をおこなうようになった。諸葛亮は全軍に、

「反撃してはならない」

と、命じ、雍闓が高定元に合流するのを待った。しかしながら、雍闓は越嶲郡にくる途上で、高定元の配下に殺されてしまった。

「それでは、そろそろ始末をつけよう」

諸葛亮は属将を集めた。

属将のなかに、東路軍をあずかる馬忠《ばちゅう》がいる。

かれはあざなを徳信《とくしん》といい、若いころに巴西《はせい》郡の郡吏《ぐんり》となった。

劉備《りゅうび》が漢中《かんちゅう》王になったころに、孝廉《こうれん》に推挙されたあと、漢昌《かんしょう》県の長に任命された。皇帝となった劉備が関羽《かんう》の仇《あだ》を討つべく、東征を断行したものの、陸遜《りくそん》に反撃された。多くの兵を失った劉備が敗退しはじめたことを知った巴西太守《たいしゅ》の閻芝《えんし》が五千の兵を集め、それを馬忠にさずけて、

「主上を掩護《えんご》せよ」

と、東行させたことは、すでに書いた。

この勇気を劉備に愛《め》でられた馬忠は、諸葛亮にも寓目《ぐうもく》されて、

「門下督《もんかとく》」

に、任命された。これは後漢王朝にはなかった官職で、曹操《そうそう》が将帥《しょうすい》府の属官として置いたものである。蜀では丞相《じょうしょう》府に置かれた。

諸葛亮は馬忠を観《み》て、

「孔子《こうし》は、勇《ゆう》を好みて学《がく》を好まざれば、その蔽《へい》や乱《らん》、といったが、叛乱を起こした者たちはみなそうである。が、馬忠の勇気には正しさがあり、それをほんとうの勇気というのだ」

と、ひそかに称《ほ》めた。本営にあって特別に馬忠を招いた諸葛亮は、

「もう牂牁郡《そうか》にむかってよい。わが軍は高定元とながながと対峙《たいじ》し、しかも怯弱《きょうじゃく》にみせている。牂牁にいる朱褒《しゅほう》は用心をおこたっているであろう。牂牁を鎮《しず》めたら、滇池《てんち》にくるように」

と、いった。

「うけたまわりました」

馬忠は一軍を率いて発《た》った。

このころ高定元は兵をまとめて、一気に官軍の本営を潰滅《かいめつ》させようとしていた。そのためには卑水を渡らなければならないが、戦いにおいては川を渡渉《としょう》するときがもっとも危険で、最悪であるのは、川を背にして戦うことである。が、高定元は諸葛亮を嘗《な》めきっていたので、大軍での渡渉を敢行《かんこう》した。

叛乱軍の三分の二が渡り切ったところで、本営で待機していた兵が、諸葛亮の打つ太鼓に弾《はじ》かれたように突進を開始した。

天空が黒くなったと想《おも》われたほど、千を単位とする矢が、高定元とその兵にそそがれた。

諸葛亮が連発式の弩《ど》を発明したことは、まちがいなさそうで、それがいつ発明されたのかが問題である。この南征において、卑水のほとりでの滞陣が長かったので、そのあいだに弩の改良を考えはじめたと想っても、あながちまとはずれではあるまい。

とにかく諸葛亮の主力軍は弩が充実しており、いわば弓矢の力で高定元の兵を圧倒した。

越嶲太守である龔禄《きょうろく》は、最初から諸葛亮の緩慢《かんまん》さに首をかしげてきたが、一転して、この攻撃の激越《げきえつ》さにおどろき、感心した。

——こういうことであったのか。

龔禄は勇躍《ゆうやく》して州兵を率いて、背水の陣である高定元を猛攻した。だが、高定元は、まんまと諸葛亮の策略にはめられて、危地に踏み込んだものの、もともと度胸がある男なので、肚《はら》をすえなおした。

「諸葛孔明《こうめい》の首を獲《と》れないまでも、その目前まで迫ってやる」

そう意《おも》って決死の配下を集めてから、李求承《りきゅうしょう》を招いた。李求承は比較的に大きな族の首長である。

高定元は李求承にいった。

「ここはわれの死地となる。今日まで、われに協力してくれたことに感謝する。あなたはここで死んではならない。わが意志を継いでくれるのはあなたしかいない。どうか、すみやかにむこう岸へ去ってくれ」

高定元は李求承の返辞《へんじ》をきくことなく、馬を動かし、千数百の騎兵とともに、官軍にむかって突きすすんだ。その影を黙々と見送った李求承は、いちど大きく慨嘆《がいたん》してから、

「退くぞ」

と、配下の兵にいい、川に馬を乗りいれた。かれらの退却を高定元がみずから掩護したとい

ってよい。高定元は濛々《もうもう》と迫ってくる官軍を矛《ほこ》で突き破り、従う千数百の兵が、数十になっても、なおすすみ、

「孔明はどこだ。われと闘え」

と、叫んだところで、矢に斃《たお》され、首を斬られた。その首を視《み》た諸葛亮は、激闘した龔禄をねぎらい、

「なんじはこの郡に残って、残党を掃蕩《そうとう》せよ」

と、命じた。

むろん龔禄は李求承が戦場を去って、高定元の報復を考えていることは知らない。

諸葛亮の軍には、いちど益州郡を馴《な》らした李恢が兵を率いて合流している。李恢は益州郡の出身なので、諸葛亮はその軍を先鋒として南下することにした。まず越巂郡内での移動である。

卑水から西へ行ったあと、道はほぼまっすぐに南へむかっている。

高定元を討滅《とうめつ》したからといって、越巂郡内の治安がまたたくまによくなったわけではない。この郡には十四城があり、それらの城をすべて高定元の配下か協力者によって抑えられていたと想えば、太守である龔禄の掃蕩はたやすく達成されまい。が、諸葛亮は越巂郡がきれいにかたづくまで待っていられない。

郡府があるのは邛都《きょうと》であり、そこでしばらく駐屯した諸葛亮は、川にそって南へすすみはじめた。

会無県《かいむ》をすぎ、三縫県《さんほう》にはいった。この県の西南に青蛉県《せいれい》があるが、その県は越嶲郡の最南端にある。ただし諸葛亮は青蛉県にむかわず、三縫県から南下して益州郡にはいることにした。

諸葛亮は李恢を招き、

「昔、益州郡のあたりは、滇《てん》王とよばれる王が治める国があった。それだけに、なかなか蜀の政府に順服《じゅんぷく》してくれぬが、雍闓が亡《な》くなったあと、諸族はどうしているであろうか」

と、問うた。

李恢は機転がきく男であるだけに、すでに偵諜《ていちょう》をだして、報告をうけている。

「孟獲という者が、諸族を攬《まと》めています」

「孟獲とは、どのような者か」

「急に台頭《たいとう》した者なので、よくわからないのです」

「益州郡出身のそなたが、その名を知らなかったということは、大族の首長ではないな」

諸葛亮はそう推理した。

「たしかに……」

「すると、孟獲の私兵は多くなく、諸族をうまく連合させている。賢い男であるらしい」

「まさに――」

「その賢い男は、われらの軍をどこで迎え撃とうとしているのか」

「これは憶測《おくそく》にすぎませんが、孟獲は卑劣な戦法を実行せず、堂々と戦いを挑んでくるのではありますまいか。そうであれば、郡府のある滇池の近くが主戦場となるのでは――」

「そうであれば、みどころのある男だ」

諸葛亮は幽《ほの》かに笑った。

ところで滇池は、郡府のある県の名であると同時に、その県の西北にひろがる大きな池の名でもある。池よりも大きければ湖ということになるが、湖は沢《たく》と呼ばれることのほうが多い。それゆえその池は、沢池《たくち》といったほうがわかりやすいかもしれない。

さて、諸葛亮の軍は益州郡にはいった。

いつ急襲されるかわからないので、ゆるゆるとすすむしかない。

連然《れんぜん》県にさしかかると、李恢が、

「孟獲は、沢池の東に兵をそろえて待機しています」

と、諸葛亮に告げた。

「なるほど、こちらを背水《はいすい》にさせようとする策か」

「どうなさいますか」

李恢は諸葛亮をまっすぐみつめた。

「孟獲の策は常識的なものだが、その策に翻弄《ほんろう》されたようにみせよう。わが軍が囮《おとり》となって、孟獲の攻撃をうける。そなたは軍を北へ迂回《うかい》させて、孟獲の陣の側面をたたけ。あまり早く敵陣の退路を断つと、崩壊するのが早く、おもしろくない」

「承知しました。では、さっそくに――」

李恢は一軍を率いて、北へまわった。諸葛亮は軍をゆっくりと沢池に近づけ、そのへりに沿《そ》って東進した。やがて、孟獲の軍が看《み》えた。大小の族が、何百も集まってできた陣である。

さっそく属将を集めた諸葛亮は、

「夜間に前進しておいて、早朝から塁《るい》を築け。高定元との戦いとおなじように、撃ってでてはならない。守るだけ守れ。水を背にしているが恐れてはならない」

と、命じた。李恢がどのように動くかについては、かれらになにも教えなかった。

翌朝、諸葛亮の軍は孟獲の軍にかなり近づいた。塁の構築を観た孟獲は、躊躇《ちゅうちょ》なく攻撃を敢行した。これも戦術における常識で、敵が土の小城を築くまえに攻撃すれば、勝機がふくらむ。諸葛亮はそれも予想しており、弩と長兵《ちょうへい》によって、しのぎにしのいだ。

翌日も、孟獲は早朝から攻撃をおこなった。

が、諸葛亮は夜間も工事を続行させたので、一夜で塁が完成した営所があった。

孟獲はそれをみて歯噛《はが》みをした。

――勝負は、最初の三日間でつける。

孟獲はそう決めていた。

三日がすぎると、官軍の陣が堅牢《けんろう》になるので、攻めにくくなる。その後は長期戦に切りかえて、官軍の兵糧《ひょうろう》が尽きるのを待つ。

最後の三日目になった。

この日も早朝から猛攻をおこなった。だが、官軍の陣営を崩せない。午《ひる》近くになると、あきらかに配下の兵は攻め疲れたという表情をみせた。

——引き揚げるか……。

孟獲がそう考えはじめたとき、後陣から急報がとどけられた。ほぼ同時に、本陣近くにいる兵が騒然とした。

官軍が北から突進してきたという。

——しまった。

連然県のあたりで官軍が二手に分かれたことはわかっていたが、北へむかった一軍は、犍為《けんい》属国《ぞっこく》か牂牁《そうか》郡へむかったのであろう、とおもい、その軍を追跡させなかった。

孟獲は諸葛亮のいる本営の塁上に旒旗《りゅうき》が樹《た》つのがみえた。その旗が、全軍に総攻撃を命じていることはわかった。

いきなり、敗色が濃厚になった。

近侍《きんじ》の兵が、

「どうなさいますか」

と、憂色《ゆうしょく》をみせながら問うた。

「負けたら、逃げる。それしかあるまい」

孟獲はさっさと戦場をあとにした。諸族の連合軍の弱点を孟獲は熟知している。孟獲を必死に護衛する族など、ほとんどいない。

この日、李恢の軍は叛乱軍の側面を痛撃し、諸葛亮の軍は敵軍の前面を潰滅させた。が、首《しゅ》魁《かい》の孟獲はどこにもいない。

「逃げ足の速い男らしい」

苦笑をみせた諸葛亮に、李恢は提案した。

「孟獲のゆくえをさぐらせているうちに、月日が経《た》ってしまいます。早くかれを捕らえるために、賞金をお懸けになったらいかがですか」

「それは、妙案――」

さっそく諸葛亮は郡内に懸賞金を告示した。それから五日も経たないうちに、縛られた孟獲が本営に送られてきた。諸葛亮はなにも問わず、いきなり、手ずから縄を解《と》いたので、李恢はあっけにとられた。

諸葛亮に近侍している吏人《りじん》と兵もおどろいたが、さらにおどろいたのは、孟獲本人である。

――ここで首を斬られるのではないのか。

いぶかる目の孟獲を起《た》たせた諸葛亮は、まるで友人を案内するように、ならんで歩きはじめ、

「営内と陣立てをおみせしよう」

と、なごやかにいった。

土の小城というべき塁を諸葛亮はこわし、営所を囲んでいる土の壁も崩すように指示している。

——なんのために、われにそれらを観《み》せるのか。

孟獲は諸葛亮の意図《いと》がわからなかった。

営内をすべて観せ終えた諸葛亮は、すこしまなざしを強くして、

「この軍は、どうだろうか」

と、孟獲に問うた。

少々あいまいな問いのようであるが、孟獲には諸葛亮の念《おも》いがすぐにわかった。そなたと戦ったときに、策を用い、かくした軍で急襲させたが、こんどは策もかくした軍もない、この軍と戦ってみる気はあるか、と孟獲の智力と気力を問うたのである。

——われを釈放するのか。

それなら、この丞相と戦ってやる、いや、戦わなければ失礼になるであろう。そう全身で感じた孟獲は、

「さきの戦いでは、あなたの軍の虚実《きょじつ》を知らなかった。それゆえ、敗れてしまった。いま恩恵によって陣営を観せてもらった。これがすべてであれば、わたしがやすやすと勝ちます」

と、高言した。

諸葛亮は笑い、

「そなたの挑戦を待っている」

と、いい、孟獲を営所の外に去らした。それをみた李恢は、

「めずらしいことをなさいましたな。懸賞金がむだになりました」

と、いった。諸葛亮は首をふり、

「いや、懸賞金はむだになるどころか、千倍もの財を朝廷にもたらしてくれることになろうよ」

と、満足げにいった。

いちど孟獲と戦った地より東へゆくと、池や湿地帯があり、軍を展開しにくい。

それでも諸葛亮はそちらの道をえらんだ。

「いちど散った兵を糾合《きゅうごう》するには時がかかる。またわれらが有利な地にいれば、孟獲は襲うことをためらうだろう」

諸葛亮はそういって行軍を速めなかった。孟獲が挑戦しやすいように時を与えた。

十日後に孟獲軍はきた。それを知った諸葛亮のうれしげな顔は印象的であった。孟獲と諸葛亮は、双方とも、まったく策を弄《ろう》することなく、堂々と戦った。

「気分のよい男よ」

本陣で悠々と敵陣をながめながら諸葛亮は孟獲を称めた。

夕方には、縄をかけられ、ひきすえられた孟獲が諸葛亮の眼下にいた。

ほほえんだ諸葛亮は、またしても手ずから縄を解き、

「善戦しても、勝ったとはいえぬ。また、戦場で会おう」

と、いい、孟獲を釈放した。

諸葛亮の本意がわかってきた李恢だが、

「二度も敗れた首領に、兵は従って戦うでしょうか」

と、疑念をあらわにした。

「二度も捕縛《ほばく》されたのに、二度も釈《ゆる》された。それを諸族の長がどうみるか」

こんどは五日後に、孟獲が兵とともに襲ってきた。が、孟獲は勝てなかった。このあと捕獲された孟獲を諸葛亮が釈したのは事実であろう。だが、それからが伝説ではあるまいか。

つまり孟獲は七たび釈されて、七たび捕らえられた、というのがそれである。

釈す、とは、縦《しょう》、という文字を用いることがある。また生け捕《いど》ることを、擒《きん》（禽《きん》）という。

そこで諸葛亮が孟獲にたいしておこなったことを、

「七縦七禽」

と、いう。諸葛亮の仁術《じんじゅつ》がよくわかる成語である。

とにかく釈された孟獲は、去らなかった。諸葛亮を仰ぎみて、

「公には天のごとき威光がある。南中の者は二度と叛《そむ》きません」

と、いった。諸葛亮に心服したのである。

孟獲は諸葛亮に接し、ことばを交わすうちに、かつて雍闓がいっていたことのほとんどすべ

てが、虚言《きょげん》であることがわかった。蜀の中央政府は南部の諸郡に、苛斂誅求《かれんちゅうきゅう》をおこなっているわけではない。

孟獲は諸葛亮のすぐれた人格に打たれて、

――この人を扶《たす》けたい。

とさえおもうようになった。

そういう孟獲の活用を考えたせいであろう。諸葛亮は滇池に到着すると、すぐに、

「諸族の首長に、重職を与えるように」

と、高官たちをさとした。地元の有力者を政治に参加させなければ、かれらの叛乱を恐れて、兵を南中に駐屯しつづけなければならない。またこまかな規則で異民族をしばってはならないとした。叛逆した者たちはその罪をとがめられることを恐れて、郡の吏人に親しく近寄れない。それではいつまで経っても異民族や諸部族と信頼しあうことができない。

諸葛亮はさいごにこういった。

「いまわたしは兵を南中にとどめず、こちらに食料を運ばせるようなことはせず、綱紀《こうき》をだいたい定め、蛮夷《ばんい》と漢族がほぼ安寧《あんねい》であってほしいとおもっているだけである」

ここ滇池に、朱褒を誅殺《ちゅうさつ》して牂牁郡を鎮定《ちんてい》した馬忠が到着した。

これで諸葛亮は南部の四郡を鎮《しず》めたことになるが、益州のなかにある益州郡の名称がわかりにくいので、

「建寧郡《けんねい》」

に改称した。また、その建寧郡と越嶲郡を分割して併《あわ》せ、

「雲南郡《うんなん》」

を新設した。まだある。建寧郡と牂牁郡を分割して併せて、

「興古郡《こうこ》」

を作った。中路軍を率いた李恢を建寧太守にし、東路軍を率いた馬忠を牂牁太守とした。おもしろいことに、武《ぶ》より文《ぶん》に精通している李恢が、こののち武威をもって郡内の擾乱を鎮討《ちんとう》して、郡を富ませ、それを中央へ資給《しきゅう》するという功績を顕赫《けんかく》した。将としてすぐれた資質をもっている馬忠は、武を用いず、郡民をいたわり育てるという統治のしかたをして、郡民に敬慕《けいぼ》された。

諸葛亮は帰途についた。まさしく凱旋《がいせん》の元帥《げんすい》であった。

諸葛亮を見送った孟獲は、以後、諸族の不満をなだめて、郡内の揺蕩《ようとう》をふせいだ。郡が安定すれば、生産力が増大し、それが中央政府に反映される。孟獲を釈したことが、懸賞金の千倍もの富を中央政府にもたらしたのである。

建寧郡をあとにして、漢陽県《かんよう》にさしかかった諸葛亮は、楊儀から、

「降人《こうじん》である李鴻《りこう》という者が、公にお伝えしたいことがあると申して、謁見《えっけん》を願っておりますが、いかがしますか」

と、いわれた。

「われに伝えたいことがあるのなら、それを聴こう」

諸葛亮はすぐに引見した。楊儀のほかに、費詩《ひし》と、蔣琬《しょうえん》などがその左右にいた。

「お伝えしたいのは、孟達《もうたつ》のことです」

と、李鴻は述べた。

孟達が法正《ほうせい》の友人であったことは、すでに書いた。孟達は劉備《りゅうび》の命令を承《う》けて、漢中郡の東部の平定にむかったが、関羽を救援しなかったため、劉備の怒りを恐れて、魏《ぎ》に降《くだ》った。そういうこともあって、漢中郡の東部は魏の版図《はんと》となり、そこに魏興《ぎこう》郡と新城《しんじょう》郡が置かれた。つまり昔の漢中郡は、三分の二ほどの広さが魏の領土となり、孟達はほかの臣にねたまれるほど皇帝の曹丕《そうひ》に厚遇されて、新城郡の長官となった。

李鴻はちかごろ孟達を訪ねたという。

そのときたまたま王沖《おうちゅう》という者がきていて、さきに孟達が蜀を去ったとき諸葛亮が歯ぎしりをして怒り、孟達の妻子を誅《ころ》そうとしたところ、劉備が許さなかった、という裏話をした。

だが、孟達はその話を信じなかった。

「諸葛亮の見識には本末《ほんまつ》がある。けっしてそのようなことはない」

孟達ははっきりそういった。本末とは、はじめと終わり、筋道をいう。つまり、李鴻がいいたいこととは、孟達はいまだに諸葛亮を尊敬しているということである。

「そうであれば、成都《せいと》に帰ったら、書翰《しょかん》をだして連絡をとるべきである」

諸葛亮がそういうと、費詩が難色を示した。

「孟達は小人《しょうじん》です。むかし、劉璋《りゅうしょう》に仕えていながら忠を尽くさず、のちに先主《せんしゅ》（劉備）に背《そむ》きました。反覆《はんぷく》の人です。書翰を与えるに足る人でしょうか」

諸葛亮を沈黙させた費詩は、おもしろい人である。

あざなを公挙《こうきょ》といい、犍為郡南安《なんあん》県の出身で、劉璋が益州牧のとき、緜竹《めんちく》県の令《れい》となった。

劉備が緜竹を攻撃したとき、費詩は率先して降伏した。成都に入城したあと、劉備は費詩を督軍従事《とくぐんじゅうじ》とした。その後、太守や司馬《しば》を歴任したが、劉備が漢中王になると、費詩を使者として関羽のもとへ遣《や》った。

「関羽を前《ぜん》将軍とする」

その任命を伝えるためである。だが関羽は、黄忠《こうちゅう》が同格の後《こう》将軍に任ぜられたことを知るや、

「あんな老いぼれと列をともにできるか」

と、烈火のごとく怒った。だが費詩は恐れることなく、うまく関羽をなだめた。こういったのである。

「昔、蕭何《しょうか》と曹参《そうさん》は、高祖《こうそ》（劉邦《りゅうほう》）と若いころからなじみでした。しかし陳平《ちんぺい》と韓信《かんしん》があとで高祖に臣従し、ふたりよりも位が上となりました。それでもふたりがそのことを怨んだとはきいておりません。いま漢中王は黄忠を尊崇《そんすう》しておりますが、王のおもいの軽重は、あなたさま

と等しいはずがありましょうか。漢中王とあなたさまは、たとえれば一体《いったい》のようなもので、喜びをともにし、悲しみを等しくし、禍福《かふく》をともにするものです。あなたさまが前将軍の拝命《はいめい》をおことわりになるのであれば、わたしはただちに帰ります」

それをきいてしみじみ感じた関羽は、背をむけた費詩をあわてて呼びとめて、つつしんで前将軍を拝命した。

費詩の理路《りろ》は整然《せいぜん》としている。

劉備が皇帝になろうとしたとき、上疏《じょうそ》して、諫止《かんし》した。

「いま大敵（魏の曹丕）に勝利を得ないうちに、さきにみずから即位なさることは、人心に疑惑《ぎわく》を生じさせることです」

このことばが劉備に嫌われて、費詩は左遷《させん》されたのである。この直言の士を中央政府で活用しようとしたのが諸葛亮であるが、孟達には利用価値がないといきなり諫《いさ》められて、諸葛亮は黙らざるをえなかった。

が、孟達の存在は、これからの諸葛亮の兵略のために、まったく無価値であるわけではなかった。

北伐計画

諸葛亮《しょかつりょう》の南征軍はまったく無傷であったわけではない。

犍為《けんい》郡の太守《たいしゅ》であった王士《おうし》をさきに南下させたが、高定元《こうていげん》の配下に殺害されたという事実もあった。

それでも、その高定元だけではなく牂牁《そうか》郡の朱褒《しゅほう》を誅殺《ちゅうさつ》し、建寧《けんねい》郡にあって叛乱の首謀者となった孟獲《もうかく》を、七度も捕らえて七度も釈《ゆる》し、順服《じゅんぷく》させた諸葛亮をたたえる声は、益《えき》州北部に盈《み》ちた。

とくに成都《せいと》にいる民衆は喜びをおさえきれず、南征軍の帰還を知るや、数十里さきまで迎えにでた。民衆だけではなく、劉禅《りゅうぜん》の群臣も、諸葛亮に敬意をはらうべく出迎えた。

そのなかに、黄門侍郎《こうもんじろう》の費禕《ひい》がいた。

かれはあざなを文偉《ぶんい》といい、荊《けい》州江夏《こうか》郡の出身で、幼いころに父を失った。そこで族父の費《ひ》伯仁《はくじん》のもとに身を寄せた。

費伯仁の姑《おば》が、当時益州牧《ぼく》であった劉璋《りゅうしょう》の母であった。そういう縁で、劉璋のほうが使者をだして伯仁を蜀《しょく》に迎えた。費禕も伯仁に従って蜀にはいった。

が、劉備《りゅうび》が蜀にはいったことにより、劉璋は荊州へ去った。費禕は蜀にとどまった。かれは賢臣として名が高い董和《とうわ》の子である董允《とういん》と仲がよく、すこしは名が知られるようになっていた。

やがて劉備が皇帝に即位し、劉禅を皇太子に立てると、費禕と董允を太子舎人《しゃじん》とし、ついで太子庶子《しょし》とした。教育係りのようなものであった。それから黄門侍郎に移った。皇帝の側近といってよいが、そういう朝廷人事のうしろには諸葛亮がいたと想《おも》うべきである。

諸葛亮が乗る兵車をみた人々は、大歓声を揚げた。費禕は素直に感動した。

——偉い人だ。

そういうおもいで仰ぎみた。ところが、諸葛亮が手招きをしている。どうみても、同乗せよ、とその手がいっている。

とたんに費禕は全身が熱くなった。

それからの時間は、費禕にとって、夢のようであった。

そうではないか。

凱旋《がいせん》の元帥《げんすい》である諸葛亮の兵車にのぼり、諸葛亮にならび、親しげに声をかけられながら、大群衆を車中からながめたのである。

群衆のおどろきさえ、よくわかった。

「丞相《じょうしょう》さまが同乗させたあの者は、たれであろうか」

「どうやら、あの者は、費文偉という官人であるらしい」

群衆はここで、費禕のあざなをおぼえた。このときまで費禕は世間的に無名であったが、諸葛亮に招かれて車中の人になったことで、またたくまにその名が知られた。

諸葛亮はいろいろなことにめくばりをおこたらない人で、自分のあとの時代についても考えていた。

もっとも危険であるのは、いま十九歳である劉禅が、諸葛亮が亡《な》くなったあと、

「われがみずから政治をおこなう」

と、いいだすことである。そうなると、皇帝の近くにいる者の権力が増大し、朝廷の機能が衰弛《すいし》してしまう。そうではなく、昔の梁冀《りょうき》や董卓《とうたく》のような強欲な者が出現して皇帝をないがしろにしてもこまる。

誠実で、しかも威がある者がよい。

諸葛亮はすでにひとりをみつけている。

蔣琬《しょうえん》、である。

かれは劉備に従って荊州から益州へ移り、広都《こうと》県の長に任命された。が、劉備が遊覧《ゆうらん》のついでに広都県に立ち寄った際、蔣琬は職務をそっちのけで泥酔《でいすい》していたため、厳罰に処せられそ

うになった。それを諸葛亮のとりなしでまぬかれた。

「蔣琬は、社稷《しゃしょく》の器《うつわ》で、百里の才ではありません」

諸葛亮が劉備にそういってくれたのである。社稷は国家と同義語で、要するに蔣琬は国政をあずかる器量をもち、百里四方しかない県の政治にあたふたする才能ではない。それほど蔣琬を高く買ってくれた諸葛亮は、劉備が漢中王《かんちゅうおう》になると蔣琬を尚書郎《しょうしょろう》とし、諸葛亮が丞相となるとかれを東曹掾《とうそうえん》とした。さらに参軍として、南征に同行させたのも、のちのちのことを考えてのことであろう。

費禕に関しては、蔣琬にまさるともおとらない才徳をもっている、と諸葛亮はみている。とくに記録を暗記する速さは抜群で、暗記力も超絶しているので、天才といってよかった。そのきわめて高い能力をやがて国民が知ることになるものの、そのまえにすこしは費禕の存在を朝廷や丞相府の外にいる者たちに知らせておきたかった。

成都《せいと》に到着した諸葛亮は、まっすぐに宮殿にのぼり、皇帝の劉禅に復命した。

十二月である。

南征は、一年以内に成功、というかたちで完了したようにみえたが、数日後に、丞相府に凶《きょう》報《ほう》がはいった。

「越嶲《えっすい》太守の龔禄《きょうろく》が、李求承《りきゅうしょう》に殺されました」

諸葛亮はすこし目をあげて幽《ほの》かに嘆息した。越嶲郡内の叛乱は、武力で潰滅《かいめつ》した。それでも叛乱の火をすべて消したとはいえなかった。一方、建寧郡（益州郡）の叛乱には、宥恕《ゆうじょ》を与えた。

「馬謖《ばしょく》のいった通りだ……」

と、つぶやいた諸葛亮は、苦笑した。

南征する直前に馬謖はこういった。叛乱を勃《お》こした者を破ったにせよ、かれらはまた叛《そむ》く。ゆえに兵法では、心を攻めるを上策とし、城を攻めるを下策とする。

たしかに越巂郡の叛逆者である高定元を、心で攻めなかった。高定元は郡丞《ぐんじょう》を殺害し、王を自称した。その罪を宥《ゆる》して、郡のため、国のために活用するのはむずかしい。そこで誅戮《ちゅうりく》したのであるが、いままた叛乱が郡の全体にひろがったとなれば、南征は部分的に失敗したということになる。

――なるほど軍事はむずかしい。

一時的な勝利をほんとうの勝利と呼ぶことのむずかしさを痛感した。

ふと、諸葛亮は往時《おうじ》を憶《おも》いだした。

――先主《せんしゅ》（劉備）は偉かったな。

かつて劉備は荊州の樊《はん》城から立ち退いて曹操《そうそう》軍に追われた。そのとき劉備を慕《した》った群衆が十余万人もいたのである。劉備は荊州に移ってきてから博望《はくぼう》というところで戦っただけで、これといった武功を樹《た》てたわけではないのに、あれほど荊州の民に敬慕された。

――われは先主におよばない。

諸葛亮はまた嘆息した。

越巂郡が叛乱軍に制圧されたときいても、南征から帰ってきたばかりの諸葛亮は、再度の出師《すいし》をおこなうわけにはいかない。

そこで高官を越巂太守に任命したが、

「安上県《あんじょう》にとどまっていればよい」

と、いい、赴任はもとより平定のための兵を動かさなくてよいとした。

諸葛亮は南征中も幕府を設けて、政務をおこなっていた。が、軍事が優先の遠征先では行政があとまわしになり、さらに訴訟《そしょう》の処理もとどこおりがちになった。それゆえ帰還後は、年末まで、諸事に忙殺《ぼうさつ》された。

ゆとりをもってあたりをみまわすようになったのは、年があらたまってからである。

岱《たい》と子の岫《しゅう》は、とうに荊州から帰っている。このふたりを眼前に坐《すわ》らせた諸葛亮は、

「さて、話をきかせてもらおう」

と、あえてなごやかな口調でいった。岫はこのたびの旅を経験したことによって、大人《おとな》びてみえる。

すこし頭をさげた岱は、

「まず僕佐家《ぼくさ》についてお話しします」

と、いった。同時に岫が微笑したので、この父子にとって快事《かいじ》があったにちがいない。

「長男の佑《ゆう》さんが、宛《えん》にでて商売をするというので、われらも宛へゆき、店舗兼《てんぽけん》住宅を建てる手伝いをしました」

「ほう、事業を拡大したのか」

「弟の介《かい》さんが、襄陽《じょうよう》の家を継ぐようです」

「兄弟の仲がよければ、それにこしたことはない」

諸葛亮は僕佐の子に接した記憶がほとんどないので、ふたりの子の志向《しこう》と性質はまったくわからない。

「僕佐さんは偉い人です。諸葛玄《げん》さまのご命日《めいにち》に、かならずふたりの子を連れて墓参《ぼさん》へゆき、そのご恩をふたりの子に説《と》いてきたそうです」

岱にそういわれて、諸葛亮は胸を突かれた。あの叔父《おじ》がいなければ、いまの諸葛亮はない。

「宛にでた佑さんは、あなたさまをも、尊敬しており、われらを厚遇してくれました。宛は大都といってよく、襄陽よりはるかに多くの情報がはいってきます。われらはつい、長逗留《ながとうりゅう》となりました」

ついで岱は、魏《ぎ》について語った。

「あなたさまは徐《じょ》州のお生まれなので、広陵《こうりょう》をご存じでしょう」

と、岱はいった。

「われは琅邪《ろうや》国の生まれなので、徐州の南部にくわしいわけではないが、その県に広陵郡の郡府があったことくらいは知っている。いや、いまは、広陵は呉《ご》の版図《はんと》の内であろう」

諸葛亮はすこし首をかたむけた。

「そうですが、魏の天子（曹丕《そうひ》）は、一昨年、昨年とその広陵まで軍をすすめたのです」

「しかし魏軍が江水《こうすい》を渡って呉を攻めたとはきこえてこない。なぜ魏軍が呉に進攻しなかったのか」

「一昨年は呉へ侵入するための下見《したみ》であったのでしょう。昨年こそ、呉を攻めようとしたにちがいないのです」

「ふむ……、それで――」

「十万余の兵が、数百里にわたってならんだようです。ところが、まだ十月であるというのに、昨年の寒さは特別で、江水につながる水路が凍結して、船を江水にいれることができなかったということです」

「吁々《ああ》、そういうことか……」

嗤《わら》いごとではない。前年とおなじ天候と気温が再現されるわけではない。戦場は生き物であるとおもうべきである。

曹丕は広陵までの道は整備したようなので、今年は水路が氷で閉ざされるまえに、江水を渡る工夫をしたいところである。しかし農繁期《のうはんき》に軍旅《ぐんりょ》を催すと、穀物の収穫に支障《ししょう》をきたす。つまり農産が減退《げんたい》してしまう。それを想うと、九月の出師はない。

岱の話では、昨年、曹丕は閏《うるう》三月に呉の征討にむかいながら、広陵に到ったのが十月である。今年、曹丕が寄り道をせずに広陵にむかえば、夏のあいだに呉に侵入できそうである。

曹丕の親征となれば、おもだった将はすべて南方へ随従《ずいじゅう》する。つまり、西方の警備はおろそかになる。

一瞬、諸葛亮のなかに焦心《しょうしん》が生じた。

――今年の夏に、いそいで蜀軍を編制して、北へ出撃するのは、むりだ。

いや、魏軍が揚《よう》州にはいれば、戦いはながびく。蜀軍はゆっくり起《た》てばよい。そう考えなおした諸葛亮は、魏のおもだった将について、岱に問うた。

「天子《てんし》が親征しない場合、諸軍を統率して帥将《すいしょう》になりうるのは、三人ではないでしょうか」

岱は推測をまじえて述べた。

「ふむ、その三人とは――」

諸葛亮の最大の関心事はそれである。

「曹子丹《そうしたん》と曹文烈《そうぶんれつ》それに司馬《しば》仲達《ちゅうたつ》です」

岱は三人をあざなでならべたが、名とあざなをならべなおすとこうなる。

曹真《しん》（子丹）

曹休《きゅう》（文烈）

司馬懿《い》（仲達）

諸葛亮は自分の記憶をさぐるような目つきをして、

「その曹氏のふたりは、曹操《そうそう》の子ではないな」

と、念をおすようにいった。

「族子《ぞくし》ということです」

曹操を中心とする族があり、その族人の子が族子である。

曹真の父は、挙兵したころの曹操の身代わりとなって死んだ。そのため曹操は孤児となった曹真をあわれみ、自分の子といっしょに養った。

曹休も十数歳のころに父を失った。かんたんな埋葬を終えると、母を連れて江水を渡り、呉へ行った。ところが曹操が挙兵したときくと、道をさがして荊州へ移り、そこから北上して曹操に面会した。千里の難路を踏破《とうは》した曹休をたたえた曹操は、曹丕と起居《ききょ》をともにさせて養った。

「文烈と子丹をくらべてみますと、子丹のほうが声望《せいぼう》が高いようです。魏の軍事の柱は、子丹なのではありますまいか」

と、岱はうわさからそう推測した。

「ふたりは曹氏なので、軍を督率《とくそつ》できるのはわかるが、司馬仲達は曹氏一門でもないのに、よくそこまで昇進したものだ」

諸葛亮は岱に説明を求めた。

「仲達は、曹氏一門とはゆかりもなく、もともと文官でした」

司馬懿は河内《かだい》郡温《おん》県の出身で、気がすすまぬかたちで曹操に仕え、議郎《ぎろう》、主簿《しゅぼ》などを歴任した。曹操が魏王になるまでには、軍事にかかわることができなかった。やがて軍司馬《ぐんしば》に移ったが、それは謀臣といってよく、実際に軍を率いたことはなかった。曹操が逝去《せいきょ》して、曹丕が魏王から魏帝になると、司馬懿は尚書から督軍《とくぐん》となり、その後も累進《るいしん》した。いわば司馬懿は文武《ぶんぶ》にすぐれている。

「仄聞《そくぶん》したところでは、魏の天子《てんし》が遠征したときには、かならず首都と宮城を仲達に留守《りゅうしゅ》させたそうです」

と、岱は情報をつけくわえた。

これは諸葛亮にとって重要な情報である。それほど司馬懿が曹丕に信用されているということをうらがえせば、曹氏と夏侯《かこう》氏の一門に留守をまかせられる人物がいないということである。

曹操がもっとも信頼した勇将は、曹仁《そうじん》である。が、曹仁は三年まえに死去している。戦いにそつのない曹洪《そうこう》は曹丕に嫌われて免官《めんかん》となり、魏の二十六軍をたばねた夏侯惇《とん》は六年まえに逝《い》った。

ところで、岱が蒐《あつ》められなかった情報がある。

曹丕と司馬懿のやりとりのなかに、こういうものがあった。

帝都の留守をまかされたほかに官位を上げられた司馬懿は、その責務の重さに耐えかねて、固辞したことがあった。すると曹丕は、

「われは夜も昼も、政務に忙殺され、須臾《しゅゆ》も安らかに休息することができない。そなたを栄達させようというのではない。われの苦労を分かちあってもらいたいだけである」

と、切々《せつせつ》といった。

また遠征の出発にあたって、曹丕は、

「われが深く心配するのは留守中のことである。それをゆだねられるのはそなたをおいてほかにいない。昔、高祖《こうそ》を佐《たす》けた曹参《そうさん》には戦功が多かったが、高祖がもっとも重んじたのは、留守をおこなった蕭何《しょうか》であった。われに後顧《こうこ》の憂《うれ》いをなくしてくれれば、これほど良いことはない」

と、司馬懿にいった。

さらに、広陵から洛陽《らくよう》に帰還した曹丕は、さっそく司馬懿に、

「われが東征すれば、そなたが西方の変事にそなえ、われが西征するときは、そなたが東方の変事にそなえるのだ」

と、いい、許昌《きょしょう》（もとの許県）への移動を命じた。これは司馬懿に、

「呉からの攻撃をそなたが防げ」

と、いったことになるが、つぎの呉への遠征はそなたがおこなえ、と暗に命じたとも解《かい》することができる。むろんこの人事については、佔は知らない。

——魏は、呉を討とうと、やっきになっている。

つまり魏の君臣は、蜀の劉備が亡くなり、帝位を襲《つ》いだ劉禅《りゅうぜん》が若いということもあって、蜀の動静にまったく注視していない。諸葛亮にとって、それは好都合である。

まず、南征から帰ってきてから、すぐにおこなったことがふたつある。

ひとつは新城《しんじょう》郡の太守である孟達《もうたつ》に書翰《しょかん》を送ったことである。これは孟達の心を蜀のほうにたぐり寄せようとした初手《しょて》である。

いまひとつは、費禕を昭信校尉《しょうしんこうい》に任命して呉の孫権《そんけん》のもとに送ったことである。じつは、蜀は劉備を喪《うしな》ったあと、国内の揺蕩《ようとう》がやまないことから、魏に従うのではないか、と孫権が疑心《ぎしん》をもっていることを、兄の諸葛瑾《きん》からの書翰を読んで、諸葛亮は察した。

——つまり孫権は、蜀の政治をおこなっているわたしを信じていないのだ。

諸葛亮はそう感じて、弁《べん》の立つ費禕に外交の立て直しを託《たく》した。

ところで、孫権へ使いをすることを喜ぶ臣はひとりもいない。孫権は蜀の使者にいやがらせに比《ちか》い問いを発しては、その智器《ちき》をはかろうとするからである。

孫権のもとに到った費禕も、やはりためされた。しかもそのためしかたは、あくどい。

酒をつかった。

酒の好きな孫権は良い酒をえらんで費禕に飲ませた。費禕も酒を好むが、酔いつぶれてしまう。それにつけこんだ孫権は、費禕の酩酊《めいてい》をみては議論をふっかけた。そのつど費禕は、

「酔うて、お答えしかねます」

と、いって、しりぞいた。ところが、費禕の暗記力は超人的であり、孫権に問われたことをすべておぼえており、翌日には、それらの問いを整理し、事項ごとに箇条書《かじょうが》きにして答え、孫権を驚嘆させた。

つくづく感心した孫権は手もとの宝刀を費禕にさずけた。

「君は天下の淑徳《しゅくとく》といってよい。かならず蜀朝の股肱《ここう》となるであろう。そうなれば、われにしばしば会いにくることはあるまい」

孫権は費禕との別れを惜しんだ。外交を確定した費禕は、帰国すると、すぐに昇進して侍中《じちゅう》となった。

——呉との友好の関係はゆるがない。

費禕の報告をうけた諸葛亮は、それを確信した。

——問題は、越嶲郡か……。

李恢《りかい》と孟獲らがいる建寧郡が平穏になり、中央政府の法令がとどいた。そこからの貢賦《こうふ》が成都に送られてはずがととのったのに、あいだに無法地帯というべき越嶲郡があっては、運送に支障《ししょう》が生ずる。

しばらく越嶲郡を遠くから看《み》るということにしてあるが、いつか鎮討《ちんとう》のために手を打たねばならない。

——たれを遣《や》るか。

異民族を鎮《しず》めるむずかしさは、諸葛亮自身が痛感している。

ひとりをおもいついた。

——殺された龔禄《きょうろく》の友人に、張嶷《ちょうぎょく》がいたな。

張嶷は、あざなを伯岐《はくき》という。益州の巴《は》郡の出身である。しかし張嶷を越巂太守に起用するには、まだ早いかもしれないが、あの郡の太守には張嶷しかいないとおもい、のちにそのおもいにそってかれを任命して成功することになる。

ついでにいえば、龔禄を殺害した李求承を、張嶷がさがしだして、誅殺《ちゅうさつ》するのである。

春がゆっくりとすぎてゆく。

諸葛亮は北伐《ほくばつ》を考えている。益州から北に進出すると魏の雍《よう》州がある。その雍州をとびこえて魏の首都である洛陽を攻めることはできない。では、雍州をたれが攻めるのか。諸葛亮は南征を敢行《かんこう》するまえから、

——雍州を攻めるのは、自分しかいない。

と、おもっている。魏の遠征を想ってみればよい。曹丕はみずから軍を率いて江水のほとりまで征ったではないか。蜀では、皇帝の劉禅が若いので、丞相の諸葛亮が征くしかない。

——そのまえに……。

諸葛亮は、永安《えいあん》にいる李厳《りげん》を前将軍に任じ、巴郡の江州《こうしゅう》県へ遷《うつ》して駐屯させた。北伐につ

いて考えると、諸葛亮が成都を空《あ》けることになり、李厳が兵権に手をだしてくるかもしれない。それを予防するために、李厳を国境からさげて、永安には陳到《ちんとう》をいれた。陳到は汝南《じょなん》郡の出身で、

「趙雲《ちょううん》に次《つ》ぐ」

と、評されている良将である。

——今年も、曹丕自身が魏の全軍を率いて東征すれば……。

たぶん大戦となる、と諸葛亮は予想している。しかも曹丕はいつも出発と進軍が遅いので、せっかくの大軍を活《い》かしておらず、今年こそ、夏のあいだに呉を攻めるであろう。すると、二月か三月に洛陽を発しなければならない。そうおもって、各地から丞相府にはいってくる報告を気にしつつ、晩春を迎えたが、耳をそばだてるような報《しら》せは、ひとつもない。

丞相府の事務を管掌《かんしょう》している楊儀《ようぎ》に、

「変報はないか」

と、毎日のように問うたので、

「あなたさまにとって、変報がないのが、変なのですか」

と、笑いながら問い返された。

「そういうことになる」

諸葛亮の笑声をききつけた馬謖が近寄ってきた。

「なにやら楽しそうですね」

「おう、幼常《ようじょう》よ、ここだけの話だが、孟達が蜀へ帰ってきてくれるかもしれない」

「えっ、まことですか」

幼常というあざなを呼ばれた馬謖は、おどろきをみせて、楊儀の目を視《み》た。楊儀は諸葛亮が孟達へ書翰を送ったことを知っているので、うなずいてみせた。

「孟達が蜀のために働いてくれるのであれば、それがしの戦略図も修正せねばなりません」

「北へむかうためのそなたの深謀《しんぼう》を披露《ひろう》してもらわねばならぬときが、近づいたとおもったのに、さっぱり変報がない」

諸葛亮にそういわれた馬謖は、わずかにとまどいをみせた。

「変報ですか」

「まもなく初夏であるというのに、魏の曹丕は出師せず、ほかの大将も東へむかったとはきこえてこない。これは怪しむべきだ。せっかくの東征の準備が無《む》になってしまう」

「はあ、そういうことですか」

馬謖はすこし頭を掻《か》いて、楊儀のとなりに坐り、丞相府にはいってきた諸郡の報告をきいた。

「ああ、国境にいた劉璋の子は、撤退したのですね」

南中の混乱につけこんだ孫権の策は失敗したといえる。ほかに耳新しい報告はない。

丞相府には特別に優秀な官吏《かんり》を集めてある。

楊儀の吏務《りむ》の能力は、抜群であり、諸葛亮が軍を率いて出陣する場合の計算は、かれにまかせておけば、過不足なく呈示《ていじ》された。

ほかに、張裔《ちょうえい》がいる。張裔という名は、ここまで散見《さんけん》した。かれは生粋《きっすい》の益州人で、蜀《しょく》郡成《せい》都《と》県の出身であり、あざなを君嗣《くんし》という。

歴史好きであるが、『春秋左氏伝《しゅんじゅうさしでん》』よりも『春秋公羊伝《くようでん》』を修学した。そのほか、『史記《しき》』、『漢書《かんじょ》』などに精通した。学問の志向が儒教《じゅきょう》などの倫理《りんり》学にむかわなかったことも、諸葛亮の好みにあっていたといえる。

かつて張裔は劉璋に認められて、魚復《ぎょふく》県（のちの永安《えいあん》県）の長となり、州府にもどされると、州従事《じゅうじ》に任ぜられ、帳下司馬《ちょうかしば》（州牧の属官）を兼《か》ねた。

張飛《ちょうひ》が水軍を率いて涪水《ふすい》をさかのぼってきたとき、劉璋に命じられて徳陽《とくよう》県へゆき、張飛の軍を迎撃《げいげき》して大敗したのが張裔であったことを憶いだしてもらいたい。

成都に逃げ帰った張裔は、とがめられることもなく、城中ですごし、やがて劉璋の使者となって劉備のもとに到ったことがあった。このときの使いの内容は、

「降伏したあとの処遇《しょぐう》は――」

と、問うものであった。

「かならず礼遇します」

劉備の約束を得て、成都城内に張裔がもどると、城門がひらかれることになったのである。

劉備はそのとき使者となった張裔をみこんで、入城後、かれを巴郡太守とした。その後、司《し》金中郎将《きんちゅうろうしょう》として農具や武器作りを管掌させた。南中に叛乱が生じたとき、太守として益州郡に送り込まれ、呉へ追放されたことはすでに述べた。

帰国もかなわず、呉で重用もされず、草莽《そうもう》に朽《く》ちてゆくだけの張裔を救ったのが、諸葛亮である。

張裔の才能は奇抜というわけではないが、誠実さをふくんでいる。あえていえば、ぜったいに悪事をしない、という才能である。諸葛亮はそういう才能を好んで集めたといえる。

夏になった。

あいかわらず変報はこない。

――今年、魏は東征をやめたのだ。

それならそれで、蜀は来年のために準備にとりかかりたい、と諸葛亮はおもった。

坐っているだけで汗がふきでるような暑さになった。

馬謖をよく招いて、昔の兵事について語らせる諸葛亮は、この日も、暑気払いのために馬謖の話をきいていたが、ときどき憂鬱《ゆううつ》そうな顔をした。それに気づいた馬謖は、話をやめて、

「公には、どのような患憂《かんゆう》がおありなのでしょうか」

と、問うた。

「たれも謎を解《と》いてくれないので、つい心が翳《かげ》ってしまう」

「その謎とは、どこからも変報がこないという、あれですか……」

馬謖は諸葛亮の心情をわかっているつもりである。だが、諸葛亮が春のうちから、変報にこだわっているわけが、わかりにくい。

「そうさ。そなたのように明晰《めいせき》な頭脳をもっている者が、われにとまどいのまなざしをむけてもらっては、こまる。これほど、わかりきったことがあるのに、なぜ、そのようにならぬのか、と、そなたも謎をおぼえてもらわなければならぬ」

諸葛亮はにがく口をすぼめた。

「恐れながら、そのわかりきったこととは――」

そう問われた諸葛亮はまた憂鬱の色を濃くして、口をひらいた。

「よいか。魏は二十万、三十万という大軍をもっているので、戦いにおいて奇襲などの戦術を採《と》る必要がない」

「わかります」

「ゆえに呉を攻めるにおいて、征路をかくす必要はなく、その整備にすくなくとも二年はかけた」

馬謖のうなずきをみた諸葛亮はことばをついだ。

「その征路は、淮水《わいすい》をつかって徐《じょ》州へゆき、徐州の南端の広陵に到って、兵と船をそろえ、江水を渡って呉郡もしくは丹楊《たんよう》郡の北岸に上陸するというものだ。昨年、曹丕は江水のほとりまで進出したが、氷結した川にさまたげられた。ゆえに、今年こそ、曹丕は凍るまえの江水を渡って呉を攻める。童子でもわかることだ。しかし曹丕はいまだに洛陽をでない。なぜか、とわれは心のなかで問いつづけている」

馬謖は諸葛亮の表情をうかがいながら、

「曹丕は、兵を休ませたいのではありませんか」

と、いった。断定的な口調ではない。

諸葛亮は一笑した。

「幼常よ、今日のそなたの思考は冴《さ》えておらぬ。昨年と一昨年、曹丕に従って往復した将士は、一戦もしなかったのだぞ。どこに疲れがあろう。休息をとらせる理由などはない」

「はあ、まあ……」

一戦もしなかった兵に、遠征の疲れがあるのか、ないのか、見解のわかれるところである。

曹丕自身が軍を率いなかった年でも、魏軍は呉を攻めたので、一年間くらいは遠征のない年にしたい、と曹丕はおもったのではないか、と馬謖は考えた。

だが、諸葛亮のいうところの謎は、晩夏《ばんか》になると突然解《と》けた。

四方から丞相府に急報がとどけられた。

この急報の内容は、いずれも、

「曹丕が死去した」

というものであった。それをきいた馬謖は、胸がふるえた。府内にいる諸葛亮の顔つきが変わっていた。馬謖の顔をみた諸葛亮は、すぐに手招きをして、

「曹丕が遠征をしない、というより、できなかったわけがわかった。曹丕の子が帝位に即《つ》いたことはわかっているが、それがたれであるのかは、いまのところ、わかっていない。われの本意を、そなたは知っている。曹丕の死が、蜀の出師をうながしている。そなたが本気になって考えた攻略図を示してもらうときがきた」

と、低い声であるが、はっきりいった。

「すでに、壮図《そうと》は、この胸裡《きょうり》にあります」

馬謖は自分の胸をたたいてみせた。

わずかに笑《え》んだ諸葛亮は、

「それをきいて安心した。明年、出師するとなれば、なさねばならぬことが山ほどある」

と、いい、すぐにまなざしをそらして、楊儀や張裔などと話しはじめた。できるかぎり魏の帝室と朝廷の実情を知りたいので、早い情報蒐めをおこなわせることのほかに、実際に遠征軍が成都からでたあとの朝廷に不穏《ふおん》が生じないためにどうすべきか、いまから準備させた。

そうこうしているうちに、孟達からの書翰が諸葛亮にとどけられた。

遠交近攻

魏《ぎ》の皇帝である曹丕《そうひ》は、五月の中旬に、嘉福《かふく》殿において崩御《ほうぎょ》した。享年《きょうねん》は四十である。

曹丕が危篤《きとく》におちいったとき、四人の重臣が召し寄せられた。その四人とは、

曹真《そうしん》（中軍《ちゅうぐん》大将軍）
陳羣《ちんぐん》（鎮軍《ちんぐん》大将軍）
曹休《そうきゅう》（征東《せいとう》大将軍）
司馬懿《しばい》（撫軍《ぶぐん》大将軍）

であり、かれらは遺詔《いしょう》をうけて、継主《けいしゅ》を輔佐《ほさ》することになった。継主とはいうまでもなく、皇太子であるが、じつは曹丕は誅殺《ちゅうさつ》した甄《しん》皇后の子である曹叡《そうえい》を愛さなかったので、重体になるまで皇太子の決定をおこなわなかった。

曹叡ではなく、側室に産ませた皇子に、帝位を襲《つ》がせたいというのが曹丕の本意であったよ

うだが、その意《おも》いをほのめかしても、

——それでは血胤《けついん》がゆがみます。

と、輔佐の重臣にたしなめられ、やむなく曹叡を後継者に指名したというのが、実情ではなかったか。

とにかく、曹丕が崩御した直後、おなじ日に、曹叡が即位した。二十二歳の皇帝である。

蜀《しょく》だけでなく呉《ご》においても、

「魏のあらたな天子は、どのような人なのであろうか」

と、群臣がとりざたし、その実像をさぐろうとした。が、しばらく、なんの手がかりもなかった。むりもない、当の魏の群臣さえも、曹叡について識《し》る者はすくなかった。

曹叡の生母である甄皇后は、曹丕が皇帝となった翌年に誅《ころ》され、そのあと郭《かく》皇后が正室となった時点で、曹叡は後継の席からはずされたと群臣にみなされた。この皇子にとりいろうとする者は、まったくといってよいほどいなかった。それゆえ即位後の曹叡について、

「どのような皇帝なのか」

と、群臣は知るのがだいぶ遅れた。

呉の孫権《そんけん》は、曹丕が四十歳で逝《い》ったのであれば、その子は二十五歳をこえていることはけっしてないと想《おも》い、

——その若さで、群臣を総攬《そうらん》できようか。

と、嘗《な》めてかかり、七月には軍をだして江夏《こうか》郡を攻め、石陽《せきよう》を包囲した。この始動は早かった。

かつて魏の大軍が赤壁《せきへき》において大敗したことによって、曹操《そうそう》はせっかく得た荊《けい》州の半分以上を失うことになった。郡も半分に切断されたところがあり、そのひとつが江夏郡である。つまり江夏郡は北半分が魏に属し、南半分が呉に属した。

孫権軍に攻められた石陽は、魏の江夏郡の最南端にある県で、そこを太守《たいしゅ》の文聘《ぶんぺい》が堅く守った。

急報をうけた曹叡は、すぐに治書侍御史《じしょじぎょし》の荀禹《じゅんう》を呼び、

「石陽にむかうように——」

と、命じた。この時点で、群臣は曹叡の資質を察知できないでいたが、曹叡は臣下の性質と才能をよく知っていた。荀禹は賢臣である。

出発時に千の歩騎《ほき》（歩兵と騎兵）しか従えていなかったが、江夏郡にはいると、通過した県で兵を徴発《ちょうはつ》して南下した。それらの兵を前面にだして、山に登ると、烽火《ほうか》をあげた。この火と煙は援軍の到着を城内の将士に告げるものにはちがいないが、寄せ手の将帥《しょうすい》である孫権に、

「救援軍は、大軍である」

と、想わせ、おびえさせる狙《ねら》いがあった。この狙いは、あたった。

城攻めにおいて、昔から孫権はしつこい包囲をおこなわない。ここでも孫権は荀禹の軍の兵

力をしらべもせずに、包囲を解《と》いて還《かえ》った。

ただし呉軍はひとつではなかった。

諸葛亮《しょかつりょう》の兄の諸葛瑾《きん》は、張覇《ちょうは》らとともに荊州の中央を北上して、襄陽《じょうよう》に侵攻した。それにたいして曹叡は、司馬懿を防ぎにむかわせ、その呉軍を撃破して、張覇を斬殺した。諸葛瑾は成果を得ることなく、撤退した。

まだ、ある。

呉の別働隊が国境に近い尋陽《じんよう》で展開していたが、この隊は、曹休によって破られた。

曹叡という若い皇帝が、いかに早く、的確に命令をくだしたか、それだけでもわかる。

そのあたりの呉軍の進退については、諸葛亮は兄からの書翰《しょかん》で知ることができた。孫権が出師《すいし》するという呉の朝廷からの報告は、いっさい蜀の朝廷にはいってこなかった。報《し》せたところで、蜀に軍をだす力はあるまい。暗《あん》に、孫権にそういわれたと諸葛亮は感じた。

——呉軍は、魏を攻めたのか……。

たとえそれが成功しなくても、孫権は新しい魏の皇帝のもとで、魏の軍旅《ぐんりょ》がどれほどの機能をもっているか、ためしたにちがいなく、そのこころみの早さは、さすがである、と諸葛亮は感心した。

ところで、諸葛瑾の書翰よりはまえにとどけられた孟達《もうたつ》の書翰を読んだ諸葛亮は、ぼんやりではあるが不安がつたわってきたので、すぐに江州《こうしゅう》県にいる李厳《りげん》に使いをだした。

「孟達には蜀に帰参する心があるようなので、優遇をほのめかして、帰参しやすいように、あなたも勧誘してもらいたい」

江州県があるのは巴《は》郡であるから、孟達がいる新城《しんじょう》郡に遠いというわけではない。ただし李厳という人は、渾身《こんしん》でものごとに対処してゆく精神の型をもっていない。そういう人との関係の脆《もろ》さをつかまねばならない孟達は不幸であった。

蜀から魏に降《くだ》った孟達を最大に評価してくれたのは、皇帝の曹丕であった。その厚遇《こうぐう》ぶりをみた司馬懿は、

「孟達の言行は、傾巧《けいこう》である」

と、ひそかに非難した。

傾巧とは、たくみにへつらうこと、人の気にいるようにふるまうことである。そういう孟達を信用してはならない、と曹丕を強諫《きょうかん》した。だが、孟達への信頼を篤《あつ》くするばかりの曹丕は、新設の新城郡の太守に任命したうえに、侯《こう》に封《ほう》じて節《せつ》を与えた。節についてはまえに述べたが、これをさずけられた者は司法と行政をおもい通りにおこなうことができた。

それほどの恩恵を与えてくれた曹丕が亡《な》くなったのである。曹丕との結びつきだけをたのみにすごしてきた孟達は、これからは、魏の群臣のなかで孤立するのではないか。

そういう不安があって、諸葛亮に書翰を送ったのである。

「孟達を、きたる北伐に、利用すべきです」

と、諸葛亮にささやくように献策したのが馬謖《ばしょく》である。

農繁期《のうはんき》である秋は、丞相《じょうしょう》府内も多忙である。冬になって、多少の閑日《かんじつ》を得た諸葛亮は、自宅に馬謖を招いて、

「さて、そなたの大計をきかせてもらおう」

と、もてなしの膳《ぜん》をすすめながら、いった。

馬謖は軽く頭をさげた。それから膳《ぜん》の箸《はし》を執《と》った。やがて箸を置いた馬謖は、

「公が先帝とお約束したのは、北伐のような小規模なことではなく、天下平定であったのでしょう」

と、念を押すように問うた。

諸葛亮はうなずいてみせた。先帝である劉備《りゅうび》が生きていれば、今年で、六十六歳になる。曹丕が亡くなったあと、劉備が益《えき》州を北にでて雍《よう》州にはいり、東へむかえば、武力をかざすまでもなく、諸郡の太守と県令《けんれい》をその威と徳によって、降すことができたであろう。だが、諸葛亮は劉備ほど天下に名は知られていない。それでも劉備にかわって天下平定を成《な》し遂《と》げねばならない。

そのためには、どうしても武徳によって、敵国をしのいでゆかなければならない。

「かつて、天下平定を成就《じょうじゅ》した者は、三人しかいません」

「ふむ……」

諸葛亮はすこし目をそらした。まなざしのさきに斉方《せいほう》がいて、すぐにうなずき、家人に酒の用意をさせた。古代から、食事のまえに酒がでることはない。

「秦《しん》の始《し》皇帝、前漢の高祖《こうそ》（劉邦《りゅうほう》）、後漢の世祖《せいそ》（劉秀《りゅうしゅう》）の三人がそれです」

「上古の伝説をのぞけば、そうなるかな。周《しゅう》の武《ぶ》王と殷《いん》の湯《とう》王、それに夏《か》の禹《う》王は、古すぎるか……」

諸葛亮の目に笑いが浮かんだ。

それには応《こた》えず、馬謖はことばを真摯《しんし》に継いだ。

「高祖と世祖が起《た》ったとき、世は群雄割拠《ぐんゆうかっきょ》でしたから、いまの世に適《あ》いません。秦の始皇帝がまだ秦王政《せい》といっていたころ、秦をふくめて七国でしたから、参考になります」

「秦の戦略に倣《なら》えと申すか」

「さようです。始皇帝の曾祖《そうそ》父《ふ》の昭襄《しょうじょう》王のときに、秦は戦略の大転換をおこないました」

「ははあ――」

昭襄王は在位がそうとうに長かった王であり、その栄華をもたらしたのは、宰相《さいしょう》の穰侯《じょう》である。穰侯は戦いもうまく、また諸将をたくみにつかって、秦軍を常勝軍とした。もちろん諸葛亮はそのことを知っている。

だが、馬謖がもちあげたのは、穰侯の用兵ではない。

「飛ぶ鳥を落とす勢いの穰侯を、批判できる群臣などいません。ところが、ひとりの客が穰侯の戦略を、こっそり非難しました」

「范睢《はんしょ》だな」

「さすがに公はご存じです」

馬謖は諸葛亮が司馬遷《しばせん》の『史記《しき》』を熟読《じゅくどく》していることを知っている。范睢はその『史記』に「列伝」としてある。

「穰侯のころの秦軍は戦えば勝つことをくりかえしながら、秦の版図《はんと》はめだって拡大しませんでした。范睢には穰侯の戦いかたの欠点がわかっています。つまり穰侯は、近い国と交わっておいて、遠い国を攻めます。遠い国の一邑《ゆう》を得ても、保持がむずかしく、やがて奪いかえされてしまいます。それでは、百年経《た》っても領地を増大させられません」

「よく、わかるよ」

諸葛亮には馬謖の意図《いと》が明確になってきた。

「そこで范睢は昭襄王にこう献言《けんげん》しました。遠きと交わり、近きを攻めるのがよく、それにしたがって一寸取れば一寸の得《とく》、一尺《せき》取れば一尺の得となる」

「遠交近攻《えんこうきんこう》か……」

孫子《そんし》の兵法は奇襲を尊重する戦術で、いわば点と点をむすんでゆくやりかたである。范睢はその戦術の延長上にはいない。点と点をむすぶにしても、直線にはせず、三点をむすんで三角形をつくる。つまり直線にはない面をそれによって作ることができる。面をひろげてゆかないかぎり領地の拡大はできず、天下平定は成らない。それが范睢の発想であり、馬謖はその思想を借用《しゃくよう》した。

諸葛亮は考え込んだ。

劉備の歿後、はじめて蜀は軍をだす。その初手《しょて》にしては、じみすぎないか。蜀軍が魏を攻めて、一里を取ったところで、天下は驚愕《きょうがく》しない。

「魏の諸軍を実際に攬《ひき》いているのは、曹子丹《したん》（曹真）、曹文烈《ぶんれつ》（曹休）、司馬仲達《ちゅうたつ》（司馬懿）という三将です。公はそれら三将とまともに戦って、勝てる、とおもわれていますか」

「いや、おもわない」

諸葛亮は実現できない豪語《ごうご》は吐かない。

「曹文烈は、西方に軍をすすめてこないでしょう。呉との攻防のなかに置かれた将です。それゆえ西方にかかわるのは曹子丹と司馬仲達となります」

「そうであろう」

諸葛亮は馬謖の予想の正確さを認めた。

「そこで蜀としては、曹子丹と司馬仲達が共同して、蜀軍にむかってくることを避けたいわけです」

「できれば、避けたいかな……」

と、いった諸葛亮はあえて微笑してみせた。じつのところ、曹真と司馬懿が馬をならべてやってくる魏軍と戦ってみたい気が、諸葛亮にはある。

「そのふたりを離すために、孟達をつかいましょう。孟達をこちらの陣営に引き込めば、叛乱鎮討《ちんとう》のために、おそらく司馬仲達が新城郡にむかいます。両者の攻防がおこなわれているあいだに、曹子丹を、雍州と益州の境に招き寄せましょう」

馬謖の策戦は、微《び》に入り細《さい》に入った。

「その曹子丹の軍とわれの軍が対決するというわけか」

諸葛亮は渭水《いすい》のほとりでの大戦を想像した。

「そうではありません」

「われが曹子丹と戦わないで、たれが戦うというのか」

「失礼ながら、公より高名な将軍がわが国にひとりおります」

「なるほど、趙子龍《ちょうしりょう》将軍か……、しかし趙将軍はいまや老将だ。全軍の指麾《しき》をまかせるわけにはいかない」

関羽《かんう》、張飛《ちょうひ》、馬超《ばちょう》についで天下に名の知られた蜀将は、趙雲《ちょううん》である。

「いえ、全軍の指麾は、公がなさるのです。それを敵軍にさとらせないうちに、曹子丹を誘い、趙将軍に当たらせるのです」

「そなたの申していることが、よくわからぬが……」

「要するに、趙将軍を囮《おとり》とします。曹子丹に、魏の主力軍を率いて、噛みつきにこさせるのです」

「さて、そうなったとき、われはどこにいるのか」

「はるか、かなたです」

「ほう――」

「戦いは、実際に戦うまえから勝つことにしなければなりません。廟算《びょうさん》において勝ちを定める、というのは孫子のいった通りです。また勝つとは、勝ちつづけることである、と范雎のいった通りです。公には、その宏謨《こうぼ》の上に立っていただきたいのです」

たしかに馬謖は、兵法というものを熟知《じゅくち》している。そう感じた諸葛亮は、

「趙将軍が魏軍の主力軍を誘うにはどうしたらよいかについて、そなたには腹案があろう。それをきくまえに、われがかなたに在《あ》るとは、どういうことか」

と、問うた。

「わが蜀は、遠い呉と交わって、近い魏の雍州を攻めなければなりません。益州から雍州へ侵入する道は五つあります」

「ふむ……」

五つの道を、東からならべて書けば、こうなる。

子午道《しごどう》
儻駱道《とうらくどう》（駱谷《らくこく》を通る）

褒斜道《ほうやどう》（斜谷《やこく》を通る）
故道《こどう》
祁山道《きざんどう》
それらのなかで、子午道と儻駱道を通って北進すれば、魏の副都というべき長安《ちょうあん》に近づける。斜谷を通って渭水に近づけば、左に五丈原《ごじょうげん》、右に郿《び》県がある。それが褒斜道である。
「子午と儻駱の道は長安に近く、なにかと魏軍が支援につかいやすいので、それより遠い褒斜道に魏軍を誘い込んで、趙将軍に戦ってもらうのがよいでしょう。その間に、公はもっとも西の祁山道をおりて、天水《てんすい》郡より西を平定していただきたい」
天水郡より西には、南安《なんあん》郡と隴西《ろうせい》郡がある。
——なるほど、そういうことか。
それら三郡には羌《きょう》族、氐《てい》族など、魏の中央政府になつかない異民族の居住区が多い。蜀軍が雍州にはいれば、かれらは蜀軍を歓迎するであろう。そのあたりを馬謖は計算した、と諸葛亮はおもった。
「だが、幼常《ようじょう》よ、雍州には南路のほかに北路がある。われが天水郡などを平定しているあいだに、魏軍が西進してくるであろう。たぶん南路に、曹子丹と魏の主力軍がくる。北路に、張郃《ちょうこう》などがくるであろう。それを、どうするのか」
「さきに申したように、曹子丹の相手を趙将軍にしてもらいます。張郃程度の将の相手は、公がなさるまでもない。わたしがつとめます」

馬謖は張郃の将才《しょうさい》を低くみている。

「待て、待て、張郃は猛将である。甘く観《み》てはなるまいぞ」

諸葛亮は馬謖の口調から楽観を感じた。

張郃は冀《き》州の出身で、黄巾《こうきん》の討伐に参加したというから、そろそろ老将といってよいかもしれない。袁紹《えんしょう》の下にいた猛将だが、自分の献策が採用されなかったどころか、ほかの臣に讒言《ざんげん》されて殺されそうになったので、曹操のもとへ奔《はし》った。曹操は張郃を得て大いに喜び、

「微子《びし》が殷《いん》を去り、韓信《かんしん》が漢《かん》に帰服したようなものであろうか」

と、張郃を称揚《しょうよう》した。なお、微子とは殷の紂《ちゅう》王の庶兄《しょけい》であるといわれ、紂王の淫逸《いんいつ》をたしなめたが、聴かれなかったので殷を去った。また韓信は、楚漢《そかん》戦争のころの人で、項羽《こうう》のために献策し、尽力していたが、項羽の狭量《きょうりょう》を恐れて、劉邦《りゅうほう》に服属した。

曹操が張郃をみて、そのふたりの名を挙《あ》げたということは、張郃を猪突猛進《ちょとつもうしん》型の将であるとはおもわなかったということである。

だが、馬謖は劉備《りゅうび》が漢中《かんちゅう》王になるころ、また、皇帝になるころの魏との戦いを憶《おも》いだして、

——張郃は凡将にすぎない。

と、ひそかに断定した。そうではないか。魏軍が曹操の指図に従って巴郡を取ろうとしたとき、その軍をまかされた張郃は、蜀軍を率いた張飛《ちょうひ》に急襲され、ほうほうの体《てい》で逃げかえっ

た。さらに漢中郡にとどまった張郃は、劉備の軍に襲われ、奮戦した夏侯淵《かこうえん》を救えなかった。

しかし諸葛亮は、張郃の相手を馬謖にさせる、とはいわず、

「そなたはわが帷幄《いあく》のなかにいればよい」

と、いった。

馬謖はやや奮然《ふんぜん》とした。

「公の意想にある先鋒の将は、魏延《ぎえん》でしょうか」

魏延の将としての才能を高く買ったのは劉備である。今年まで、魏延は戦略的に重要な漢中郡を守りぬいてきた。劉備の武人を観るたしかさは、ここにもある。

「たれが考えても、そうなる」

「公よ、魏延に蜀軍の先鋒をおまかせになると、この大計は崩壊してしまいます」

馬謖の口調に必死さがあらわれた。

「魏延は張郃に負けるとみるか」

諸葛亮は、そなたの予想はまちがっている、といいたげなまなざしを、馬謖にむけた。

「いえ、魏延が張郃ごとき将に負けましょうか。問題は、勝ったあとにあります。魏延は敗走する魏の将士をどこまでも追撃して、勝利を大きなものとするでしょう。それによって、けっきょく、せっかく得た勝利を失うでしょう。つまり、魏延は一寸すすんで得た利、一尺《せき》すすんで拡《ひろ》げた版図《はんと》、それらを理解する頭脳をもっておらず、自身の勲功《くんこう》しか考えない。蜀は魏延を

先鋒の将とするかぎり、領地を拡大できないということです」

馬謖が考えた壮大な計画を実行にうつす際に、魏延のような独断専行型の猛将はつかいにくい。だが戦場は生き物といってよく、常識の上にいては、淪没《りんぼつ》させられてしまう。ときに独創《どくそう》が必要となる。つまり独断専行が悪いわけではない。

「そなたには、実戦の経験がない。張郃の将器がそなたより劣っても、戦場を踏んできた回数が欠点をおぎなう」

ここでは、きたる北伐において馬謖を火鋒の将とする、とは内諾《ないだく》を与えなかった。その件はわきに置いて、馬謖が呈示《ていじ》した計謀《けいぼう》の規模の大きさに諸葛亮は魅了《みりょう》された。

たしかに、たとえ天空を翔《か》けて魏の帝都までゆき、皇帝の寝室にしのびこんで曹叡を殺しても、天下平定の視点からそれをみると、一歩一歩、軍を東進させてゆく着実さにおよばない。

――来春、出師しよう。

馬謖と問答をしているうちに、その意思はかたまった。

むろん魏軍と戦うのであるから、その戦いは一朝《ちょう》一夕《せき》では勝負がつくまい。かならず長期となる。諸葛亮は南征をおこなうときにも考えたが、政治の実権をにぎっている丞相《じょうしょう》が成都《せいと》を長く空《あ》けていると、かならず君側《くんそく》の奸《かん》があらわれて、丞相を失脚させるような讒言《ざんげん》を皇帝にささやき、

「この機に、帝は親政を断行なさいませ」

などと悪智慧《わるぢえ》をつける。

これをやられると、戦場にあって懸命《けんめい》に努めることが虚《むな》しくなる。

——留守《りゅうしゅ》の府を設ける必要がある。

それは皇帝の劉禅を監視《かんし》する機関である。

「そなたの宏謨はよくわかった」

諸葛亮は馬謖を称《ほ》める気分でいった。諸葛亮が南中の鎮定《ちんてい》にとりかかったころから、成都に残った馬謖は、諸葛亮の北伐というよりも天下平定の道順を考えに考えたのであろう。

雍州の三郡を諸葛亮が順服させるまで、蜀の主力軍に傷を負わせないという計画は、たれの智慧も借りない独特の発想である。

——よくぞ考えた。

と、称めるかわりに、

「もしもそなたが蜀の先陣をひっぱることになったら、そなたの下の将は、たれがよいか」

と、他日、丞相府のなかで問うてみた。

「三人います」

張休《ちょうきゅう》、李盛《りせい》、黄襲《こうしゅう》というのが、その三人であるという。

「そうか、憶《おぼ》えておこう」

馬謖が選定した三人は、魏延のように性質に圭角《けいかく》があるわけではない。おとなしく馬謖の命令に従い、実行するであろう。

——だが、馬謖とその三人は、魏軍を知らなすぎる。

そうおもう諸葛亮も、魏軍と戦ったことはない。多少は予備の体験か知識をもっている者はいないか。

趙雲をのぞいて、ひとりいた。

王平《おうへい》がそのひとりである。

出身は巴《は》郡の宕渠《とうきょ》県で、幼いころに母方の何《か》氏に養われていたことから、何平《かへい》、ともよばれる。

まえに述べたように、劉璋《りゅうしょう》が益州牧《ぼく》のころには、巴郡は張魯《ちょうろ》の支配下にあるといってよかった。曹操に率いられた魏軍が漢中《かんちゅう》郡に侵入したことによって、いったん巴郡へ逃げた張魯は、時宜《じぎ》をみはからって曹操に降伏した。それにともない巴郡の豪族と有力者も、曹操に服属した。王平はふたりの有力者が洛陽《らくよう》へ往くというので、付いてゆき、曹操から校尉《こうい》を与えられた。

だが、魏の軍中にいることは、益州人の王平にとって快適というわけではなかった。なにしろ王平は、文字を書けず、知っている文字の数は十にすぎなかった。軽侮《けいぶ》のまなざしをむけられた王平は、益州に帰りたいとおもうようになり、ふたたび曹操が益州に軍をすすめた際に、かれは蜀軍に投降しただけではなく、劉備に裨《ひ》将軍に任ぜられた。

――王平を、どうつかおうか。

そんなことを考えながら、諸葛亮は帰宅した。あいかわらず御者《ぎょしゃ》は岱《たい》である。

「主が丞相になられてから、帰りに、炬《きょ》に火をつけない日はありません」

岱にそういわれた諸葛亮は、急に、徐庶《じょしょ》を憶いだした。しかも、夕《よる》ではなく早朝の教場を清《せい》掃《そう》する影としての徐庶が胸裡《きょうり》に浮かびあがった。

――清浄の場には、神が降りるという。

たぶん徐庶は曹操と曹丕に仕え、さらに曹丕の子の曹叡に仕えることになったであろうが、清浄の場をつくりつづけた徐庶に神の加護があってよい、と諸葛亮は車中でおもった。

自宅には、深夜まで灯《ひ》が消えない室《へや》があった。

――喬《きょう》が読書をしている。

そうおもった諸葛亮は燭台《しょくだい》をつかんで、その室にはいった。

「あっ、父上――」

燭台を諸葛喬の膝《ひざ》もとにすすめた諸葛亮は、

「昔、荊州に住んでいたころ、明るいほうが、目が疲れぬ、と叔父《おじ》はいって、燭台をふやしてくれた」

と、おだやかな口調でいった。

「もったいないことです」

夜間にふたつ以上の燭台のもとで読書ができる者は、きわめてすくない。

「また、叔父はこうもいった。独《ひと》りで読書をすることは、夜中に灯をともしているようなものである。朝を待つわけでもなく、夜を楽しむことも悲しむこともない、それが学問というものだ、と」

「至言《しげん》である、とおもいます」

喬は諸葛亮を正視《せいし》した。

「それがわかるそなたは、人としてすぐれた資質をもっているとおもい、なるべく兵事から遠いところに置いてきたが、明年は、そうもいかない」

「出師なさるのですね」

「国を挙《あ》げて、魏を伐《う》つ。そのためには名門、名家の子弟も、戦場にでてもらわねばならない。そなたを例外にするわけにはいかない」

「なんでそれを厭《いと》いましょうや。父上の懿業《いぎょう》をお助けするのは、子として当然であり、また誇りでもあります」

喬ははつらつさをふくんでいった。

出師表《すいしのひょう》

新年になった。

この年というのは、蜀《しょく》の暦《れき》では建興《けんこう》五年であり、西暦の二二七年にあたる。

——三月に、軍を率いて発《た》つ。

と、決めた諸葛亮《しょかつりょう》は、皇帝である劉禅《りゅうぜん》の不安や動揺が妄想《もうそう》を産まないように配慮した。

——宮中の諸事をまかせられる者は、たれか。

冬のあいだそれを考えてきた諸葛亮は、費禕《ひい》の友人である董允《とういん》に目をつけた。

董允の父は、董和《とうわ》という。

荊州南郡《けいなん》の出身である董和は、先祖が益州巴郡江州《えきはこうしゅう》県の人であったことから、一族を率いて西へむかい、益州にはいって劉璋《りゅうしょう》に仕えた。

ふたつの県の長を経《へ》てから、成都《せいと》の県令《けんれい》に昇った。

荊州は生産力のある州であったが、益州の蜀郡《しょく》も豊饒《ほうじょう》の地で、この郡に住む人々は貧困《ひんこん》を知らず、おのずと風俗が奢侈《しゃし》となった。資産家はぜいたくな食事をし、婚姻《こんいん》や葬式につかう財の大きさは家をかたむけるほどであった。

——それは良くない。

董和はみずから倹約《けんやく》につとめ、衣食からぜいたくをはぶいた。また富人《ふじん》がおこなう僭越《せんえつ》な礼儀を禁止した。さらに民のために規則をつくって、風俗を匡《ただ》した。それにたいして、

「県令はよけいなことをする」

と、批判する豪族も多く、かれらは劉璋に面会して、

「民から楽しみを奪う県令を、巴東属国都尉《はとうぞっこくとい》に遷《うつ》していただきたい」

と、進言した。

この左遷《させん》を知った成都の吏民《りみん》は、老弱《ろうじゃく》が連れだって、

「どうか県令さまを、ここにとどめていただきたい」

と、訴えた。その数が数千人におよんだという。董和は劉璋の時代から名臣であり、かれは子の友人である費禕をかわいがり、また益州郡の太守《たいしゅ》となってから、属吏《ぞくり》の李恢《りかい》の才知に嘱目《しょくもく》した。

だが、父がすぐれていても、かならずしも子もすぐれているわけではない。端的《たんてき》な例が、後漢時代の中期にある。

梁商《りょうしょう》は名臣といってよいほどの人であったのに、その子の梁冀《りょうき》は極悪といえる大臣になっ

た。

——それほど子の教育はむずかしい。

公明正大《こうめいせいだい》そのものであるといってさしつかえない董允を育てた董和を、諸葛亮はひそかにたたえている。

「よし、董允を皇帝に近づけ、宮中の諸事をまかせよう」

そう決めた諸葛亮は、仲春《ちゅうしゅん》の末に、董允を推挙して皇帝の側近というべき侍中《じちゅう》とした。

さらに董允は虎賁中郎将《こほんちゅうろうしょう》を兼ねて、親兵を統率《とうそつ》することになる。

諸葛亮が出陣すると、丞相府《じょうしょうふ》が空《から》になる。

——この府をまかせられる者は……。

蔣琬《しょうえん》を想《おも》い、さらに長史《ちょうし》の張裔《ちょうえい》を想った。けっきょくこのふたりに、丞相留府《じょうしょうりゅうふ》を統轄《とうかつ》させることにした。とにかくふたりは私欲をちらせたことはなく、つねに清快《せいかい》な気分でいる。得がたい人材である。

三月になると、諸葛亮は出陣の決意を表明する、

「出師表《すいしのひょう》」

を、劉禅にたてまつった。

この年、諸葛亮は四十七歳、劉禅は二十一歳である。

君主または役所にたてまつる文書を、表という。この年の諸葛亮の表は名文であるといわ

れ、後世の詩文集にもおさめられた。

冒頭の文は、こうである。


先帝の創業《そうぎょう》いまだ半《なか》ばならずして、中道《ちゅうどう》に崩殂《ほうそ》す。今天下三分し、益州疲弊《ひへい》す。これまことに危急存亡《ききゅうそんぼう》の秋《とき》なり。


先帝である劉備がはじめた天下平定の事業は、まだ半分にも達していない。先帝は中途でお亡《な》くなりになってしまった。いまや天下は三国に分かれ、そのなかの一国である益州は疲れきって、存続するか滅亡するか、きわどいところにあります。

この表は晩春に提出されたのに、秋、という文字がつかわれているのが、印象的である。秋は米穀《べいこく》が熟するときである。それが豊作であることと凶作であることは、人の生死にかかわるので、もっとも重要な時期を、秋《とき》、というようになった。

以下、しばらく「出師表」を意訳《いやく》してみる。

「しかしながら、内では文官たちが政務にはげみ、外では武官たちが死を恐れず働いているのは、先帝からこうむったご恩を忘れず、これを陛下にお返ししようとしているにほかなりません。

宮中と府中は、一体です。賞罰をおこなうのに、相異《そうい》があってはなりません。陛下の平明《へいめい》な政治を天下にはっきりと示されるべきです。一方にかたよって、宮中と府中では法がちがうようになってはなりません。

侍中、侍郎《じろう》の郭攸之《かくゆうし》、費禕、董允らは、みな誠実で、思慮《しりょ》にまごころがあり、けがれがありません。それゆえ先帝はかれらを簡抜《かんばつ》して、陛下の近くにお遺《のこ》しになったのです。将軍の向寵《しょうちょう》は、その性行《せいこう》は善良で、かたよりがありません。また軍事に通暁《つうぎょう》しております。陛下はかれらを信じ、重用《ちょうよう》なされば、すぐにも蜀《しょく》の漢《かん》室は隆《さか》んになるでありましょう」

諸葛亮は良臣の名をはっきりと挙《あ》げた。それらのなかで郭攸之は、荊州南陽《なんよう》郡の出身であるから、おそらく劉備が曹操軍に追われて南下するときに、同行したのであろう。皇帝に近侍《きんじ》する侍中は、信用された臣であるあかしというべき官職である。

向寵は荊州南郡宜城《ぎじょう》県の出身である。丞相長史である向朗《しょうろう》の兄の子であり、軍事に長じている。かつて劉備が呉《ご》を攻めたとき、夷陵《いりょう》で惨敗《ざんぱい》したが、その際、向朗の隊だけが無傷のまま撤退できたので、劉備に称賛された。

さて、このあとにつづく文については、いちど三顧《さんこ》の礼《れい》のあたりで述べたが、重要なので再度、引用してみる。

臣《しん》はもと布衣《ふい》、みずから南陽に耕《たがや》す。いやしくも性命《せいめい》を乱世《らんせい》に全《まっと》うして、聞達《ぶんたつ》を諸侯に求めず。先帝臣が卑鄙《ひひ》なるをもってせず、みだりにみずから枉屈《おうくつ》して、三たび臣を草廬《そうろ》のうちに顧《かえり》み、臣に諮《はか》るに当世《とうせい》の事をもってせり。

これを書いた諸葛亮は、隆中《りゅうちゅう》で恬淡《てんたん》と農耕する自身の姿を憶《おも》ったであろう。平民のことを、布衣という。

布衣が一般庶民の衣服だからである。

性命《せいめい》は、生命と書き換えることができるが、諸葛亮があえて性命と書いたとすれば、それは『易《えき》』の用語のひとつでもあるので、天からさずけられたいのち、という意味を強くだしたかったのであろう。そのいのちを、この乱世でまっとうできれば、それ以上なにを望もうか、そういう意《おも》いで、隆中では生きていたのである。

ところが先帝である劉備が、わざわざご自身で、三度も草葺《ぶ》きの家を訪ねてくださり、天下の形勢について、わたしごとき卑しい者に諮問《しもん》なさった、と諸葛亮はここで感激をよみがえらせている。

さらに意訳をつづける。

「先帝はわたしが慎《つつし》み深いのをよくご存じで、崩御《ほうぎょ》なさる際に、天下平定の大事をお託《たく》しになりました。以来、夙夜《しゅくや》憂慮し、ご遺命《いめい》にたがわっては先帝の明《めい》を傷つけることになる、と恐れてまいりました。

いまや南方の平定も終わり、軍備は充分になりました。そこで三軍を率いて中原《ちゅうげん》を平定しなければなりません。微力を尽くし、中原にはびこる姦凶《かんきょう》を払除《ふつじょ》し、漢室を復興して、旧都の洛《らく》陽《よう》に還《かえ》したいものです。これこそ先帝のご恩にむくいて、陛下に忠を尽くすために、なさなければならないわたしの本分であります。

いま、陛下から遠く離れるにあたり、この上表文をまえに涕泣《ていきゅう》し、申すべきことがわからなくなります」

諸葛亮はこの表を劉禅にたてまつる際に、涕泣したであろう。練りに練った策戦を胸にいだいて出陣するとはいえ、戦いにかならず勝つとはかぎらない。戦場は突然死地となる場合がある。すると、元帥《げんすい》である諸葛亮は成都に生きて還ってこれないかもしれない。

この「出師表」にたいして、劉禅は、皇帝の命令書というべき詔《しょう》を下した。

これもぞんがい長い文なので、諸葛亮に関するところだけをぬきだして、訳してみる。

「諸葛丞相は弘毅であり、忠誠である。身を忘れて国を憂《うれ》える人であるがゆえに、先帝は丞相に天下を託したのである。また、そうなったことによって、わが身を励ましてくれた」

つづいて劉禅は、諸葛亮が統率する兵の数を詔のなかで明示した。遠征軍の兵力がはっきりわかるのは、めずらしいといってよい。

「さて丞相には、軍の指麾《しき》権をあらわす旄《ぼう》と鉞《えつ》をさずける。それに専断の権限を付与《ふよ》する。歩兵と騎兵二十万を統率し、天罰を執行して、患《かん》を除き乱《らん》を寧《やす》んじ、旧都を回復するは、この行為に在《あ》る」

旄は旗のなかでも、氂牛《りぎゅう》の尾を竿《さお》の先につけた旗である。

それはさておき、二十万という兵は驚異的に多い。この時点で諸葛亮は二十万という兵をどのように分けるか、たれにも告げていないが、その兵力で三軍を形成することは、あきらかである。

そのなかの主力軍は諸葛亮がみずから率いる。先陣を率いる将は、

——魏延《ぎえん》にするか、馬謖《ばしょく》にするか。

と、迷った。ところが丞相府の事務を管掌している楊儀は、魏延とは火と水の関係といってよく、

「先陣の将は、魏延だけはなりませんぞ。かれは驕慢《きょうまん》そのものであり、丞相の軍事をそこなうこと必定《ひつじょう》です」

と、あけすけにいった。

とにかく魏延か馬謖が先行する一軍を率いることになる。

最後の一軍に関しては、

——趙雲《ちょううん》と鄧芝《とうし》に率いさせる。

と、決めた。趙雲は鎮東《ちんとう》将軍のままだが、鄧芝を中監軍《ちゅうかんぐん》・揚武《ようぶ》将軍に任命することにした。

このふたりが率いる軍は、陽動《ようどう》策戦に用いるもので、ほかの二軍よりも兵力は厚くない。

いよいよ出発である。

諸葛亮の子の喬《きょう》は馬に乗った。斉方《せいほう》の子の斉仄《せいそく》と岱《たい》の子の岫《しゅう》は、喬に従う。だが諸葛亮は、

「仄はしばらく成都にとどまるように」

と、従者からはぶいた。

「なにゆえでございますか」

いぶかしげな斉方の耳もとで、諸葛亮はささやいた。とたんに斉方の顔が明るくなった。

「まことでございますか」

「まことだ。漢中《かんちゅう》まで、仄が朗報をとどけてくれることになろう」

諸葛亮の声もいつになく明るかった。

この遠征では、諸葛亮の子だけではなく、名門や権門の子弟も出征した。そのあたりの事情を、諸葛亮は書翰《しょかん》で兄に報《しら》せた。

また蜀軍は北へ移動して、やがて魏《ぎ》を攻めることを孫権《そんけん》に予告すべく、費禕を使者として発《た》たせた。呉《ご》とはへだたりがありすぎるので、両国が同時に魏を攻撃するのはむりである。しかしなんの報告もしないのは、同盟国としては失礼にあたるであろう。

成都を出発した諸葛亮の軍は、広漢《こうかん》郡と梓潼《しとう》郡を経て、漢中郡にはいった。

「本営は、石馬《せきば》がよい」

諸葛亮は沔水《べんすい》（漢水《かんすい》）を渡ってすぐの地に本営を設けた。この本営は行政府にもなりうるので、幕府といってもよい。

夏のあいだ、馬謖は孟達《もうたつ》の動向を大いに気にした。馬謖の策戦の端緒《たんしょ》は、孟達が蜀に帰服する、というところにある。

だが、孟達は諸葛亮の好意を喜びながらも、

「魏から離れます」

と、はっきりいってこない。

孟達へは、李厳《りげん》も書翰を送っている。

「われは孔明《こうめい》とともに、新しい皇帝を輔佐《ほさ》するようにと先主から命じられました。深く重責《じゅうせき》を憂えて、良伴《りょうはん》を得たいとおもっています」

良伴とは、良き助力者ということである。つまり、いま蜀にもどってくれば、参政の席を用意する、と暗にいった。それでも孟達は態度をあいまいにした。

かつて孟達は、関羽《かんう》から遠くないところにいながら、関羽を救いに行かなかった。それについてどれほど弁解しても劉備の怒りをかわすことができまいと想《おも》い、私兵を率いて、魏に降《くだ》った。

このとき、曹丕《そうひ》は王位に即《つ》いたばかりであり、かねて孟達の名をきいていたので、大いに喜び、人物鑑定に長じている者に、

「どれほどの人物か、観《み》てこい」

と、命じた。その者は、帰ってくるや、

「将軍の器です」

と、言上《ごんじょう》した。そこで曹丕はすぐに孟達に書翰をだした。

「昔、伊尹《いいん》は夏《か》に背《そむ》いて殷《いん》に身を寄せ、百里奚《ひゃくりけい》は虞《ぐ》の国を去って秦《しん》に入国した。楽毅《がっき》は伍子胥《ごししょ》の故実を教訓にして、危難をのがれた。これらの人々は興亡《こうぼう》の兆《きざ》しをみきわめ、成功と失敗の必然的な勢いを知っていたのである」

過去の名臣のなかでも、伊尹、百里奚、楽毅は特にすぐれており、孟達はその三人にひとしいと曹丕は絶賛してくれたのである。

曹丕の厚意はそれだけではない。

孟達が曹丕のもとに到着すると、たまたま輦《てぐるま》に乗っていた曹丕は、孟達の手を執《と》り、背なかを撫《な》でて、

「君はまさか劉備の刺客《しかく》ではあるまいね」

と、戯言《ぎげん》をいうや、孟達を輦に乗せたのである。それは七年まえのことであるが、孟達はそのときの感動がまだ心身で鳴りやまないでいる。

だが曹丕が崩ずると、急に寂寥《せきりょう》の感じをおぼえた。

朝廷に友人はいない。

親しかったのは、桓階《かんかい》と夏侯尚《かこうしょう》であった。

桓階はあざなを伯緒《はくしょ》といい、長沙《ちょうさ》郡臨湘《りんしょう》県の出身である。

郡に仕官して功曹《こうそう》となった。そのときの太守《たいしゅ》が孫堅《そんけん》であったことから、かれの運命は大きく浮沈《ふちん》した。

桓階は孫堅によって孝廉《こうれん》に推挙された。この恩義を胸裡《きょうり》に斂《おさ》めた桓階は、孫堅が劉表《りゅうひょう》を攻撃中に戦死したことを知るや、郷里を発《た》って襄陽《じょうよう》に駆けつけて、劉表に謁見《えっけん》し、孫堅の遺骸をもらいうけた。この義俠《ぎきょう》の行為は天下に知られた。

荊州にとどまった桓階は、荊州が袁紹《えんしょう》を支持したのに、かれは曹操に道義があると主張したため、劉表に圧迫された。のちに荊州が曹操に従うことになったとき、桓階は曹操に召しだされて丞相掾主簿《えんしゅぼ》に任命され、さらに趙《ちょう》郡太守に遷《うつ》された。

魏が建国された際に、太子が決定されていなかったが、桓階は曹丕を強く推《お》した。

曹丕が帝位に即《つ》くと、桓階は尚書令《しょうしょれい》に昇進した。病が重くなると、曹丕はみずから見舞って、

「われは幼少の子をそなたに託し、天下の運命をそなたにあずけるつもりなのだ。死んではならぬ」

と、励声《れいせい》をかけた。

だが、桓階は逝去《せいきょ》した。曹丕は涙をながした。

――親切な人であった。

孟達も桓階をたよりにしていただけに、その死は痛手《いたで》となった。

いまひとり、夏侯尚も孟達とは親交があった。

あざなは伯仁《はくじん》といい、夏侯淵《かこうえん》の従子《じゅうし》である。従子は兄弟姉妹の子をいうので、甥《おい》または姪《めい》ということである。むろん夏侯尚は男である。

夏侯尚は曹操の子のなかでも特に曹丕とのつきあいが深かった。曹操が袁紹の子を逐《お》って、冀州《き》を平定したとき、夏侯尚は軍司馬《ぐんしば》となった。魏《ぎ》が建国されると、かれは黄門侍郎《こうもん》に栄転した。その後、北方の代《だい》で叛乱が起こったとき、曹丕の弟の曹彰《そうしょう》を佐《たす》けて、鎮定を成功させた。曹丕が皇帝の位に即くと、征南《せいなん》将軍に任ぜられた。戦いに長じており、かれが亡《な》くなったあとの詔《しょう》には、こうある。

「夏侯尚は若いころから皇帝に近侍《きんじ》し、誠心《せいしん》をささげて忠節をつくした。曹氏の一族ではないとはいえ、骨肉《こつにく》のようなものであった。宮中にはいっては腹心としてはたらき、出陣しては爪《そう》牙《が》としてはたらいた。智略《ちりゃく》は深敏《しんびん》であり、策謀《さくぼう》は人にまさっていた。不幸にも早く亡くなってしまった。運命はどうしようもない。ここに征南大将軍および昌陵《しょうりょう》侯の印綬《いんじゅ》を贈る」

いうまでもなく、桓階と夏侯尚は、きわめて曹丕に愛幸《あいこう》されていた。そういうふたりが、ときに孟達にむかって吹くけわしい風をふせいでくれていたといえる。

たとえば予見《よけん》にすぐれている劉曄《りゅうよう》は、曹丕があまりにも早い寵愛《ちょうあい》を孟達に示したので、すぐに難色をみせて、

「孟達には利得《りとく》の心があり、おのれの才能にたよって、策を好みますので、恩義などを感じないでしょう。新城《しんじょう》は呉にも蜀にも接しています。もしも態度を変ずれば、国家の患難《かんなん》となりま

す」

　と、述べた。

　孟達は曹丕に仕えた当初から、そういう冷眼をむけられていた。桓階、夏侯尚だけでなく曹丕に死なれてしまったとなれば、孟達をかばってくれる者はまったくおらず、しかも新城郡の隣《となり》の魏興《ぎこう》郡を治める申儀《しんぎ》と不仲とあっては、心が休まらない。

　孟達は諸葛亮からきた書翰を、くりかえし読み、嘆息もくりかえした。

　――いま蜀にいるのは、関羽の孫か……。

　蜀に帰っても、怨みの目をむけられたくない。

　関羽にはふたりの男子がいた。

　長男を平《へい》といい、かれは荊州にいて父とともに戦って斬られた。

　次男を興《こう》というが、かれは父から離れて劉備に従い、諸葛亮にも目をかけられた。二十歳で侍中・中監軍となったが、数年後に死去した。

　そのあとを子の関統《かんとう》が嗣《つ》いだ。

　孟達が関羽を救わなかったといっても、関羽の孫が孟達を怨んではいない、ということが諸葛亮の書翰からわかったものの、

「では、蜀に帰参します」

　と、たやすくはいえない。蜀と魏の国力をくらべてみればよい。そのちがいは歴然としてい

る。蜀という国は、たった一州で成り立っているにすぎない。それにひきかえ、魏の版図《はんと》にある州の多さはどうであろう。

司州《し》　兗州《えん》　豫州《よ》　揚州《よう》　青州《せい》　徐州《じょ》
冀州《き》　幷州《へい》　幽州《ゆう》　雍州《よう》　涼州《りょう》　荊州

このように、十二州もあるではないか。

それを想い、魏と蜀とが戦った場合の兵力を比較すれば、どう考えても魏の勝ちである。ただし、当然勝つはずの曹操が、薨《こう》ずるまえの年に、益州を攻めたが、劉備の堅守に歯がたたなかった。

——そういうこともある。

孟達にとって、曹丕のいない魏に忠誠をつくすまでもない。が、蜀が格別になつかしいわけでもない。ただし魏にとどまっても中央の政治にかかわることはぜったいにないが、蜀に帰れば政柄《せいへい》に手をかけることができるかもしれない。

夏のあいだ、孟達は利害を考えながら、のらりくらりとすごしていた。

漢中郡で秋を迎えた諸葛亮は、

——孟達の去就《きょしゅう》はまだ決しないか。

と、わずかながらいらだちをみせはじめた。漢中郡に軍をとどめつづけているのは、孟達が魏に叛《そむ》くときを待っているのであるが、それを諸将にうちあけるわけにはいかない。

諸葛亮の容態を近くで観《み》ている馬謖が、

「ひとつ、策があります」

と、進言した。

「丞相の使者は、ほかの郡の吏人《りじん》にみつからないように新城郡にはいっているでしょうが、むしろ孟達と仲の悪い魏興《ぎこう》太守に、丞相の書翰を拾わせるというのは、どうでしょうか」

「強引な策だが……」

狐疑《こぎ》をつづける孟達にいつまでもつきあっているわけにはいかない諸葛亮は、馬謖に、

「やってみよ」

と、ゆるした。諸葛亮の書体に似せた文字を書ける吏人をさがした馬謖は、にせの書翰を粗《そ》衣《い》の兵にもたせ、魏興郡で落とさせた。その書翰を拾った里人《りじん》は役人にとどけ、役人は郡府にとどけた。それを読んだ中儀はおどろき、

「蜀の使者が新城郡に出没しているといううわさがあったが、まことであった。これは蜀の丞相の孟達宛《あて》の書翰である。孟達に二心がある証拠である」

と、高ぶった声でいい、すぐさま孟達の叛逆を朝廷に報《しら》せた。

だが皇帝をはじめとする上層部は、すぐにざわめくような、あさはかな反応をみせなかった。だいいち、とどけられた諸葛亮の書翰が、とても本物であるとはおもわれなかった。それなのに、

――孟達は蜀に通じているのではないか。

などと疑心のまなざしを新城郡にむけると、孟達がおびえて、蜀に趨《はし》りかねない。それを恐れる大臣たちは、慎重に問答をおこない、朝廷を静かにみせた。

それゆえ孟達は、自分が諸葛亮らと書翰のやりとりをしていることを朝廷に知られていないとおもい、孟達を訴えた申儀は、おのれが軽視されていると勘ちがいし、ふたたび使者を洛陽《らくよう》へ遣《や》った。

――策は実《みの》らなかったのか。

馬謖は冬が近づいてくるころ、いらいらと本営のなかを歩いた。冬になって、凍結した道を進軍するのは、むりである。すでにこの時点で、計略に齟齬《そご》が生じている。諸将はなんのために漢中郡にとどまったまま出撃しないのか、諸葛亮に問いたがっている。が、諸葛亮は諸将の疑問が大きくふくらまないように、

「出撃の時宜《じぎ》を待っている」

と、あえて厳然《げんぜん》といい、馬謖を無言でかばった。

こういうときに、成都にいた斉仄が朗報をかかえて、濛気《もうき》を破るように本営に飛び込んできた。かれは諸葛亮にむかって、

「慶煙《けいえん》に馮《の》ってきました。主のご子息が誕生なさいました」

と、近くにいる者すべてをおどろかすほど大きな声でいった。

街亭《がいてい》の戦い

諸葛亮《しょかつりょう》の実子が、瞻《せん》、という名であることは、まえにふれた。

ただしこの子が、諸葛亮四十七歳の年に生まれたことに、歴史家から不審《ふしん》のまなざしをむけられている。妻の黄《こう》氏の正確な年齢はわからないものの、高齢出産であったことはいなめない。それがむりなことであるとすれば、諸葛亮には妾媵《しょうよう》がいたことになる。しかし記録どころか口碑《こうひ》にも、そのような痕跡《こんせき》はみあたらない。

「父上、祝賀を申し上げます」

養子の諸葛喬《きょう》は、駙馬都尉《ふばとい》に任ぜられ、霍弋《かくよく》とともに巡察を終えて営所にかえってくると、自分に弟ができたことを喜び、父のもとに駆けつけた。養子であっても喬が嗣子《しし》であり、それについての遠慮もわだかまりも、かれにはない。気分のよさが喬にはある、といったほうがわかりやすいであろう。

なお、喬と行動をともにしている霍弋は、あざなを紹先《しょうせん》といい、霍峻《かくしゅん》の子である。

霍峻は劉備《りゅうび》が益州《えき》を平定した際の、勲烈《くんれつ》の臣である。寡兵《かへい》をもって葭萌《かぼう》の城を死守した。子の霍弋は智力も胆力もあり、劉備の末年に、太子舎人《たいししゃじん》に任ぜられ、劉禅《りゅうぜん》が即位すると、外交官というべき謁者《えっしゃ》に任命した。諸葛亮は漢中郡《かんちゅうぐん》へむかうときに、霍弋を丞相記室《じょうしょうきしつ》とした。記室は、書記官のようであるが、諸葛喬とともに出撃まえの各地を調査していると想《おも》ったほうがよい。

寒さがきびしくなってきたので、諸葛亮は馬謖《ばしょく》を呼び、

「いつまでも諸将を待たせるわけにはいかない。明春、出撃する。孟達《もうたつ》はいつまでも帰趨《きすう》をあきらかにしないであろう」

と、ひとつの陽動策戦を切り棄《す》てることを告げた。膝《ひざ》を屈し、土をつかんで低頭した馬謖は、

「ひとつ、さいごのお願いがあります」

と、懇請《こんせい》した。

諸葛亮の配下のひとりが、孟達の書翰《しょかん》を偸《ぬす》んで脱走し、魏興郡《ぎこう》に逃げ込んで、太守《たいしゅ》の申儀《しんぎ》に助けを求めるようにしてもらいたい。これが功《こう》を奏《そう》しなければ、孟達を引き込むことはあきらめる。

「わかった」

諸葛亮は属吏《ぞくり》の郭模《かくぼ》にいいふくめて、孟達からきた書翰をさずけた。

この奥の手は効《き》いた。

漢中郡から東隣の魏興郡へ逃走した郭模は、蜀《しょく》の丞相府で働いていた者であり、もっていた孟達の書翰は、どうみても本物であった。

魏興太守の申儀は、昔、兄の申耽《しんたん》とともに上庸《じょうよう》にいて、劉備の属将であった孟達の侵攻をうけて降伏したことがあった。その際、孟達の文書をみたことがある。ほどなく申耽と申儀は叛逆して魏《ぎ》に属し、申耽は南陽《なんよう》へ移り、申儀は魏興太守に任ぜられた。

「これでも孟達は謀叛《むほん》を起こしていないとおもわれますか」

申儀は証拠の書翰をたずささせて急使を発した。それをうけた洛陽《らくよう》の朝廷は、

「孟達の叛違《はんい》がまことであれば、討滅《とうめつ》すべし」

と、南陽郡の宛《えん》にいる司馬懿《しばい》に命じた。

さきに述べたように、司馬懿は曹叡《そうえい》が即位するまえは撫軍《ぶぐん》大将軍であったが、新皇帝の即位後に、荊州《けいしゅう》の襄陽《じょうよう》に押し寄せた呉《ご》軍を撃破してしりぞけた功により、驃騎《ひょうき》将軍に昇進した。さらに荊州と豫《よ》州の軍事の全権を掌握《しょうあく》することになった。

ちなみに驃騎将軍は、車騎《しゃき》将軍より上で、大将軍より下という位であることを憶《おぼ》えておくとよい。なお、曹叡の即位後に、その大将軍となったのは、曹真である。

命令を承《う》けた司馬懿は、他人《ひと》の調査を丸呑みにせず、すぐさま参軍《さんぐん》の梁幾《りょうき》を新城《しんじょう》へ遣《や》った。

城内にはいって、孟達に面会した梁幾は、

「率直に申して、あなたさまに謀叛の疑いがかけられています。上司である驃騎将軍は、たい

そう心配なさり、そのようなことはないので、疑いを晴らすべく入朝なさるべきである、と勧《すす》めております」

と、述べた。

――恐ろしや。

洛陽まで弁明にゆけば、そこで捕らえられて、投獄されるであろう。その後の調査で、諸葛亮などからきた書翰が発見されれば、まちがいなく誅殺《ちゅうさつ》される。

――もう、魏から離れるしかない。

孟達はようやく決意した。

かれの動揺をみすかした梁幾は、復命するや、

「孟達の叛逆は、あきらかです」

と、報告した。

――まずいな。

司馬懿は軽く舌打《したう》ちをした。まだ孟達は挙兵していないが、すぐに挙兵されると、こちらは後手《ごて》にまわり、蜀の援兵が新城に到着してしまうかもしれない。

「こうなったら書面によって暴挙をひきとめるしかない」

さっそく司馬懿は親書を孟達に送った。

「わが国が将軍を信頼すること、白日《はくじつ》を貫《つらぬ》くがごとしです。じつは、諸葛亮はあなたを憎んで

おり、あなたを攻めようとしているのですが、路をみつけられないでいます。郭模という者があなたの謀叛をいいたてていますが、これほどの大事を、諸葛亮が軽々しく洩《も》らしたりするでしょうか。たれが考えてもわかることです」

この書翰をうけとった孟達は、

――やれ、やれ。

と、胸をなでおろした。司馬懿といえば、いまや皇帝の信頼が篤《あつ》い大臣といってよく、かれが、

「小人《しょうじん》のたわごとなんぞにまどわされず、あなたを信じていますぞ」

と、いってくれたとなれば、皇帝もおなじおもいであろう。城の外にふる霙《みぞれ》も、その冷たさをかれの胸にかよわせなかった。

だが、このとき、宛《えん》を発した司馬懿の軍が晩冬《ばんとう》の凍った道をひたすら西行していた。属将たちは、

「孟達は蜀だけではなく呉《ご》とも交通しておりましょう。いまは望観して、しかるのちに動く、というのはどうでしょう」

と、進言した。ところが司馬懿は毅然《きぜん》として、

「孟達は信義のない男だ。いまかれはどちらに付こうか、迷っている。かれが付属を定めるまえに、すみやかにかたづけるべきだ」

と、いった。

司馬懿の兵術は、

――敵の意表を衝《つ》く。

というものであるから、まさしく孫子《そんし》の兵法である。その行軍は、昼夜兼行《ちゅうやけんこう》であったから、宛をでて、わずか八日で上庸《じょうよう》の城に到着した。

ところでのちの地図では、新城郡に属していた上庸、武陵《ぶりょう》、巫県《ふけん》という三県が切り離されて上庸郡がつくられるが、孟達が生きているあいだは、新城郡の郡府は上庸にあった。

数日まえに、孟達は余裕をひけらかすような書翰を、諸葛亮に送っていた。

「司馬懿のいる宛から洛陽までは八百里、ここ上庸までは千二百里です。わたしの挙兵を知った司馬懿はかならず上表しますので、使者の往復だけでも、ひと月はかかります。その間に、わが城の防備は固められています。わたしがいるところは険阻《けんそ》なので、司馬懿がみずから兵を率いてくることはありますまい。配下の諸将がきても、わたしには患《うれ》いはありません」

しかしながらそういう予想とちがって、防備をほどこすまえに、寄せてきた司馬懿の兵を瞰《み》た孟達は、立っていられないほどの恐怖でふるえた。

手もふるえた。その手で、諸葛亮にむけて書翰を書いた。

「われが事を挙《あ》げてまだ八日であるというのに、司馬懿の兵が城下に到着した。神速《しんそく》というしかない」

城攻めがはじまったのは、十二月の下旬である。

それと同時に、となりの郡を治める申儀は、交通を遮断し、さらに道に土の小城を築いて、漢中《かんちゅう》からくるであろう蜀の救援軍を阻止《そし》することにした。

上庸の城は三方を川で囲まれている。

攻め口は北、もっといえば西北しかない。

力攻めをくりかえしているだけでは、百日経《た》っても落とせそうにない、と考えた司馬懿は、城内にいる将《しょう》を誘引《ゆういん》した。

ひとりは孟達の甥《おい》の鄧賢《とうけん》であり、いまひとりは部将の李輔《りほ》である。

正月になった。

城攻めをはじめて十六日目に、鄧賢と李輔は城門を開いて、司馬懿の軍を迎え入れた。この日のうちに孟達を捕らえて首を斬った司馬懿は、その首を早馬で洛陽へ送った。さらにいえば、その首は洛陽の大通りの衢《く》（四辻《よつつじ》）で焚《や》かれた。

孟達の書翰を読んだ諸葛亮は、馬謖にその書翰を与え、

「いま、救援の兵を発して、まにあうとおもうか」

と、けわしげにいった。馬謖は蒼冷《あおざ》めて恐縮の体《てい》を示した。昨年の三月に成都《せいと》をでた軍が正月まで待機していた意義は、一気に失われたのである。

すぐに諸葛亮は岱《たい》と岫《しゅう》、また霍弋と諸葛喬などを呼び、

「すでにわが軍が斜谷道《やこくどう》をくだって郿《び》県を攻めるといううわさをながしたが、いまいちど強い声でそれをひろめるように」

と、命じた。

ついで軍議をひらくべく諸将を集めた。

「わが軍の二十万という兵力を三つに分ける。一軍は三、四万ほどの兵力で、箕谷《きこく》のあたりにとどまり、斜谷道をのぼってくる魏の主力軍と戦ってもらう。それができるのは趙子龍《ちょうしりょう》将軍しかいない。佐将は鄧伯苗《とうはくびょう》将軍にしたい」

この決定は異論があっても変更しない、という口ぶりで諸葛亮は告げた。趙子龍は趙雲《ちょううん》、鄧伯苗は鄧芝《とうし》である。なおこのとき鄧芝は、中監軍《ちゅうかんぐん》・揚武《ようぶ》将軍という官職にあった。

このあと、諸葛亮は戦略の概要《がいよう》を語った。

「一度の挙兵で、魏の雍《よう》州の三郡を取る。それが成れば、その三郡より西の州郡はおのずと蜀《しょく》に降《くだ》る」

これをきいた諸将は、戦略の規模の大きさにおどろいたようであったが、ただひとり、魏延《ぎえん》だけが冷笑を浮かべた。それをみのがさなかった楊儀《ようぎ》は、慍然《うんぜん》とした。

「先鋒の大将は、馬幼常《ばようじょう》としたい」

諸葛亮がそういうと、諸将の口から異見《いけん》が噴出《ふんしゅつ》した。

「先鋒といえば、軍の牙爪《がそう》です。実戦の経験のない馬幼常では、敵将にあなどられてしまいます。それは魏文長《ぎぶんちょう》どのか呉子遠《ごしえん》どのしかまかせる将軍はいますまい」

当然の意見といってよい。

なお魏文長は魏延をいい、呉子遠は呉壹《ごいつ》をいう。

劉備には甘《かん》皇后と穆《ぼく》皇后がいたと述べたことがあるが、呉壹は穆皇后の兄である。穆皇后は劉備が崩御《ほうぎょ》したあと、劉禅の即位とともに、皇太后となり長楽宮《ちょうらくきゅう》と称した。呉壹は外戚《がいせき》として尊重され、さいごには車騎《しゃき》将軍・雍州刺史《しし》まで昇る。

さて、諸将に推挙された魏延は、ひときわ大きな声で、

「元帥《げんすい》どの――」

と、いい、諸将の口をつぐませた。

諸葛亮は魏延を嫌っているわけではないが、その傍若無人《ぼうじゃくぶじん》ぶりに辟易《へきえき》するときがある。

ただし魏延は兵略だけでなく実戦にも長じている。諸葛亮が漢中郡までできたということは、かならず魏を攻めるということであり、おそらく先鋒の指麾《しき》をとるのは自分であろうと想《おも》っていたので、必勝の図を画《か》いていた。

魏延は諸葛亮にむかって、強い口調で説《と》いた。

「聞いたところでは、長安《ちょうあん》を守っている夏侯楙《かこうぼう》は若く、公主《こうしゅ》（皇帝の女《むすめ》）の壻《むこ》です。勇気がとぼしいうえに策を弄《ろう》する頭はありません。いまわたしに精兵五千と兵糧《ひょうろう》五千人分をお貸しくだされば、ただちに褒中《ほうちゅう》県よりでて、秦嶺《しんれい》山脈に従って東行し、子午《しご》に当たって北へむかいま

す。すると、十日もかからず、長安に到着できます。夏侯楙は、わが軍の到着を知れば、近くに渭水《いすい》がながれているのですからかならず船に乗って逃げます。長安城のなかには、ただ督軍《とくぐん》御史《ぎょし》と京兆太守《けいちょうたいしゅ》がいるだけです。また城内にある食料と逃げ散った民が残した穀物があるので、兵糧が不足することはないでしょう。洛陽の朝廷が兵を集めるには、なお二十日ばかりかかるでしょうから、公が斜谷を通ってこられれば、まにあいます。そのようにすれば、一挙に咸陽県《かんようけん》より西を平定できます」

諸将はあっけにとられた。

この策戦をきいて、もっとも強い衝撃をうけたのは、諸葛亮であった。

――蜀軍がいきなり長安を襲うと、たれが想うであろうか。

蜀の将士さえ予想しないのであるから、魏の君臣が想うはずがない。すると、魏延の策戦は成功するかもしれない。いや、たぶん成功する。

――これはまぎれもなく孫子《そんし》の兵法《へいほう》なのだ。

しかし、である。

馬謖の説では、勝つことは、勝ちつづけることでなければならない。長安を急襲して取ったところで、いつまでその巨大な城を保持できるか。東からくる魏軍に負けはしないが、兵糧不足で撤退することはありうる。すると、さきの勝ちはなんの意義ももたず、蜀軍にまったく利益をもたらさない。

敵国に一里踏みだせば、その一里が蜀の領土となる。遠い大都を取ることに、眩惑《げんわく》されてはならない。

「魏延どのの策は奇抜ではあるが、長安をおさえてからの補給路の構築を想うと、難《なん》がある。ここは、最初にかたがたに申した通り、天水《てんすい》、南安《なんあん》、安定《あんてい》の三郡を確実に取りたい。そのための先鋒の大将は、馬謖としたい」

魏延の怨憤《えんぷん》を無視した諸葛亮は、諸将をあざなではなく本名で呼んだ。

「馬謖に属《つ》く将の氏名をいう。張休《ちょうきゅう》、李盛《りせい》、黄襲《こうしゅう》、それに王平《おうへい》」

それらが先鋒の諸将ということになるが、先鋒といっても大軍である。主力の諸葛亮軍が十万の兵力であるとすれば、先鋒は六、七万といったところであろう。

軍議が終わったあと、席をあとにした魏延は腹立ちがおさまらないらしく、あたりをはばかることなく、

「元帥《げんすい》は、怯《きょう》だ」

と、わめいた。卑怯《ひきょう》の怯、怯懦《きょうだ》の怯である。怯は、おじける、または、ひるむ、と訓《よ》む。この場合、魏延は、

「いくじがない」

と、諸葛亮をののしったことになる。

魏の時代になって長安は京兆郡の郡府となり、西方を経略《けいりゃく》するための策源地となった。だ

が、益州《えきしゅう》の主となった劉備が魏を攻めずに呉を攻めたことによって、魏としては西方への警戒がしだいにゆるくなり、幼い劉禅があとを嗣《つ》いだとなれば、軍事的な脅威《きょうい》はほとんどなくなったため、無警戒同然となった。

その証拠といえるかもしれないのが、長安の鎮守《ちんしゅ》を夏侯楙に任せたことである。夏侯楙は、夏侯惇《とん》の次男で曹操の女《むすめ》である清河公主《せいかこうしゅ》を妻とした。安西《あんせい》将軍として長安に駐屯していたが、かれの将器は、魏延がけなしたように平凡であったろう。

いきなり魏延が長安を襲えば、長安を取れたかもしれない。すると、どうなったか。

長安より西にある諸郡は大混乱となり、三郡どころか、五、六郡が蜀に従属するようになったかもしれない。

この、かもしれない、を積み重ねても、歴史的に無意味であることは、言《げん》を俟《ま》たない。だが、のちのことを想うと、魏延の献策は永々《えいえい》と魅力《みりょく》をもちつづけている。

「では――」

諸葛亮は最初に趙雲と鄧芝の軍を出発させた。その軍はまず箕谷にむかってくだってゆく。

それから五日後に、馬謖の軍が動きはじめた。その直後に、岫が悲痛な声とともに、本営に走り込んできた。

「伯松《はくしょう》さまが、急死なさいました」

馬上にあった諸葛喬《きょう》が突然、胸をおさえて苦しみ、顚落《てんらく》したという。伯松は喬のあざなである。

「なんたること……」

諸葛亮は、のちに仏具としてあらわれる払子《ほっす》に似た羽毛《うもう》の扇をもっていたが、おどろきのあまり、それをとり落としそうになった。

翌日、岫の父の岱が、喬の遺骸《いがい》を馬に乗せて、本営にもどってきた。涙をながしながらそれを視《み》た諸葛亮は、

——兄上も、お嘆きになることであろう。

と、深刻に気づかった。喬は諸葛亮の養子になったとはいえ、あいかわらず諸葛瑾《きん》の子であり、喬の成長を諸葛亮以上に楽しみにしていた。だが、二十五歳での死は、人生の実感がないほど短命であったというしかない。

いそぎ書翰をしたためた諸葛亮は、斉仄《せいそく》を呼んでその書翰を渡しながら、

「喬の遺骸を柩車《きゅうしゃ》に載せて成都まではこび、この書翰をそなたの父にあずけよ」

と、いいつけた。兄宛《あて》の書翰は私信《ししん》になるので、家人をつかって呉へとどけるしかない。それにしても斉仄がくるときは、実子が生まれたことを告げる吉報をたずさえ、かえるときは、養子の死を訃《しら》せる凶報とともにあるとは、ふしぎな往復である。

斉仄と柩車が去ったあと、諸葛亮は心を暗くした。

これから国家の命運にかかわる遠征にでようとするまえに、蜀に帰順しようとした孟達を失

い、いままた養子の喬を喪《うしな》った。予兆《よちょう》が悪すぎる。

——邪気《じゃき》を祓《はら》いたい。

諸葛亮はひそかに祭祀官《さいし》を招いて、

「そなたが知っている聖言《せいげん》をもって、この軍を清めてくれ」

と、いった。祭祀官は祠禱《しとう》のようなことをおこなってから、

「遠征の吉凶を占いましょうか」

と、おごそかに問うた。

「いや、考えぬいて定めた遠征だ。たとえ凶がでても、とりやめることはできない。ゆえに占うにはおよばぬ」

諸葛亮はあえて不安を放擲《ほうてき》するようにいい、中軍を発した。

益州の漢中郡から祁山道《きざんどう》にはいるのは、たやすいことではない。

祁山は魏の雍州天水郡の南部にあるが、その郡の南隣に、魏の武都《ぶと》郡がある。要するに、敵の一郡を縦断するかたちで天水郡にはいるのである。

さきに動いた馬謖の先鋒は、武都郡内にある諸城にかまわず、ひたすら西北にすすんで、武都郡をやすやすとぬけて天水郡にはいった。そのうしろをすすむ諸葛亮の中軍も、諸城を威喝《いかつ》しつつ、祁山をめざした。武都郡の官民は、蜀軍の兵力の巨大さに恐れおののいて、鳴りをしずめてしまった。

祁山の北に西県《せい》があるが、攻める側からすると、西県よりも祁山のほうが危険である、と、諸葛亮は馬謖の忠告をうけた。それゆえ、祁山の要塞《ようさい》を潰《つぶ》したいと諸葛亮は考えた。

その要塞は丘そのものが武装しているようなもので、そのなかには兵と民とが一万もいるときこえている。実際に要塞のなかをのぞいた偵諜《ていちょう》はいないので、要塞内の兵力はわからない。

——が、攻めてみれば、わかる。

諸葛亮は天水郡にはいると軍を停止させた。

祁山と西県を経《へ》て北上すると、渭水の上流に近づく。もしも魏の主力軍を率いた曹真が、流言飛語《りゅうげんひご》にまどわされず、趙雲らの軍にむかわず、渭水にそって西進してくると、諸葛亮がその軍と対戦しなければならない。

——曹真の軍は、いま、どこにいるか。

それを確認しなければ、祁山を攻撃できない。

やがて趙雲の使者が急行してきた。魏の主力軍が斜谷道にはいったという。

——餌《え》に大魚がかかったな。

馬謖の策は当たった。これで諸葛亮の軍は東方からくる魏軍を顧慮《こりょ》しないで進撃することができる。

「祁山を攻めよ」

諸葛亮は急速に軍を祁山に近づけ、営塁《えいるい》を築くまもなく、攻撃を開始させた。だが、十日経《た》ち、二十日経っても、蜀兵はその城壁を越えられなかった。

「祁山など、十日も経たぬうちに陥落させられますよ」

と、馬謖はいっていた。その楽観はどこからきたのか。

祁山の要塞《ようさい》は陥落しない。

魏延が本営にやってきて楊儀《ようぎ》をつかまえると、

「元帥《げんすい》どのが祁山を恐れるわけがわからぬ。祁山は昔の函谷関《かんこくかん》とちがって、そこを通らなければ、まえにすすめないわけではない。祁山の攻撃にこだわるのは、本末転倒《ほんまつてんとう》であるのに、なんじのような愚劣《ぐれつ》な者がいて、元帥どのの目を曇らせている」

と、なかば罵倒《ばとう》した。

「なんだと……、そなたのような劣弱《れつじゃく》な将《しょう》では要塞を落とせぬ、といいわけにきたのか」

楊儀ははげしくいいかえした。

「おい、多くの兵のいのちと軍の命運にかかわることなのだぞ。兵略のわからぬなんじを帷幄《いあく》のなかに置いたままでは、害がふくらむばかりになる。われが害を除《のぞ》くしかあるまい」

剣をぬいた魏延は楊儀に斬りつけた。

「ひえっ――」

跳びすさった楊儀は、悲鳴をあげて逃げた。

直後にあらわれた諸葛亮は、

「魏延よ、やめなさい」

と、軽く叱《しか》った。魏延の剣は殺気を帯びているわけではない。すかさず魏延は片膝《かたひざ》を地につきながら、剣刃《けんじん》を背後にまわし、

「元帥どのの耳に、わが声が達しましたでしょうか」

と、ふてぶてしくいった。

「帷幄をふるわせるほどの声だ。よくきこえたよ」

「それでは、くどくは申しませぬ。祁山を守っている将士は、こちらがひと睨《にら》みしておけば、けっして出撃をしませぬ。元帥どのがお取りになるのは、郷《きょう》でも県でもなく、郡ではなかったのではありませんか。また、ここに長く滞陣すれば、先鋒と離れすぎてしまいます。戦場とは千変万化する場であり、とくに川の渡渉《としょう》は注意をはらうべきです。早く、渭水に近づいて、戦闘にそなえるべきです」

正論というしかない。

「わかった。そうするであろう」

諸葛亮は祁山への攻撃をやめさせた。その要塞から魏兵の出撃はないと魏延は断言したが、諸葛亮は用心のため、五千の兵を残して、祁山を抑圧《よくあつ》した。

蜀軍は北上を再開した。

西県をすぎたあたりで、諸葛亮は馬謖の使者を引見した。

「将軍は、街亭《がいてい》に陣を定められました」

「そうか……」

街亭は広魏《こうぎ》郡の東部にあり、雍州の北路を遮断するにはうってつけの地である。街亭の西南に略陽《りゃくよう》という県があるが、そこも西へむかうためには重要な地なので、以前、馬謖と語りあったとき、

「略陽のあたりで、西進してくる魏軍を迎撃《げいげき》したらどうか」

と、いったことがある。が、先鋒の軍を率いた馬謖は、略陽をすぎて、大胆に軍を扶風《ふふう》郡に近づけたことになる。その勇気を称《ほ》めたい反面、わが中軍から離れすぎたのではないかという不安をいだいた。

――だが、馬謖の軍は大軍だ。

その軍の兵力をうわまわる大軍を率いることができるのは、魏将では曹真ただひとりであるといってよく、目下曹真は趙雲との戦いにそなえて斜谷道にいるはずであり、その位置から急に西行することはできない。すると、馬謖の相手は、せいぜい四、五万という軍であり、たぶんその将は張郃《ちょうこう》である。

諸葛亮は張郃をあなどってはいないが、馬謖は兵法という戦いの理論においてだけではなく、実戦においても張郃にまさってもらわなければ、向後《こうご》、天下平定への歩をすすめにくくなる。

――街亭は馬謖という将を育てる地になろう。

そう想《おも》いつつ、諸葛亮は渭水の支流を越えて、軍を冀《き》県に近づけた。

このときになって、雍州の躁《さわ》ぎは大きくなり、とくに安定郡、広魏郡、天水郡、南安郡という四郡は、大揺れに揺れた。

それはそうであろう。

馬謖の軍が天水郡を通過したとき、郡の官民はその軍の兵力の大きさにおどろいた。ところが馬謖の軍が先鋒で、そのあとに十万に比《ちか》い主力軍が出現したのである。

四郡内にいる諸県の長官は、震慴《しんしょう》し、さっそく降伏の使者を諸葛亮のもとへ送った。

その数の多さに、使者を応接した楊儀は喜悦《きえつ》し、使者をよこさない広魏郡をはぶいて、

「すでに三郡を得たも同然です」

と、諸葛亮に告げた。

この時点で、馬謖の立案《りつあん》は、なかば成果を得た。

それを実感した諸葛亮は、天水郡の中央まで軍をすすめて、渭水の南に位置する冀県を包囲し、攻撃する陣をととのえた。むろん、この陣に、本営があり、ひきつづいて諸郡の県から降伏を告げる使者が頻繁《ひんぱん》にきた。

「攻めよ――」

諸葛亮は諸将に指令した。

たまたま天水太守の馬遵《ばじゅん》は巡察にでかけて、郡府のある冀県すなわち冀城には不在であった。なおその随従《ずいじゅう》の者は、功曹史《こうそうし》の梁緒《りょうしょ》、主簿《しゅぼ》の尹賞《いんしょう》、主記《しゅき》の梁虔《りょうけん》それに中郎《ちゅうろう》の姜維《きょうい》という顔ぶれであった。

人の運命とは、はかりしれないもので、豪吏《ごうり》といってよいその四人は、冀城にかえることができなくなったばかりか、太守に疑いの目をむけられたため、どこにも往けなくなり、ついに諸葛軍に投降《とうこう》した。だが、蜀の臣となった四人は、のちに、そろって官位において上位に昇った。

ところで、伯約《はくやく》というあざなをもつ姜維は、このとき二十七歳であったが、諸葛亮は成都を留守《りゅうしゅ》している張裔《ちょうえい》と蔣琬《しょうえん》に、良い人物を拾ったように書翰《しょかん》で伝えた。そのなかに、

――姜伯約、はなはだ軍事に敏《さと》く、すでに胆義有《たんぎあ》り、深く兵の意《い》を解《かい》す。

という文がある。

姜維の軍事的才能を称揚《しょうよう》したのである。胆義有り、とは、胆力も義心ももっている、ということである。兵の意を解す、とは、兵のおもいを理解している、ということであろう。

これは姜維という人物を諸葛亮が推挙《すいきょ》しているにひとしく、このことばがあったため、のちに蜀の軍事を姜維が掌握《しょうあく》することになる。

さて、諸葛亮は先鋒の馬謖から二度目の報告をうけとった。

「長期の戦いにそなえ、軍を南山《なんざん》に上げ、賊《ぞく》を迎え撃つ所存《しょぞん》――」

ここを読んだ諸葛亮は、けわしい声を揚げ、

「馬謖は愚考《ぐこう》のなかにいる。山を背に戦うのはわかるが、山中の兵がどうして敵軍と戦えようか。軍を山からおろすように伝えよ。これは、元帥《げんすい》の命令である」

と、急遽、伝騎を発した。

このときすでに、魏の皇帝である曹叡《そうえい》は五万の兵とともも長安《ちょうあん》に到着し、張郃をすばやく西進させていた。

街亭において、陣を山中に移した馬謖は、祁山の要塞《ようさい》に倣《なら》って、南山を要塞化しようとしたのかもしれない。しかしながら、たしかに祁山は難攻不落であっても、やすやすと蜀軍の通過をゆるしてしまったという事実を、馬謖は忘れている。

馬謖の軍は、西進してくる魏軍を止めるのが任務であり、それは馬謖自身が発想したことではなかったか。また山中に数万の兵がはいれば、山径《さんけい》は渋滞し、重要な命令の伝達にかならず遅れが生ずる。さらに悪いことに、山中には水がない。

そのあたりの不備について、たびたび馬謖に諫言《かんげん》した将がいる。

王平である。

かつて魏軍にあって兵をあずかっていたこの男は、実戦における勘《かん》がすぐれている。南山が取水場《しゅすい》から離れていることをあやぶみ、

「山まで給水路をお作りになり、厳重にその路を守備させるべきです」

と、馬謖に進言した。

だが、馬謖は取水と給水には無頓着《むとんじゃく》で、王平の心配をあざわらった。敵軍が攻めてきたとき、どのように山中の兵を麓《ふもと》におろすのか、そういうことをひとつひとつ疑問視すると、きりがない。

――もうなにをいっても、むだだ。

馬謖という大将《たいしょう》をみかぎった王平は、配下の兵とともに山をおりて、麓に営塁を築いた。これは大将の命令にそむいたことになるので、譴責《けんせき》ではすまないが、直後に諸葛亮の伝騎が到着し、

「軍を山からおろすべし」

という厳命が馬謖のもとにとどいたので、王平の行為は軍令違反にはならなかった。

諸葛亮の命令を承《う》けた馬謖はうろたえたが、

「早速に、つかまつる」

と、答えて使者をかえした。しかし軍を山中にとどめたまま、元帥はわが本意をご理解くださらぬ、と慍然《うんぜん》としていた。

ほどなく張郃に率いられた魏軍が迫ってきた。

馬謖は悠々と眼下の敵軍を瞰《み》て、

「さあ、いつでも攻め上ってこい――」

と、豪語した。

だが魏軍は麓にとどまり、取水場を奪うと、山中の蜀軍が涸渇《こかつ》するのをひたすら待った。

新しい道

諸葛亮《しょかつりょう》の軍は、包囲していた冀《き》城を落とした。

だが、その直後に、街亭《がいてい》から本営にとどけられた敗報が、勝利の喜びを打ち消した。

急使から報告をきいた諸葛亮は、

「馬謖《ばしょく》が張郃《ちょうこう》に負けたというのか……」

と、呆然《ぼうぜん》とつぶやいた。馬謖の兵力は張郃の兵力よりだんぜんまさっていたはずではないのか。どう考えても負けるはずがない。

急使は翌日も本営に駆け込んできた。

それから三日つづけて使者が急行してきた。かれらの報告によって、街亭での戦いの全容がわかった諸葛亮は、

「馬謖はなにをしていたのか」

と、烈《はげ》しい怒りを地にたたきつけるようにいった。

馬謖だけではない、山中に籠《こ》もった兵は、一兵も魏軍と戦わず、水を求めて山からでたところを魏兵に襲われただけである。つまりあれほどの大軍が、ただ逃げただけで、半分は死傷した。

ただしそういうみぐるしい潰走《かいそう》にあって、王平《おうへい》配下の兵だけが整然と動き、逃げまどっている蜀《しょく》兵を拾いつつ退去しているという。

「王平だけはちがったか……」

そういいつつ天を仰ぎみた諸葛亮は、無限のむなしさを感じた。天下平定の第一歩は、大いなる挫折《ざせつ》となった。ここまで、いちども失敗したことがない諸葛亮が、大失敗をおかしたのである。

愁眉《しゅうび》をあらわにしている楊儀《ようぎ》に目をむけた諸葛亮は、

「引き揚げる。しかし、いそいではならぬ」

と、命じた。雍《よう》州の諸郡の高官たちは保身のために諸葛亮に通じてきたが、街亭で魏軍が大勝したことを知れば、たちまち魏に帰順するであろう。それだけではなく、諸葛亮軍の退路をふさぐ動きをしはじめるかもしれない。

——馬謖の救助にむかえば、わが軍が全滅する。

諸葛亮はおもむろに軍を冀城から離して南下しはじめた。

もともと馬謖が好きではない岱《たい》は、この敗戦がくやしくてたまらず、

「幼常《ようじょう》め、すべてをぶちこわしたな。どれほど弁解しても、赦《ゆる》されることではない」

と、兵車の手綱《たづな》を執《と》りながら、叫ぶようにいった。その声をきいた諸葛亮は、

「どれほど弁解しても赦されないのは、われだ」

と、心中で冷静に断言した。

兵法書をよく識《し》る馬謖を、戦国時代の楽毅《がっき》や白起《はくき》、また後漢《ごかん》創業期の馮異《ふうい》のような良将に育ててみたかった諸葛亮は、敗退の道をくだりながら、

――馬謖は、趙括《ちょうかつ》にすぎなかったのか。

と、唇を噛《か》んだ。

趙括は戦国時代に、趙《ちょう》の名将である趙奢《ちょうしゃ》（馬服君《ばふくくん》）の子として生まれた。若いころから兵法、軍事に関心があり、それについての知識は天下一であるとうぬぼれていた。あるとき父と兵事について議論して、父をいいまかした。が、趙奢は褒《ほ》めず、あとで妻に、

「戦いとは、いのちがけのものである。ところが括は、たやすくそれをいう。趙という国が括を将《しょう》とするようなことがあれば、趙軍を破滅させるのは、括であろう」

と、おしえた。

はたして、のちに、趙軍の将帥《しょうすい》となった趙括は、秦将《しんしょう》である白起と戦って、大敗し、四十五万もの兵を失った。

馬謖は趙括にそっくりであるといってよい。だが趙奢は子の弊困《へいこん》を予想したのに、諸葛亮は

馬謖の弊事《へいじ》をみぬけなかったことが、あきらかなちがいとなった。諸葛亮は趙奢におよばない、といいかえてもよい。

「われは愚蒙《ぐもう》の将を起用して大敗をまねいた、あさはかな丞相《じょうしょう》として、後世の史家の筆に誹《そし》られるであろうよ」

諸葛亮は岱の耳にむかっていった。が、岱は反応しなかった。いつの時代にも、どの国にも凡庸《ぼんよう》な将はいるものだが、山からおりなければ水がないのに、兵を山からおろさず、給水方法も考えず、敵に取水《しゅすい》場を奪われたあと、弱りきった兵とともに山をくだって逃げただけの馬謖より、劣る将はいまい。岱はあきれてものがいえない。

——主がおかわいそうだ。

先鋒の将が馬謖でなければ、たれでも張郃に勝てた、とさえいいたい。

諸葛亮の軍は西《せい》県にさしかかると、その県の千余家を従属させた。そのほかにも冀県の住民数千人を率いた。それがこの遠征での成果であり、いかにもみすぼらしかった。

漢中《かんちゅう》には、趙雲《ちょううん》らがさきに引き揚げていた。

魏《ぎ》の曹真《そうしん》と戦った趙雲は、勝たなかった。というよりも、適当に負けたといったほうが正しいであろう。だが、その軍がきれいに退いたと知った諸葛亮は、佐将《さしょう》の鄧芝《とうし》を呼んで、そのわけを問うた。

「趙《ちょう》子《し》龍《りょう》将軍が後拒《こうきょ》となり、魏軍の追撃をさまたげたので、将卒《しょうそつ》はあわてて軍資や器物を棄《す》てることなく、またたがいに寄りそって後退したので、みぐるしい退却をせずにすみました」

かつて趙雲は、荊州《けいしゅう》南下時に、長坂《ちょうはん》において押し寄せる魏兵をものともせず、甘夫人《かんふじん》と劉禅《りゅうぜん》を救いだした勇者である。いまや老将になったとはいえ、その武威は健在であり、数百の追撃兵など軽々と薙《な》ぎ払《はら》ったであろう。

その光景を想像するのは難《かた》くないが、戦いに勝ったわけではないので、称《ほ》めるわけにはいかない。

諸葛亮は趙雲の軍にゆき、ざっと調査をおこなった。なるほど軍資があまっている。そこで趙雲に会って、

「あまった軍資を将士に分け与えたらいかがか」

と、いってみた。まともに魏軍と戦ってくれた礼の心をひそませた。だが、趙雲は憤《いきどお》りをみせて、

「戦いに負けたのに、どうして賜予《しよ》があるのですか。あまった軍資は倉庫にいれて、冬にそなえるべきです」

と、直言した。

それをきいた諸葛亮は心の居ずまいをただした。趙雲がいまより十歳若ければ、先鋒の軍を率いてもらったであろう。いや、あえていえば、この北伐は劉備《りゅうび》が張飛《ちょうひ》と趙雲などを軍の翼としておこなうはずであった。それが十年おくれて、劉備のかわりに諸葛亮が実行しなければな

らなくなった。ちなみに趙雲は翌年亡《な》くなる。

とにかく、みぐるしいというほかない惨敗となった。

諸葛亮は軍吏《ぐんり》を呼び、

「王平をのぞいて、馬謖をはじめ、属将のすべてと参謀を逮捕し、獄に下せ」

と、命じた。

ほどなく引き揚げてきた王平に、諸葛亮は会い、街亭の戦いの実況《じっきょう》をきいた。これも調査のうちである。

蜀《しょく》兵の負けかたについて、王平は、

「星のごとく散《さん》じました」

と、詩的な表現をした。王平はまったくといってよいほど文字を読めないらしいが、書物を読める者を介して、読書をつづけているらしい。博学《はくがく》な馬謖はそういう王平に、実戦では劣ったのか。

ほとんど同時に、馬謖らが漢中《かんちゅう》にはいった。待ちかまえていた軍吏は、馬謖をはじめ、張《ちょう》休《きゅう》、李盛《りせい》、黄襲《こうしゅう》といった将を逮捕した。また馬謖の参謀も捕らえた。それら参謀のひとりが、のちに正史『三国志《さんごくし》』を書く陳寿《ちんじゅ》の父である。ほどなくかれは、髪をそり落とす刑である髠《こん》に処せられることになる。

――重罪をおかしたのは、われである。

そういう意識のもとに、諸葛亮は報告をかねて上奏《じょうそう》をおこなった。

「臣《わたし》は、弱才しかないのに、みだりに昇ってはならない高位に就《つ》き、みずから旄鉞《ぼうえつ》を執《と》って、三軍を指麾《しき》しました。しかしながら、軍令を教えることも、軍法を明らかにすることもできず、大事に臨《のぞ》んで慎重さを欠きました。街亭では、命令に従わぬ者があり、箕谷《きこく》では、警戒をおこたって失敗する者がありました。咎《とが》はみな、臣の授任《じゅにん》のあやまりにあります。臣には人を知る明晰《めいせき》さがなく、事態を対処するのに闇が多いのです。『春秋左氏伝《しゅんじゅうさしでん》』には、敗戦の責任は元帥《げんすい》にある、とあります。臣の官職はそれに当たります。そこで、みずから三等を貶《お》として、その咎をただすことを請《こ》うしだいです」

諸葛亮は自身を右《ゆう》将軍・行丞相事《こうじょうしょうじ》とした。行については、まえに述べた。仮《かり》の、ということである。

――馬謖らには、死んでもらう。

いや諸葛亮自身、自裁《じさい》を考えたであろう。だが、いま諸葛亮という存在が消滅すれば、蜀という国はどうなるであろうか。このたびの戦いで数万の死傷者がでたとしても、諸葛亮の自裁は、その百倍の人命をそこなうことになろう。おそらく蜀は滅亡する。

――われは死ぬまで恥をさらしてゆけばよい。

諸葛亮の決意とは、そういうものであった。

馬謖とその下にいた張休、李盛という将軍も死刑に処することに決定した。おなじときに下獄した黄襲には釈《ゆる》すべきところがあったので、極刑にはせず、出獄させたものの、武人としては失格であるとみなしたので、以後、軍から離し、兵を付属させなかった。

誅殺《ちゅうさつ》されると知った馬謖は、獄中から諸葛亮に書翰《しょかん》を送った。

「あなたさまはわたしを子のようにごらんになり、わたしはあなたさまを父のように視《み》てまいりました。上古、治水《ちすい》に失敗した鯀《こん》を殺したものの、その子である禹《う》を起用したことをおもわれ、平生《へいぜい》の交わり通りにしていただければ、わたしは死んでも黄壌《こうじょう》（冥土《めいど》）で恨《うら》みはありません」

古代、洪水が頻発《ひんぱつ》した。それをふせぐべく工事を命じられた鯀は、堤防の高さを増しつづけた。が、水は滔天《とうてん》の勢いで堤防をのりこえて破壊した。そこで帝王は子の禹に治水を命じた。禹は賢明であり、大河の水嵩《みずかさ》を減らそうと発想し、大河を分けて多くの支流をつくって洪水をふせぐことに成功した。

馬謖は自身が鯀にあたり、大失敗をおかしたが、子は父ほど愚かではないので、ひきたててもらいたい、と諸葛亮にたのんだのである。

この書翰を読んだ諸葛亮は、ふたりで語りあった日々を憶《おも》いだして、落涙した。

死刑は執行された。

それを知った十万の兵が哀しんだという。

このあと漢中に到着した蔣琬《しょうえん》は、馬謖の死を惜しみ、諸葛亮にむかって、

「昔、晋《しん》の文《ぶん》公が楚《そ》の成《せい》王と戦ったとき、敗戦の将となった子玉《しぎょく》を成王が殺したので、ようやくわれは楚軍に勝ったと文公が喜んだことをご存じでしょう。天下がまだ定まっていないのに、智謀《ちぼう》の士を殺したことは、惜しいことではありませんか」

と、批判をひそませていった。

馬謖に雪辱《せつじょく》の機会を与えるべきであった、という声は、ほかからもきこえてくる。

だが、諸葛亮は、法の下に偏曲《へんきょく》があってはならない、という思想の持ち主であり、

「孫武《そんぶ》が勝って、天下を制したのは、法を用いることが明らかであったためです」

と、答えた。答えながら、その目に涙が浮かんでいた。

孫武とはいうまでもなく孫子《そんし》のことである。かれが書いた『孫子の兵法』は、時代が変わっても珍重《ちんちょう》され、その内容にある深趣《しんしゅ》は涸《か》れることはない。

だが、孫武が呉《ご》王に仕える直前の行動と主張のほうが、かれの兵法の内容をうわまわる重要さをもっているとみるむきもある。

つまり、こういうことである。

孫武が呉王に引見されたとき、こういわれた。

「あなたの兵法書を読了した。実際に兵をととのえて動かしてみたいが、どうであろうか」

「できます」

「ためしに、婦人を兵にしてみたいが、どうか」

「もちろん、できます」

それをきいた呉王は宮中の美女をだした。その百八十人を二隊に分けた孫武は、とくに呉王に気にいられている婦人をそれぞれ隊長として、全員に戟《げき》を持たせた。

孫武は軍令をくだした。この軍令をくりかえしても、婦人は笑うばかりで、指麾に従わなかった。ついに孫武は、

「軍法に従わないのは、吏士《りし》の罪である」

と、いい、ふたりの隊長を斬ろうとした。台上から観《み》ていた呉王は、

「将軍の用兵はよくわかった。われはこの二姫《き》がいなければ、なにを食べてもうまくない。どうか、斬らないでくれ」

と、あわてて声をかけた。

しかし孫武はこう答えて、呉王の願いをはねかえした。

――将は軍に在《あ》りては、君命をも受けざる所有り。

孫武は敢然《かんぜん》と隊長ふたりを斬った。このあと兵となっている婦人は、全員が指麾に従い、笑うどころか声をだす者もいなかった。それをみた孫武は、こういった。

「兵はすでにととのいました。王よ、どうか台下におりてご覧なさいませ。王がこの兵を用いようとなされば、水火《すいか》に赴《おもむ》いても、しりぞく者はおりません」

すなわち、寵愛《ちょうあい》する者でも罰しなければ、法を廃することになり、向後《こうご》、敵と戦えなくな

る、と諸葛亮は孫武の名をひきあいにだした。

刑死した馬謖は三十九歳であった。

戦歿者を悼《いた》み、祀《まつ》る会場には、諸葛亮は馬謖の遺児をともなって参列した。

が、このあとも、諸葛亮は国の内外の批判にさらされた。

もっとも痛烈なことばを投げつけられたのは、魏の皇帝の曹叡《そうえい》からである。

「諸葛亮は父母の国（琅邪《ろうや》国）を棄《す》て、逆賊の党におもねり、神も人もその害毒をこうむった。その積悪《せきあく》によって身を滅ぼすことになった。諸葛亮は孤児を擁立《ようりつ》するという名分をたいせつにするふりをしながら、内では貪欲《どんよく》に専政をおこなっている。劉禅《りゅうぜん》とその弟たちは、空《から》の城を守っているにすぎない。諸葛亮は益《えき》州をあなどり、民衆を残虐《ざんぎゃく》にあつかったため、異民族をすべて仇敵《きゅうてき》としてしまった。みずからを有能だとおもいこんでいる諸葛亮は、野蛮な勇気をいだき、徳のあるいましめをかえりみず、吏民《りみん》を強いて動員し、利を祁《き》山で盗みとった。ところが、わが軍が威をふるうと、胆《きも》は破れて気は奪われ、馬謖などは魏軍の旗をみただけで逃走した。諸葛亮は小童《こわっぱ》であるから、わが軍に震驚《しんきょう》したのである」

ずいぶん威張った表現であるが、戦勝国の皇帝の詔《しょう》とは、こういうものであろう。

詔の内容を知った魏の群臣がもった諸葛亮への認識は、多分に、侮蔑《ぶべつ》をふくんだものになったにちがいない。たしかに、馬謖の戦いかたのまずさは、蜀《しょく》軍の戦闘能力の低さが露呈《ろてい》したとみられた。もっといえば、

――諸葛亮は、戦いが巧《うま》くない。

と、みさげられた。

蜀の国内でも、諸葛亮の兵略を疑問視した者は、いたであろう。しかしながら、街亭での大敗は、諸葛亮の政治のありかたを国民に周知させることとなった。つまり、敗戦後の処断に公平さがあったことを、国民の大半がその感情を通して認めたのである。政権にかかわりがない人、政治にある利害に無関係な人、それに夫や子を戦死させた遺族などが、諸葛亮をだんぜん支持したのである。この信頼は、諸葛亮の死まで、いや、死後までつづく。

諸葛亮は謙虚《けんきょ》である。

「今後も、忠を国に尽くそうと考え、わたしの欠点を指摘することにつとめる者がいれば、大事を定めることができ、賊《ぞく》は滅ぶであろう」

諸葛亮は軍事において新しい道をすすまなければならなくなった。

敵の兵力にまさる兵力をもっていても、蜀軍は負けたのである。その事実の上に立って、あらたな蜀軍をつくるとすれば、軍と兵は、数よりも質が重要であり、まず兵の質を上げなければならない。しかも、兵の鍛練《たんれん》を他人《ひと》まかせにしてはならない。

夏のあいだ、諸葛亮は兵を鍛《きた》えつつも、兵をはげました。大敗後、兵は意気消沈《いきしょうちん》している。それではとても遠征はできない。

諸葛亮はかつて劉備がどのように兵と接していたかを憶《おも》いだしながら、兵とともにすごす時間を増やした。この時間は、じつはおのれをはげます時間でもあった。つぎの出師《すいし》で大敗すれば、自害して劉禅と国民にあやまらねばならない。

ただしさきの大敗によって、蜀軍は魏《ぎ》の将士にみくびられたであろうから、つぎの遠征では魏軍につけいる隙《すき》がある、と諸葛亮は考えて秋を迎えていた。

実際、魏の君臣は劉備の死後の蜀という国の実力をはじめてたしかめたおもいで、蜀は西方の脅威にならず、難敵はやはり呉《ご》だ、とほぼ断定していた。そういう予想の傾向のなかにあって、ひとり曹真だけが、

「諸葛亮は祁山道を通って失敗したので、つぎは、故道《こどう》を通って散関《さんかん》をぬけ、渭水《いすい》北岸の陳倉《ちんそう》を攻めるにちがいない」

と、用心深く想《おも》った。想っただけではない、将軍の郝昭《かくしょう》と王生《おうせい》を陳倉にさしむけて、

「城壁を修築するなど、防備を厚くせよ」

と、命じた。むろんそういう所轄《しょかつ》の変更は、蜀に知られていない。

曹真と張部が西方で功を樹《た》てたことが、曹休《そうきゅう》を刺激したのであろう。かれは鄱陽太守《はようたいしゅ》の周魴《しゅうほう》が孫権《そんけん》にそむいたことを信じて、魏軍を呉の深部までいれた。ところが周魴の寝返りは、孫権と周魴がしめしあわせた詐術《さじゅつ》であり、曹休軍は待ちかまえていた陸遜《りくそん》らの軍に徹底的にたたかれて潰走《かいそう》した。八月のことである。

「呉軍、魏軍に克《か》つ」

この捷報《しょうほう》が諸葛亮のもとにとどいたのは初冬である。

——魏軍の傷は深い。

と、知った諸葛亮は、ふたたび北伐を敢行《かんこう》すべきである、と感じた。

逡巡《しゅんじゅん》はなかった。

十一月に、諸葛亮はすみやかに出師表《すいしのひょう》をたてまつった。これは『後《ご》出師表』と後世呼ばれることになり、少々怪しい記述があるので、偽書《ぎしょ》ではないか、といわれている。だが、そのなかに、

——王業《おうぎょう》は偏安《へんあん》せざるを慮《おもんぱか》る。

というおもしろい思想がある。天下平定という王業は、蜀のように天下の西南で安定していてはならないと先帝の劉備は考えておられた。ゆえに魏を討つのである。

「なぜ、ふたたび兵をだすのか」

宮中だけではなく、郡県にも、うんざりした顔と声を揚げる者がいるであろう。かれらの疑問に答えたのが、その出師表であり、諸葛亮はみずから鍛えた兵を率いて、散関から雍《よう》州に撃ってでた。

なお、昔、長安《ちょうあん》を守るために四つの要塞《ようさい》が築かれた。それを四関《かん》という。東の函谷関《かんこくかん》、南の武関《ぶかん》、西の散関、北の蕭関《しょうかん》がそれである。いずれも狭隘《きょうあい》の地である。さらにいえば、四つの関所のなかにある広大な地を、関中《かんちゅう》という。

とにかく諸葛亮が敢行《かんこう》したのは速攻であり急襲である。まさしく孫子《そんし》の兵法《へいほう》を実行したといってよい。

ところが散関をでて渭水に近づけば、攻撃目標はどうしても陳倉となる。それが諸葛亮にとって不運となった。曹真に先手を打たれていた。

陳倉の城の防備にあたっていた郝昭は、あざなを伯道《はくどう》といい、太原《たいげん》の出身である。勇将といってよい。河水《かすい》の西の防衛にあたってきて十余年がすぎ、人民だけでなく異民族さえかれに畏《い》服《ふく》した。

そういう将を陳倉に配した曹真の着眼はすぐれていた。

だが、諸葛亮は数万という兵力をもっており、千余人で守る陳倉を落とせるとみた。ただし、

「守将を殺すには忍びない」

と、いい、郝昭と同郷の靳詳《きんしょう》という男をつかわして、降伏を呼びかけさせた。

しかし郝昭はきっぱり拒絶した。楼上《ろうじょう》に立った郝昭は靳詳にいった。

「魏の法律とわれの性質を、あなたはよくご存じのはずだ。われは国家から多大な恩恵をうけて重職に就《つ》いている。あなたは黙るがよい。われは必死に戦うだけである。あなたは帰って諸葛どのに伝えよ。いつ攻めてもかまわないとな」

このことばを伝えられた諸葛亮は、

「さらに、さらに、殺すには惜しい男よ」

と、いい、ふたたび靳詳を遣《や》って、城壁の下から呼びかけさせた。

「その寡兵《かへい》で敵対するのはむりだ。むなしい戦いとなり、破滅するだけではないか」

再度、楼上に立った郝昭は、落ち着いていた。

「まえにいった通りだ。われはあなたをよく知っているが、矢はあなたを知るまいよ」

そういった郝昭が楼上から去ったあと、城壁の上から放たれた矢が、靳詳の足もとに突きささった。

「やむをえぬ」

諸葛亮は、梯子車《はしごしゃ》というべき雲梯《うんてい》を城壁に寄せ、城門を破壊するための衝車《しょうしゃ》を突進させた。

それにたいして郝昭は、火矢をそろえて、雲梯にめがけて放った。この雲梯は鉄板などが貼《は》られておらず、火矢をうけて炎上した。けわしい山間の道を攻城用の大型兵器をはこぶのは至難で、その雲梯も軽量化がはかられており、金属がつかわれていない。

また、突進した衝車は、城壁の上から投げられた石臼《いしうす》によって圧《お》しつぶされた。

それを観《み》た諸葛亮は、

「さて、どうするか……」

と、つぶやき、翌朝、櫓《やぐら》を組むように指示した。日に日に櫓は高くなり、ついに城壁の高さにまさった。蜀兵は櫓の上から城内に矢を浴びせた。

岱は子の岫《しゅう》とともにその櫓に登ってから、城内を観察して、諸葛亮のもとにもどり報告した。

「城壁は二重になっており、それを越えるのは、むずかしいとおもわれます」

「上がだめなら、下か」

すぐに諸葛亮は地下道を掘らせた。だが、郝昭と佐将はそれに気づき、城内に横穴を掘らせた。つまりその穴は、相手の地下道を遮断《しゃだん》した。

こういう攻防がおこなわれているとき、左《さ》将軍となって荊州に駐屯していた張郃は、急遽《きゅうきょ》、曹叡に召しだされた。

曹叡はみずから河南《かなん》城まで張郃を見送り、宴席を設けた。兵三万に加えて、近衛《このえ》兵を与えた。以前とちがって諸葛亮の軍のすすめかたが速く、兵気も鋭さが増しているように感じている曹叡は、宴席で、張郃に問うた。

「そなたが戦地に到着するまでに、諸葛亮が陳倉の城を取っている、ということはあるまいな」

張郃は軽く笑った。

「わたしが到着するまでには、諸葛亮は逃走しておりましょう。指を屈して計算してみれば、蜀軍の兵糧《ひょうろう》はあと十日も、もちますまい」

諸葛亮の軍は、魏の曹休軍の敗退をきき、呉軍に呼応するかたちで出撃したにちがいないので、兵糧の面をふくめて充分に準備したとは考えにくい。それでも兵力が数万であるとなれば、兵糧はひと月で尽きるのではないか。

この張郃の推測はあたっていた。

二十日間、城攻めをおこなわせた諸葛亮は、兵糧の欠乏を知ると、陣を撤収させた。

「郝昭はすぐれた将であるが、その将を陳倉に配した曹子丹《そうしたん》はさらにすぐれている。曹操はおのれの兵略によって多くの州郡を得たが、つまるところ人こそ国の宝である、とよく知っていた。郝昭と曹子丹は曹操の遺産であり、われが昭烈《しょうれつ》皇帝（劉備）の遺産であるとすれば、われが負ければ先帝をはずかしめることになる」

岱にそういった諸葛亮は、すみやかに兵車に乗った。なお、益州には山谷《さんこく》が多く、道が狭隘なので、兵車をつかえない。そこで山径にさしかかると、諸葛亮は兵車からおりて輿《こし》に乗る。

軍が南下しはじめてしばらく経《た》つと、楊儀はみずからの馬を諸葛亮の兵車に近づけ、

「追撃してくる隊があります」

と、いそがしく告げた。

「騎兵か」

「そのようです」

「では、その騎兵隊に、われを追わせよう。二、三の将は伏兵となり、敵の退路を断つべし」

諸葛亮は陳倉の急襲に成功しなかったが、将と兵を、はじめて手足のごとく動かすことができる、という実感をもった。ここでも、その感覚をもって兵を配し、追ってきた王双《おうそう》将軍を斬り、配下の騎兵隊を殄滅《てんめつ》させた。

静かな攻防

春に、漢中《かんちゅう》まで引き揚げてきた諸葛亮《しょかつりょう》は、軍にはつらつさがあることを感じていた。

陳倉《ちんそう》での攻撃は、敵の深部にくいこむほどではなかったにせよ、魏《ぎ》兵がどの程度の強さをもっているかをはかるのに充分であった。つまり、

――蜀《しょく》兵は魏兵におとらない。

と、わかった。その時点において、諸葛亮をふくめて将士《しょうし》は、魏軍への恐れがなくなった。

「岱《たい》よ、兵糧《ひょうろう》は尽きたか」

「いえ、成都《せいと》から大量の兵糧がとどくそうです」

兵糧の管理にあたっている楊儀《ようぎ》がはしゃぐようにいっているのを、岱はきいた。

「さようか」

軽く手を拍《う》った諸葛亮は、数日後に、兵糧の到着をみるや、陳式《ちんしょく》を呼んだ。

かつて陳式は呉班《ごはん》とともに、蜀の水軍をまかされて劉備《りゅうび》の東征に従い、呉《ご》軍と戦った。劉備

が敗退したため、ふたりも水軍を撤退せざるをえなかったが、惨敗したとはいえ、ふたりは死ななかった。ある意味、ふたりは老練《ろうれん》な将《しょう》であり、もっといえば戦いかたにしたたかさをもっていた。

陳式とふたりだけになった諸葛亮は、

「死んだ馬謖《ばしょく》はわれにくどいほど説《と》いていた。遠い地に目をむけずに、近くの敵地を取れ、と」

と、謎《なぞ》をかけるようにいった。

「ははあ、武都《ぶと》郡をお取りになる――」

陳式は目で笑った。昨年、蜀軍が通った祁山道《きざんどう》と故道《こどう》は、いずれも武都郡を縦断《じゅうだん》する道である。

「ふむ、武都郡だけでなく、その西隣の地も取りたい」

諸葛亮がいったその地とは、曹操《そうそう》が置いた郡で、陰平《いんぺい》郡という。

「あなたに先鋒をまかせたい」

そういわれた陳式は、すこしくすぐったいような表情をした。諸葛亮の下には、呉班もいるのである。ところが諸葛亮は先鋒の将を陳式とした。うれしさを陳式は感じたのであろう。

「出発は来月ですか」

「いや、十日後には、発《た》ってもらう」

諸葛亮は敵の意表を衝《つ》こうとしている。

南征とちがって北伐に従った蜀の将士は、戦いに勝ったという実感をおぼえたことはなく、あえていえばその戦績は空乏《くうぼう》そのものである。

——勝つ、とは、どういうことか。

それをこのたびの武都郡攻略によって、諸葛亮は全兵士に知らせたかった。

陳式の先鋒が発った。この軍は、武都郡府のある下辨《かべん》県を、急襲する。諸葛亮の主力軍はそのあと、陳式の軍を支えるかたちで武都郡を侵《おか》すことになる。策戦上そうなるのではなく、漢《かん》中《ちゅう》郡も武都郡も、険隘《けんあい》な路が多く、大軍の往来がたやすくできない。ゆえに軍の進退が緩慢《かんまん》になる。だが、陳式は用兵にすぐれ、むりな攻撃をおこなわなくても、敵陣を崩し、敵兵をしりぞけてゆく。

「たいしたものだな」

諸葛亮は陳式を称《ほ》めたというより、ずいぶんまえに陳式の将器に嘱目《しょくもく》して活用した劉備の武人としての眼力《がんりき》に感心した。戦場における才能がどのようなものであるかは、実戦を経《へ》てみないとわからない。

昨年末まで、陳倉の近くにいた蜀軍が、春が深まらないうちに下辨にむかってすすんできたことは、武都郡を治めている者を驚愕《きょうがく》させた。

その驚愕につけこむかたちで、陳式は兵のすすみを速めて、城を包囲する陣などをつくらずに、直進した。

予想していないことが生ずると、対応力は減少する。武都郡の太守《たいしゅ》は、たとえば曹真《そうしん》から、

「いつ蜀軍がそちらにむかうかわからぬので、用心しておくように」

と、あらかじめいわれていれば、それなりの心がまえをしていたであろう。だが、まさか、という事態が生ずると、どうしてよいかわからない。

かれは、逃げた。というより、雍州刺史《ようしし》である郭淮《かくわい》に、助けを求めて奔走《ほんそう》した。

「下辨、取得――」

この捷報《しょうほう》を得た諸葛亮は、よくやった、と陳式を称めたあと、

「かならず郭淮と雍州兵が反撃にくる。その軍をわれらが迎撃《げいげき》し、陳式には郡内を平定させよう」

と、いい、行軍を速めた。実戦での勘《かん》がよくなったといってよい。

諸葛亮の軍が、陳式の軍よりまえにでた時点で、この武都郡の攻略図は、先年の街亭《がいてい》の戦いと狙いはおなじで、規模が小さいだけであるとわかる。

つまり武都郡の外からくる魏軍を、諸葛亮の軍が阻止し、その間に陳式に郡内を往来させるというものである。

車中の諸葛亮の意思が迷わずに武都県にむかっているので、手綱《たづな》をにぎっている岱は首をかしげ、

「郭淮がこの郡の奪回にくるのに、はるか東の散関《さんかん》を通ってくれば、二軍の退路はふさがれて

しまいますが……」

と、懸念《けねん》をあえていった。

「散関は漢中に近い。その道を郭淮が危険視するとなれば、あとの道は、武都県の近くを通る道しかない」

諸葛亮は断定した。

ここで相手となる郭淮について知っていることは、多くない。さきの街亭の戦いで、かれは張郃《ちょうこう》の下にいて武功を樹《た》て、建威《けんい》将軍になったらしい。諸葛亮は郭淮については、その程度の知識しかもっていない。

郭淮は勝ち気な性質の将である。

あざなを伯済《はくせい》といい、太原《たいげん》郡陽曲《ようきょく》県の出身であるから、并《へい》州人である。ちなみに、太原郡出身といえば、かつて暴政をおこなった董卓《とうたく》を謀殺した王允《おういん》が有名であり、并州は勤王《きんのう》の気質をもった者を輩出《はいしゅつ》している。

郭淮は建安《けんあん》年間（曹操の時代）に孝廉《こうれん》に推挙されているから、武だけの人ではない。曹丕《そうひ》が五官将《ごかんしょう》になると、郭淮は召されて門下賊曹《もんかぞくそう》に任命され、ついで丞相兵曹議令史《じょうしょうへいそうぎれいし》に転任させられて、曹操の漢中征討に随行した。郭淮の実戦経験はそのあたりからはじまったとみてよい。

漢中から引き揚げた曹操は、夏侯淵《かこうえん》を残して漢中郡を守らせることにしたが、郭淮にも残るように指示して、夏侯淵の司馬《しば》に任じた。夏侯淵が劉備と戦ったとき、郭淮は病にかかって戦場にはゆけず、夏侯淵の戦死を知ると、軍中の混乱を鎮《しず》めるために張郃を推《お》し立てて、ことなきをえた。その後、曹丕が王位から帝位に升《のぼ》ったあと、郭淮を雍州刺史とした。街亭の戦いの際には、郭淮は、蜀将のひとりの高詳《こうしょう》が駐屯した列柳《れつりゅう》城を攻めて、破壊した。

郭淮は個人として、戦いにおいて、負けたことがない。

さらに、

——馬謖指麾《しき》下の蜀軍は弱かった。

という印象しかないので、郭淮はあわてずに州兵を集めると、渭水《いすい》のほとりの上邽《じょうけい》から祁《き》山へむかい、さらに南下して武都郡にはいった。

この時点で、郭淮の耳にとどいたのは、陳式軍の兵力とその位置である。

「冬に陳倉にいたとおもったら、春に下辨か。地にもぐり、ときに顔をだす。まるで蜀軍は土竜《もぐら》のようだ」

郭淮はこの戦いもやすやすと勝てるとみて、嗤笑《ししょう》した。

魏軍は武郡県に近づいた。そのとき、急報がとどけられた。

「六十里さきに、蜀軍あり」

六十里さき、とは、二日以内に両軍がぶつかる距離である。

「ほう、下辨にいた陳式が、けなげにもわが軍を迎え撃とうというのか」

余裕綽綽《よゆうしゃくしゃく》の郭淮は、半日間、兵をすすめて停止させた。陳式を嘗《な》めきっていれば、軍を停止させることはなかったであろうが、この男には生来の用心深さがあり、いきなり敵陣に突進するような無謀をおかさなかった。

偵騎がかえってきた。

「三十里さきに蜀軍がいます。将帥《しょうすい》は、諸葛孔明《しょかつこうめい》です」

郭淮は耳をうたがった。

「主将は、陳式ではないのか」

「ちがいます。諸葛丞相です――」

それをきいた郭淮は血相《けっそう》をかえて近くの丘にかけのぼり、蜀軍を遠望した。かなたに蜀軍の旗がかすかにみえただけであるが、郭淮は唸《うな》り、

「尋常《じんじょう》ならざる敵……」

と、つぶやきつつ、丘をくだった。すぐに、

「兵は、いそぎ後退し、郡境を固めよ」

と、命じた。

勘《かん》のよい男である。

――戦えば、負ける。

直感がそうおしえていた。実際、この年から数年間は、諸葛亮の麾下《きか》の兵は、天下最強とい

ってよく、とくにその弩《ど》は連発銃にひとしく、威力としては、五千ほどの騎兵隊が相手であれば、二、三時間で全滅させることができた。

郭淮の雍州軍は騎兵隊が中核《ちゅうかく》になっている。かれも騎馬で指麾をする。

一戦もせずに、敵軍を恐れて退却するのは、非難のまとにされかねないが、それよりも実際に諸葛亮軍にぶつかって惨敗するほうが怖い。

佐吏《さり》のひとりが、

「敵陣からはすでに炊煙《すいえん》が上がっていたとのことです。後退をおいそぎになることはありますまい」

と、郭淮のあわてぶりをたしなめた。すでに道は夕陽の色である。

「いや、夕《よる》になっても休んではならぬ。なまやさしい敵ではない。楽観したとき、足もとは死地にかわる」

郭淮は諸葛亮軍の異常な速さをぶきみに感じていた。あらためてふりかえるまでもなく、街亭の戦いでは、大敗したのは馬謖の軍であり、そのとき諸葛亮は天水《てんすい》郡の中心にある冀《き》城を落としている。陳倉を攻めた諸葛亮は、ひと月間も滞陣せずに軍を引いたが、敗退したわけではない。つまり諸葛亮自身は、無敗の将帥なのである。

郭淮に率いられた雍州軍が夜陰《やいん》に融《と》けるように移動したとき、諸葛亮も兵を前進させていた。

二十里さきに郭淮の軍がいることを知った諸葛亮は、

「炊煙を昇らせよ」

と、命じた。敵将が凡庸《ぼんよう》であるのか、賢明であるのか、わからないにせよ、この炊煙によって相手の賢愚《けんぐ》がわかる。

「偵騎や間人《かんじん》が走って、わが軍の露営《ろえい》を伝えるでしょう。それを信じて郭淮が軍をとどめて一夜すごせば、夜明けを迎えると同時に、その首は胴から離れるでしょう」

楊儀は愉快そうにいった。

「いや、それはどうかな。郭淮は予想以上の速さできた。逃げ足も、予想以上かもしれない」

諸葛軍は夜道を粛々《しゅくしゅく》とすすんだ。

黎明《れいめい》を迎えるころ、腹ごしらえをしておくように、と諸葛亮は兵を休ませた。敵軍との距離は五里ほどであろう。そう心中で算《かぞ》えた諸葛亮は、前途の景色から夜の翳《かげ》が消えたのを視《み》て、

「戦闘のかまえのまま、前進せよ」

と、命じた。

だが、一時《いっとき》あと、先陣から報告がきた。

「敵軍、急速に、撤退《てったい》す」

「ほう、郭淮は愚人《ぐじん》ではなかったようだ」

諸葛亮がそういうと、楊儀はわずかに首を横にふって、

「臆病《おくびょう》なだけではありますまいか。いま武都郡内の官吏《かんり》は逃げまどっているというのに、助け

る工夫もせず、わが軍をみることもなく逃げた郭淮が、賢人であるとはおもわれません」

と、冷えた口調でいった。

「さあ、それはどうかな。郭淮はわが軍のなにかをつかんだがゆえに後退した。それにひきかえ、われは郭淮の軍について、なにひとつ知らない。追跡して、郭淮から学ぶとしよう」

諸葛亮はわずかな諧謔《かいぎゃく》をこめていい、この日は日没まえに食事と休憩をとらせたものの、夜間の行軍をふたたび敢行《かんこう》した。

だが、翌朝も、郭淮軍の影も形もなかった。

「郭淮の逃げ足の速さは、先主《せんしゅ》（劉備）なみだ」

と、諸葛亮は機嫌よく笑った。すでに武都郡の北端に位置する建威城まできた。この建威をすぎると、天水郡にはいる。天水郡を侵すつもりのない諸葛亮は、

「いまごろ郭淮と曹真は、急使のやりとりをしているであろう。が、わが軍はこれ以上、北上しないので、両者は胸をなでおろすことになろう」

と、いい、別働隊を陰平郡にむけた。

武都郡と陰平郡には、氐《てい》族、羌《きょう》族など異民族の居住区が多くあるので、かれらを刺戟《しげき》しないように攻略しなければならない。そういうこまやかな戦術をもって、諸葛亮は夏までに、二郡の平定を完了してしまった。

「二郡を失ったのか……」

郭淮からの報告に接した曹真は、くやしさをあらわにして嘆息した。昨年、曹休《そうきゅう》が呉を攻めて大敗し、引き揚げてきたあと曹叡《そうえい》に謝罪した。が、自責の念が大きかったのか、背中に悪性のできものができて、逝去《せいきょ》してしまった。いままた西方の二郡を諸葛亮に奪われたとあっては、憂鬱《ゆううつ》さが積み重なるばかりである。

――蜀を攻め潰《つぶ》してやる。

夏のあいだにその意《おも》いがふつふつと煮《に》え立ちはじめた。

この夏は、諸葛亮にとっては快適となった。

二郡を平定するという壮烈《そうれつ》な実績を、兵とともに共有した。

ひさしぶりの成都である。

かれを待っていたのは、劉禅《りゅうぜん》の詔《しょう》である。

「昨年、君は王双《おうそう》の首を斬り、今年は、郭淮を遁走《とんそう》させて、氐族と羌族を降《くだ》し集め、二郡を回復した。君は大任を受け、国家の重鎮《じゅうちん》でありながら、ひさしく挹損《ゆうそん》（謙遜《けんそん》）していたのは、洪《こう》勲《くん》をかがやかせることにならない。いま君を、丞相に復《かえ》す。君は辞退してはならない」

諸葛亮は丞相の位にもどることを辞退しなかった。

家には諸葛喬《きょう》の容姿は消え、かわりに三歳の諸葛瞻《せん》の笑貌《しょうぼう》があった。一家のなかで、子の生死がいれかわったようなふしぎさを感じざるをえない諸葛亮は、微妙にさびしい表情をしている妻の黄氏《こう》にむかって、

「喬は、戦死した者たちを、われに代わってなぐさめにいったのであろう」

と、いった。べつのみかたをすれば、喬は父の身代わりとなって死んだのであり、その死は、諸葛亮にむかって吹く批判の烈風をやわらげたといえる。

こういうときに、呉の使者が蜀の朝廷にきて、孫権《そんけん》が践祚《せんそ》したことを告げた。

とたんに蜀の朝廷内は、議論の声で盈《み》ちた。

蜀の群臣は、漢王朝のみが正統であるという思想をもっている。その論拠《ろんきょ》からすれば、魏の君主が皇帝であることも、呉の君主が王であることも、認定すべきではない。まして呉王が皇帝になったことは、正義から逸脱《いつだつ》しているので、呉との国交を絶《た》つべきである、という声が大きくなった。

だが、諸葛亮はその声をおさえた。

「孫権に僭越《せんえつ》な逆心があることは久しい。わが国がそれを大目にみてきたわけは、掎角《きかく》の援《えん》（魏を前後から攻めるための助力）を求めたためである。もしもいま断交すれば、孫権はわが国を仇《かたき》として必ず深く怨むであろう。そうなれば、わが国はただちに兵を移して、東伐をおこない、呉と争い、呉を併呑《へいどん》してから、中原《ちゅうげん》への進出を議論せざるをえなくなる。とにかく、呉と親睦関係にあれば、魏の全軍がわが国にむかってくることはなく、この利は大きい。ゆえに孫権の僭上《せんじょう》の罪は、まだ明らかにすべきではない」

じつのところ孫権は、劉備が崩御《ほうぎょ》するまえに、群臣から帝位を勧《すす》められたが、辞退してい

た。そのときは、

「漢の王室が滅び去るのを救うこともできなかったのに、どうして漢室と対等の位置につけようか」

と、いった。だが、それからの歳月が孫権の信念を徐々に変質させ、ついにこの年の四月に、黄色の龍と鳳凰《ほうおう》が出現したという祥瑞《しょうずい》を天命の降下《こうか》とうけとって、都の南郊《なんこう》で皇帝の位に即《つ》いた。

——しかし蜀はわれが天子になったことに反発するであろう。

向後《こうご》、蜀との国交にねじれが生じると、それを矯正《きょうせい》するわずらわしさも生ずる。

「さて、どうするか……」

と、孫権が考えている夏のあいだに、蜀から祝賀の使者が到着した。その使者は、衛尉《えいい》の陳《ちん》震《しん》である。ちなみに陳震は、あざなを孝起《こうき》といい、出身は荊州《けい》の南陽《なんよう》郡である。

「やあ、諸葛亮は話せるわい」

陳震を送りだしたのが諸葛亮であることを、百も承知の孫権は、はればれと大声を放った。

さっそくかれは、武昌《ぶしょう》県の壇に陳震をいざなって生け贄《いにえ》の血をすすり、盟約をおこなった。

なお、呉はこの年の八月まで、荊州江夏《こうか》郡の武昌に首都を置いていたが、九月に、江《こう》水下流域にある揚《よう》州の建業《けんぎょう》に遷都《せんと》する。

とにかく孫権は、諸葛亮の配慮がうれしくてたまらなかったのであろう、その盟約において諸葛亮を賛美した。

「諸葛丞相は、その徳化と威声《いせい》とを遠隔《えんかく》の地まで著《あら》わした。国にあっては、主君を戴《いただ》き佐《たす》け、まだ軍を統《す》べて外地へ出征しているが、その信義は、陰陽にも感応《かんのう》を及《およ》ぼし、誠実さは、天地をも感動させる」

孫権は諸葛亮の思想と行動を、信義と誠実さという二語で表現したが、かなり的確であるといってよいであろう。その信義と誠実さは宇宙をもふるわせ、天地をも感動させたほかに、後世の億万という人々の心を熱くさせることを、孫権は予見的に述べたといえるので、さすがの識達《しきたつ》といわざるをえない。

孫権が首都を遷《うつ》すのも、蜀との盟約が固定して、以後、蜀とは争わないと確信したせいではあるまいか。おなじように、諸葛亮も、敵は魏のみである、と軍事的主眼を定めることができた。

諸葛亮は陳震が上首尾で帰ってきたことを知ると、かれを賞するために、城陽亭侯《じょうようてい》に封《ほう》じた。そのあと、一年間、兵を休ませることにした。これは、戦いに勝ったことを実感させるために与えた時間であるといえる。

冬になると、蜀の国民に夫役《ぶやく》を命じた。

漢中郡の丞相府を南《なん》山の麓《ふもと》に移した。南へ移動させたと想《おも》ってよい。ほかに、南鄭《なんてい》県の東に楽《らく》城を、西に漢城を築かせた。

いま蜀は魏を攻めているが、逆に、魏が蜀を攻めることがあると想定しての用心である。

実際、魏では、西方の二郡を蜀に奪われたあと、曹真は報復《ほうふく》の策戦を考えて一年をすごした。新年となって、二月に、曹真は大司馬に、司馬懿《しばい》は大将軍に昇進した。曹休が亡《な》くなったので、軍事を主導するのは曹真と司馬懿のふたりだけとなった。とくに曹真は帝室を輔《たす》ける曹氏と夏侯《かこう》氏の一門の棟梁《とうりょう》でもあり、その点において司馬懿が多少の遠慮をしめしているかぎり、魏の軍事を掌握《しょうあく》しているのは、曹真であるといってよい。ちなみに曹真は人格者であり、かくれた戦功でもみのがさず、私財を割《さ》いてその兵にむくいることもしたので、兵には絶大な人気がある。

初秋、曹真は参内《さんだい》したおりに、皇帝である曹叡に献策をおこなった。

「蜀は連年、雍州に出撃し、国境地帯を侵略しております。それゆえ討伐なさるべきであります。いくつかの道からいっせいに侵入すれば、大勝利を得ることができましょう」

蜀を平定する大きな計画である。

国を挙《あ》げての軍事となれば、曹叡ひとりの判断で、可否を決められない。当然のことながら重臣に諮《はか》った。かれらのなかではっきりと、

「その遠征は、なりませせぬ」

と、反対したのは、司空《しくう》の陳羣《ちんぐん》である。反対する理由はいくつかある。

「昔、太祖《たいそ》（曹操）は陽平関《ようへいかん》まで行き、張魯《ちょうろ》を攻撃なさいましたが、豆と麦を多く収穫して兵

糧の足しになさったにもかかわらず、張魯が降伏せぬうちに食料は欠乏しました。益州《えき》の道は険阻《けんそ》であり、進退はおもうにまかせません。食料を転送すれば、かならず途中で奪われます。多数の兵をとどめて要害を守らせれば、かれらを損失することになります」

見識の高い老臣というべき陳羣の意見をきいて、もっともである、と感じた曹叡は、曹真にむかって、

「遠征は、とりやめるように」

と、さとした。だが、曹真はさきの献策において、自身が率いる主力軍が斜谷《やこく》を通って益州《えき》を攻めることに、陳羣が難色を示したとおもい、

「子午道《しごどう》を通って蜀を攻撃したい」

と、ふたたび上奏文をたてまつった。斜谷よりも子午道のほうが長安《ちょうあん》に近い。

「どうしたものかな」

曹叡はまたしても陳羣に諮らなければならなくなった。陳羣は曹真の遠征そのものに反対しているのであり、どの道を通ってゆけばよい、というものではない。

だが曹真の強い請願をゆるさざるをえなくなり、陳羣の意見書をそえて詔をくだした。

「これで益州は、魏の兵で盈ちることになる」

さっそく曹真は、司馬懿に漢水《かんすい》をさかのぼって漢中にはいってくれるようにたのんだ。漢水は大きく長い川であり、荊州の魏興《ぎこう》郡内をながれるその川をさかのぼってゆくと、漢中郡の東

部にはいる。かつて益州攻めでこの道はつかわれたことがないが、司馬懿であればうまくつかうであろうと曹真はおもった。司馬懿は兵事でしくじったことがない。

曹真自身は子午道をすすむので、この道は国境あたりで漢水にぶつかる。

「南鄭でお会いしましょうぞ」

と、曹真は司馬懿との再会場所を漢中郡の郡府のある南鄭に定めた。

曹真の指示はそれだけではない。ほかの将に兵を率いさせ、斜谷を通らせ、またほかの将に武威《ぶい》を通らせた。諸葛亮が郭淮を追って停止した地がそれである。これが一種の報復戦であることは、それでわかるが、曹真は失った二郡をとりかえすほかに漢中郡を討伐し、それがうまくゆけば益州の深部まで兵をすすめる計画をもっていたであろう。

「大挙して魏軍がきます」

丞相府にいた諸葛亮は、やはりきたか、とあわてず、南鄭の東にある成固《せいこ》県へ移った。成固県に築いた城が楽城であるが、諸葛亮は籠城《ろうじょう》戦などを選ぶつもりはなく、さしあたりそこに本営を置いて情報を蒐《あつ》めた。

いくつかの道を通って魏軍が攻めのぼってきている。だが諸葛亮の態度にはゆとりがあった。

かつて劉備は、益州北部にあって、梓潼《しとう》郡と広漢《こうかん》郡を経《へ》て成都にいたる街道に、土の小城を多く築いた。そういう土の小城は梓潼郡に接する漢中郡にもあり、はっきりいってその土の城ひとつでも、千、万の兵を阻止することができる。なにしろ益州の道は狭くけわしいのである。大軍をもって攻めても、その軍の先頭に立つのは数十人であり、たとえ展開できても、数百人がせいぜいである。つまり曹真が数万の兵力で寄せてきても、実際の戦闘をおこなうのは数百人にすぎない、ということである。

それがわかっている諸葛亮は各地の要害に兵を配し、自身は曹真と司馬懿の軍を撃退するつもりでいた。とくに注目したのは、成固の東にある赤阪《せきはん》で、

——そこが主戦場になろう。

と、予想したので、赤阪に塁《るい》を築かせて兵を籠《こ》めた。また万一にそなえて、李厳《りげん》に二万の兵を率いさせて漢中にこさせた。

さらに張裔《ちょうえい》が亡くなったので蔣琬《しょうえん》を丞相留府長史《りゅうふちょうし》としたが、かれの心づかいはこまやかで、足りない食料と兵を送ってくるので、

「公琰《こうえん》（蔣琬）は、安心して留守《りゅうしゅ》の丞相府をまかせられる者であり、忠誠であり、ともに王業《おうぎょう》を助けるものである」

と、称めた。諸葛亮は成都を発つときに、劉禅に密奏《みっそう》した。

「わたしにもしも不幸があれば、後事は、どうか蔣琬に託されますように」

すなわち成固にあって指麾をとる諸葛亮は、万全の迎撃《げいげき》の陣を布《し》いていた。

つねに諸葛亮の近くにいる岱は、子の岫とともに赤阪の塁の完成をみとどけて帰る途中に、雨に遭《あ》った。その雨は、ふたりが成固に帰ってからもやまないどころか、豪雨《ごうう》になった。

「魏軍はすでに谷にはいっているでしょうから、この雨によって、衣食がながされましょう」

と、岱はいった。実際、魏の諸軍は停止した。尋常な雨ではない。各地に洪水を起こすほどの大雨で、それが三十日以上もつづいた。当然のことながら桟道《さんどう》は断絶し、進路を失った曹真軍は雨中で停滞した。

その惨状を知った陳羣は進言をおこなった。詔がくだり、九月に、曹真は撤退せざるをえなくなった。冷たい雨に打たれたせいであろう、曹真は体調をくずして、洛陽《らくよう》に帰り、翌年の三月に死去する。

司《し》馬《ば》懿《い》

蜀《しょく》という国は、雨によって衛《まも》られた。

いや、仲秋が大雨にならず、実際の戦闘がおこなわれるようになっても、諸葛亮《しょかつりょう》は寄せてくる魏《ぎ》軍を撃退できる、という自信をもっていた。

諸道から魏軍が撤退したと知った諸葛亮は、

「さようか」

と、いっただけで、表情をくずさず、一考したあと、魏延《ぎえん》に使者をだした。益《えき》州の兵は魏軍との戦いにそなえて戦意を高揚《こうよう》させた。ところが戦闘はどこにもなく、魏軍は雨のかなたに消えた。それを知って蜀の将士はほっとしたかもしれないが、せっかく高揚した戦意を萎《な》えさせるのはもったいない、と諸葛亮は考えた。そこで猛将である魏延に、

「雨がやみしだい、羌中《きょうちゅう》に出撃すべし」

と、命じた。

つねづね、丞相《じょうしょう》には勇気がない、となじっている魏延は、この命令を承《う》けて大いに喜び、

「今年の丞相には勇気がある」

と、勇躍《ゆうやく》した。羌中は、羌族が多く住んでいる地域を指しているであろうが、西方から漢中《かんちゅう》郡に侵入しようとしていた魏軍を討て、という命令であろう。

ふしぎなことに、十月になると、雨はぴたりとやみ、それから翌年の三月まで、まったくといってよいほど降雨はなかった。

天空にひろがる冬の光をながめた魏延は、

「よし、ゆくぞ」

と、はつらつたる声を放って、兵をすみやかにすすめた。この軍は、魏の後《こう》将軍の費瑤《ひよう》（費《ひ》曜《よう》）と雍《よう》州刺史《しし》の郭淮《かくわい》に迎え撃たれた。だが、魏延の将器は、予想以上に巨《おお》きく、陽谿《ようけい》という地で戦ったのだが、魏の二将の軍を撃破した。

ひごろ大口をたたいている魏延の実力は本物であった。

捷報《しょうほう》とともに帰ってきた魏延は、前《ぜん》将軍・征西《せいせい》大将軍・仮節《かせつ》に昇進し、南鄭《なんてい》侯に封《ほう》ぜられた。南鄭県という漢中郡でもっとも重要な県が、魏延の領地になったのである。

魏延の快勝は、諸葛亮の着眼《ちゃくがん》のよさがもたらした、といったほうが正しいであろう。

にぎにぎしく魏延が兵とともに漢中に帰還したあと、諸葛亮はひとつの書翰《しょかん》をうけとった。

差し出し人は、李厳《りげん》である。

岱《たい》は人への好悪《こうお》をはっきりいう男で、李厳に関しては、

「あの人は好かぬ。悪人ではないが、功利《こうり》主義がみえます。主はどうして李厳どのを優遇《ゆうぐう》なさるのですか。そろそろ成都《せいと》へ帰還させたらよろしいのに」

と、はっきりいった。

秋のあいだに漢中に招いた李厳を、諸葛亮は晩冬《ばんとう》になっても帰さず、しかもかれにたいして必要以上の気づかいをしているように、岱にはみえた。

「いや、李厳を帰すわけにはいかぬ。明年があるからな」

と、諸葛亮はいった。

「ああ、さようですか……」

明年がある、とは、明年に出師《すいし》がある、と岱にはすぐにわかった。諸葛亮が諸将を率いて出撃すれば、漢中は空《から》になる。ゆえに李厳に漢中を守らせる、ということであろう。

諸葛亮は李厳からきた書翰を読んで、すこしいやな顔をした。

「どうか丞相は、九錫《きゅうしゃく》を受け、爵位をすすめて王と称するべきである」

主旨は、そういうことであった。

九錫とは、特別に功績のあった臣下に、天子から賜《たまわ》る物である。かつて曹操《そうそう》が公《こう》となるまえに献《けん》帝から九錫を下賜《かし》されて、公国を建てた。それがほどなく王国となった、ということが重要で、李厳はそのあたりを直截《ちょくせつ》的にいった。

李厳は永安宮《えいあんきゅう》で罹病《りびょう》した劉備《りゅうび》の近くにいて、劉備の死後に、自身の手が政柄《せいへい》をつかむと夢想したが、諸葛亮の到着によって、半歩しりぞいた。その後、即位した劉禅《りゅうぜん》の器量を冷静に視《み》て、

——この皇帝のもとでは蜀は滅亡する。

と、予想した。蜀を滅亡させないためには、諸葛亮が公となり、さらに王となってから、劉禅の禅譲《ぜんじょう》を受けて皇帝となるしかない。その王朝で、李厳は宰相《さいしょう》となるつもりなのであろう。

「李厳は、われをわかっておらぬ」

と、いった諸葛亮は、さっそく返書をだした。

「わたしと足下《あなた》は知りあってからずいぶん経《た》ちますが、まだ理解しあえていないようです。あなたはわたしが九錫を受けて国を輝かすべきだと誨《おし》えてくれました。そこで、どうしても黙っていられなくなりました。わたしはもともと東方の下士《かし》にすぎなかったのに、先帝に誤用《ごよう》されて、位《くらい》、人臣を極《きわ》め、禄《ろく》は百億を賜るようになりました。ところが賊である魏《ぎ》の討伐はいまだに効果がなく、先帝の知遇《ちぐう》にお答えできておりません。古昔《こせき》、斉《せい》の桓《かん》公と晋《しん》の文《ぶん》公は天子より九錫を賜りましたが、その両者に比《くら》べられ、坐《すわ》ったままでなにもせず、尊大《そんだい》にかまえているのは、義とはいえません。もしも魏を滅ぼして曹叡《そうえい》を斬り、わが皇帝が洛陽《らくよう》の故居《こきょ》にお還《かえ》りになり、諸君とともに昇進するのであれば、わたしは十命《めい》でも受けましょう、まして九などを辞退しましょうか」

ここに書かれた十命とは、九錫の錫とほぼおなじ意味で、天子から与えられる物や爵位のこ

とであろう。

とにかく諸葛亮は李厳の早計と誤解をたしなめたといえる。

年があらたまると、岱と岫《しゅう》を呼んだ諸葛亮は、設計図をみせて、

「こういう物を作るように」

と、いいつけた。

「牽引車《けんいんしゃ》でございますね」

「そうだ」

「一輪車ですが、脚が四本あります」

「木の牛に、兵糧《ひょうろう》を運んでもらうことになる」

出師のたびに困難をきわめるのが、兵糧の輸送である。二輪の車が通る道はほとんどない。それゆえ兵は食料の袋をかついで出征したが、それではすぐに食料不足におちいってしまう。せめて兵がそれぞれ自分の一年分の食料を運ぶことができないか、と考えて、諸葛亮が発明したのが、

「木牛《もくぎゅう》」

である。設計図を渡された岱と岫はすぐにとりかかり、十日もしないうちに完成した。それを牽《ひ》いてみた諸葛亮は、善《よ》し、といい、数人の部隊長を集めると、山の麓《ふもと》にゆき、木牛をみせて、これとおなじ物を月末までに、各兵に作らせるように、と命じた。

ついで、諸葛亮は李厳を招いて、

「あなたは中都護《ちゅうとご》のまま漢中留府《りゅうふ》の諸事を統括《とうかつ》し、軍需物資の輸送を総監《そうかん》してもらいたい」

と、いった。李厳は表情を変えず、

「まもなく、遠征ですか」

と、問うた。が、その口調に幽《くら》さがある。

——この人は、戦地へ征《ゆ》きたいのか。

諸葛亮はそんなことを考えながら、

「征路は、祁山道《きざんどう》です」

と、おしえた。蜀が武都《ぶと》郡と陰平《いんぺい》郡を併呑《へいどん》したことによって、雍州への出撃がずいぶん楽になった。

「そうですか……、ところで、それがしは改名しました。厳を改め、平《へい》としました」

以後、李厳は李平となるが、改名の理由はさだかではない。

夕《よる》、丞相府から兵舎へ帰る諸葛亮は、御者《ぎょしゃ》の岱に、

「李厳、いや、李平にはわからぬところがある」

と、苦笑をまじえていった。が、岱は笑わずに、

「あのかたは、もとはなまけものなのです。人がふつうの道を歩くとき、かならず近道をみつけます。ゆえに、ときどき姿をくらますので、わからぬところが生ずるのです」

と、はっきりいった。

「これはおどろいた。そなたは一流の人物鑑定人だな」

「なまけ癖《ぐせ》のある人は、わかりますよ。そういう人は、その悪癖をさとられないように頭をつかうものです」

「ますますおどろいた」

諸葛亮は李平に関してはおなじような感想をもっている。

二月のはじめに、全軍の兵の半分が木牛をもったので、諸葛亮は、

「いざ――」

と、出撃を告げた。

率いる将《しょう》は、魏延、高翔《こうしょう》（高詳《こうしょう》と同一人か）、呉班《ごはん》、王平《おうへい》などである。かれらは歴戦の勇将である。

さきの街亭《がいてい》の戦いで、ただひとり、敗色のなかを悠然《ゆうぜん》と退去してきた王平の戦術眼をとくに尊重した諸葛亮は、かれの位を討寇《とうこう》将軍にすすめ、亭侯《ていこう》に封じた。あえていえば、このときの諸葛亮軍は、天下最強である。

武都郡の北端にある建威《けんい》をすぎると、雍州の天水《てんすい》郡にはいる。

この道は、諸葛亮が最初に北伐を敢行《かんこう》した祁山道である。

諸葛亮に近侍《きんじ》している楊儀は、祁山を遠望すると、

「武都郡が蜀に属したことで、祁山は国境に近づきました。当然、魏は祁山の防備を厚くしたでしょう」

と、いった。それを承知で、祁山の要塞《ようさい》をお攻めになりますか、と暗に諸葛亮に問うた。

「門前で、ひと声吼《ほ》えておくと、番犬は飛びだしてくるものだ」

そういった諸葛亮は、祁山攻めを諸将に指示した。

はたして祁山の要塞から急使が洛陽にむかって駛《はし》った。

急報をうけた曹叡は、愁眉《しゅうび》をみせた。不幸なことに、魏の軍事をつかさどっている曹真《そうしん》は病《びょう》牀《しょう》にある。すると、国家の命運にかかわる軍事をまかせることができる将軍は近くにいない。

「司馬懿《しばい》を呼ぶしかない」

曹叡の意を承《う》けて、使者が洛陽から南陽《なんよう》郡の宛《えん》県へ急行した。

「うけたまわった」

司馬懿が宛にいるのは、おもに呉《ご》との攻防にそなえてのことであるが、呉への警戒はあとまわしにするしかない。

曹叡は司馬懿を信頼しており、その顔をみると、

「西方の兵事は、わが国にとって重い。君でなければたのめる者はいない」

と、いい、司馬懿を将帥《しょうすい》とし、その下に張郃《ちょうこう》、費曜《ひよう》、戴陵《たいりょう》、郭淮《かくわい》などの将を配した。

すぐさま司馬懿は将士を率いて西行し、ひとまず長安《ちょうあん》にはいった。さっそく費曜と戴陵を招

いた司馬懿は、

「兵四千をさずけるゆえ、上邽《じょうけい》の城を守るべし」

と、命じた。

上邽は天水郡の東部にある重要な県である。諸葛亮軍が祁山の攻撃をやめて北上すれば、かならず上邽にむかう、と司馬懿は読んだ。

二将を先発させた司馬懿は、

「われらは祁山の救援にむかう」

と、いって、長安をでた。

ほどなく張郃は、

「わたしに兵を分けてもらい、雍と郿《び》の二県を守りたいのですが……」

と、めずらしく弱気なことをいった。

雍と郿はいずれも扶風《ふふう》郡にあって、渭水《いすい》の北岸域に位置している。諸葛亮軍が上邽にいる魏軍に阻止されて東進をためらっていれば、張郃を前線からさげてもかまわない。

――だが、いまはそのときではない。

と、司馬懿はおもった。そこで、

「前軍だけで蜀軍の動きを鈍《にぶ》らせることができれば、将軍の考えも、よかろう。しかし前軍が苦戦するようであれば、こちらを二分して前と後としたとき、これは昔の楚《そ》の三軍とひとしく、黥布《げいふ》にやられたとおなじ状態になる」

と、叱《しか》るようにいい、これ以上、軍を分けなかった。

ところで楚の三軍と黥布の戦いは、前漢《ぜんかん》のはじめ、劉邦《りゅうほう》の天下平定がほぼ成ったあとにおこなわれた。もともと黥布は犯罪者であり、一時期、劉邦の事業を助けた。しかしながら、

「われも皇帝になりたいわい」

と、うそぶいた黥布は、叛逆した。政府側の楚軍は三つに分かれて黥布軍を攻めたが、一軍が敗れると、あとの二軍は逃げ散ってしまった。

――わが軍も、そうなりかねない。

と、張郃におしえた司馬懿は、諸葛亮をあなどらなかった。

かつて襄陽《じょうよう》を攻めてきた諸葛瑾《きん》らの呉軍を破り、また謀叛《むほん》を起こした孟達《もうたつ》を速攻で滅ぼした司馬懿であるのに、おのれの功を誇らず、敵将をみくびらず、慎重で用心深かった。

司馬懿と張郃らが西行しているころ、祁山攻撃をきりあげた諸葛亮は、軍を割《さ》いて王平にさずけ、

「祁山を見張っていてくれ」

と、残留させた。

蜀軍は北上を開始した。諸葛亮はこの軍に攻城用の大型兵器を帯同《たいどう》させなかった。軍の機動性を重視した。したがって城攻めをおこなわず、敵の主力軍と、なるべく起伏のすくない地で

戦うことにした。諸葛亮がそういう戦術で戦場にのぞもうとしていることを、司馬懿は予想せず、城の守りに将士をまわしたのは、少々むだであった。

諸葛亮の軍は西《せい》県の近くをすぎて、東北へすすみ、上邽のほうへむかった。

偵騎および先陣をあずかる魏延の使者が本陣に報《しら》せた。

「前方に敵陣あり」

その敵陣の将が郭淮と費曜らであることを知った諸葛亮は、

――ここでは、用心は要《い》らない。

と、速断し、魏延には、当たってみよ、といった。

「承知した」

と、喜悦《きえつ》した魏延は、兵とともにまっすぐに敵陣にむかった。まえに述べたように、魏軍では騎兵が充実している。かれらは馬上から矢を放ちながら、蜀軍に襲いかかった。だが、蜀兵の弩《ど》は改良された連発式であり、数倍の威力がある。たとえば二千の弩があれば、五、六千の敵の騎兵を倒すことができた。

すでにいちど魏延と戦って敗退した郭淮であるが、昨年とちがって今年は、うしろに魏の主力軍がいるというおもいがあるので、ひるまずに突進した。

「あいかわらず頭をつかわぬ男だ」

と、郭淮を嗤《わら》った魏延は、濛々《もうもう》たる砂塵とともに疾走《しっそう》してくる魏の騎兵隊を、弩の矢で迎え撃った。弩は弦《げん》を引くのに時間がかかるので、そこから間断なく矢を発射するのはむずかしい。ところが諸葛亮はそういう欠点をなくした。

郭淮と費曜の騎兵隊は、蜀軍の陣に突入するまえに、矢の雨にさらされて、潰滅《かいめつ》した。それをみた魏延は、

「すすめや――」

と、みずからも馬に乗り、騎兵の小隊を率いて、乱れた敵陣を撃破した。

諸葛亮軍は、魏の先遣《せんけん》隊をかるがると一蹴《いっしゅう》して、上邽に近づいた。

あたりには麦畑が多い。すぐに楊儀《ようぎ》が、

「実った麦をもらいましょう」

と、いった。うなずいた諸葛亮は、上邽一帯の麦を刈らせて、自軍の兵糧に加えた。ほどなく、

「魏軍接近――」

という報せがはいったので、諸葛亮は整然と布陣した。

――司馬懿が将帥か……。

曹真が相手であるとおもっていた諸葛亮は、それだけが意外であった。

――明後日には、決戦となるか。

諸葛亮はそう予想して、魏軍の出現を待った。

だが、二日どころか、三日、四日と経《た》っても、魏軍はあらわれなかった。

「魏軍はどこに消えたのか」

偵察の兵が走りまわり、ようやく魏軍の実態をつかんで、諸葛亮に報告した。なんと司馬懿は兵をまとめて要害にかくれたという。戦いといえば、かならず相手を呑《の》んでかかるような勢いをみせる司馬懿が、諸葛亮の布陣を遠望しただけで、おびえたように兵を停止させただけでなく、交戦をひかえさせた。

「さようか……」

と、いった諸葛亮は、堅牢《けんろう》な営所を造らせなかった。堅陣《けんじん》を形成すると、よけいに敵軍は出撃しない。防備をうすくみせて、諸葛亮は敵を誘ったのである。

それでも司馬懿は動かなかった。要害のなかで、

「盛壮《せいそう》な陣にふれる者は、死ぬ……」

などと、つぶやいていた。

「待てどもこぬか」

苦笑した諸葛亮は、軍を後退させた。

「追おう——」

ようやく司馬懿は要害からでた。そろそろと蜀軍を追跡した魏軍は、鹵《ろ》城にはいった。すかさず張郃が進言した。

「敵はわが軍が戦わぬとおもいこんでいます。そこで奇襲の隊を編制して、敵の背後を衝《つ》きましょう」

「いや、それは——」

と、いった司馬懿は、その策を採《と》らなかった。またしても、追跡をはじめた。やがて、祁山に近づいた。

「あそこが、よい」

司馬懿は山に登って、塹《ほり》を掘らせた。営所を造って、蜀軍の攻撃にそなえた。

上邽からここまで、蜀軍を追ってきただけで、いちども戦わなかったので、不満をおぼえた賈栩《かく》、魏平《ぎへい》などの将は、司馬懿にむかって、

「公は、蜀軍を虎のように畏《おそ》れておられます。これでは、天下のもの笑いになりましょう」

と、強く訴えるようにいった。

「そう、りきむな」

司馬懿は諸将をなだめたが、なだめきれなかった。

——そこまで戦意がそろっているのであれば……。

司馬懿は、蜀軍がふたつに分かれていることに目をつけ、張郃を王平の陣へむかわせた。司馬懿自身は正面から諸葛亮軍に戦いをいどんだ。

「ようやく、きたか」

諸葛亮は自軍を有利な地にとどまらせることなく、敵軍を誘いつづけてきた。とうとう司馬懿と属将がそれに乗ってくれたのである。

ここでの戦いは、両軍がいっさい奇策を弄《ろう》せず、正々堂々たる戦闘となった。が、最初から蜀軍が優勢であり、それは先陣を指麾《しき》する魏延の優秀さであるともいえた。

時が経つにつれて、魏軍の敗色が濃厚になった。

——負けたな。

司馬懿は全身で敗北をさとった。司馬懿は戦い巧者《こうしゃ》であり、生涯の戦歴を通覧《つうらん》してみても、敗戦はここだけである。

これほどすごみのある戦いかたをする諸葛亮が、先年の街亭《がいてい》の戦いでは、なぜ凡庸《ぼんよう》な馬謖を起用したのか、とふしぎさを感じながら、司馬懿は後退しはじめた。

本陣がさがったとなっては、魏軍の勝ちはない。

勢いを増した蜀軍は大勝した。取った首級は三千である。そのほか鉄製の鎧《よろい》が五千、弩が三千百も、蜀軍の取得物《しゅとくぶつ》となった。

司馬懿は営所に逃げ帰った。

逃げ帰ったのは張郃もおなじで、王平の陣をどうしても破れず、司馬懿の負けを知って、あわてて引き揚げた。

諸葛亮は追撃の将士に、深追いをさせなかった。

自軍の陣を整え直した諸葛亮は、二、三度、司馬懿のいる営所を攻めた。が、その攻撃に本《ほん》気《き》がないと感じた楊儀は、

「ここでの咆哮《ほうこう》は、番犬をつかっている主人を引きだすためですか」

と、問うた。だが、諸葛亮は笑っただけで答えず、二日後には、軍をふたたび北上させた。

その道は、かつて馬謖がすすんだ道である。営所にいる司馬懿は蜀軍を追わなかったが、張郃に一軍を与えて、略陽《りゃくよう》のほうにむかわせて、蜀軍を牽制《けんせい》させた。

しかしながら、司馬懿に引率された魏の主力軍でも勝てなかった蜀軍に、一軍しかもたない張郃が挑戦できるはずがない。司馬懿から命じられたことは、蜀軍を見張れ、ということであり、戦え、とはいわれていない。それゆえ張郃は蜀軍から離れた位置を保った。

ところで略陽のほうにむかった諸葛亮の意図《いと》はなんであったのか。略陽をすぎて東北にむかえば、馬謖が大敗した街亭がある。そこもすぎれば、扶風郡にはいり、川ぞいの道をすすむと、陳倉《ちんそう》の近くに到る。ただし諸葛亮が目的地をあきらかにしなかったので、この進路には深《しん》謀《ぼう》がかくれたままになった。というのは、諸葛亮は略陽の手前で引き返したからである。

夏から秋にかけて、雨が多い。

李平が管轄《かんかつ》している兵糧など軍需物資の輸送が、とどこおりがちになった。

こういうときに、李平から派遣《はけん》された馬忠《ばちゅう》が本陣に到り、輸送がつづかないため帰還すべし、という李平の要望を伝えた。この要望は、上表すると、皇帝の命令に変わる、と示唆《しさ》した。

「そういうことであれば――」

諸葛亮は軍を帰還すべく、祁山道をめざした。

報告のために司馬懿のもとにもどった張郃は、おもいがけない命令をうけた。

「無傷でいるのは、そなたの軍のみだ。帰国する蜀軍を追撃せよ。相手は背をむけて帰る兵だ、うしろから襲えば、重傷を負わせることができよう」

張郃は顔色を変えた。

「城を包囲するときには、かならず退路をあけておく。撤退する軍は、追ってはならない。それが兵法における常識です」

「いや、あの蜀軍は、いそいで帰還しようとしている。国に変事があったか、兵糧が尽きかかっているか、どちらかだ。われらは一矢報《いっしむく》いなければ、おめおめとは帰れぬのだぞ」

司馬懿の厳命《げんめい》に従わざるをえなくなった張郃は、一軍を率いて追跡し、西県の東南に位置する木門《ぼくもん》にさしかかった。

「うるさい男よ」

諸葛亮は伏兵に弩《ど》をもたせて待機させた。やがてその弩から放たれた矢は、張郃の右膝《ひざ》に中《あた》り、かれを薨《こう》じさせた。

これは、張郃が戦死するように、あえて司馬懿がしむけたようにみえる。

諸葛亮との戦いの実態を、張郃によって逐一《ちくいち》皇帝に報告されるのはまずいという政治的感覚が司馬懿にはたらいたのであれば、諸葛亮軍を追うように厳命した意思には、権力に手をかけている者の狡猾《こうかつ》さがあったといわざるをえない。

おなじように、漢中郡に帰着した諸葛亮も、狡猾さに直面した。

いぶかしげに諸葛亮を迎えた李平が、

「兵糧は余っており、なんの不足もなかったのに、どうしてもどってこられたのでしょうか」

と、ことさらおどろいてみせ、すぐに劉禅に上表をおこなったのである。

——この男は、いったい、なにをいっているのか。

諸葛亮は呆然《ぼうぜん》とした。あとになって、李平がおこなった上表の内容を知って、おどろくというよりあきれかえった。

「諸葛亮の軍は、いつわってしりぞき、それによって敵を誘って戦おうとしております」

諸葛亮は敵将の司馬懿と肚《はら》を合わせて蜀を攻めようとした。李平はそのように成都《せいと》にいる劉禅に訴えた。

「李平はわれを失脚させて、丞相の席に就《つ》きたいのか」

弁明のために成都に帰る諸葛亮は、楊儀にそういって、微笑した。楊儀は嚇怒《かくど》している。

「李平はなまけていたのです。軍需物資を戦地に送ることをおこたっていたので、あなたさまに罰せられることを恐れ、あなたさまに罪をなすりつけたのです。李平の使いとして馬忠のほかに成藩《せいはん》も、李平の書翰をたずさえてきました。かれらの伝言とそれらの書翰を朝廷に提出すれば、ことの是非《ぜひ》はすぐにあきらかになります」

李平に大きな欲があって詐妄《さぼう》をおこなったのではない、と楊儀はみている。その点、諸葛亮も同意見であったので、きつくない弁明をおこない、李平の違背《いはい》をあきらかにした。

「わたしが悪かった」

李平は頭をさげて詫びた。

そこで諸葛亮は上表をおこない、李平を庶民に落とし、梓潼《しとう》郡へながした。のちに李平は、諸葛亮が亡《な》くなると、失望して病死した。落としたのが諸葛亮であれば、拾ってくれるのも諸葛亮である、と信じていたからである。

五丈原《ごじょうげん》

蜀《しょく》軍の捷報《しょうほう》は、呉《ご》の孫権《そんけん》に伝えられた。

「ほう、諸葛亮《しょかつりょう》は魏《ぎ》の司馬懿《しばい》に勝ったのか」

帝位に即《つ》いてからの孫権は、晩年にさしかかったということもあり、活発な軍事をおこなっていない。

ふたりの将軍（衛温《えいおん》と諸葛直《ちょく》）に命じて、蓬萊《ほうらい》の神山と仙薬《せんやく》のある島（おそらく日本）を捜させたのは、不老不死に関心をもちはじめた証左《しょうさ》であろう。しかしながらふたりの将軍は、その島を発見することができずに帰還したため、怒った孫権はふたりを獄に下して誅殺《ちゅうさつ》した。そういうあつかいをみても、このころから孫権の精神は徐々《じょじょ》にねばりを失ってゆく。

蜀軍が魏軍を破ったと知った孫権は、呉がなにもしないことを多少は恥《は》じたようで、中郎将《ちゅうろうしょう》の孫布《そんふ》に、

「魏に降《くだ》るとみせて、魏将に迎えにこさせよ」

と、命じた。

三年まえに孫権は鄱陽太守《はようたいしゅ》の周魴《しゅうほう》をつかって、手のこんだ詐術《さじゅつ》をおこない、魏の要人《ようじん》である曹休《そうきゅう》をおびき寄せた。それがうまくいって呉軍は魏軍をさんざんに殴撃《おうげき》した。以後、魏を攻めても成果があがらないとみた孫権は、ふたたび魏将をあざむくという手段をつかった。

狙いを魏将の王淩《おうりょう》とした。

王淩は、かつて董卓《とうたく》を謀殺した司徒《しと》の王允《おういん》の甥《おい》にあたる。曹操《そうそう》に認められて丞相《じょうしょう》府の属官となり、曹丕《そうひ》が皇帝になると、兗《えん》州刺史《しし》に任ぜられたあと、建武《けんぶ》将軍となった。

「王淩が、阜陵《ふりょう》まで迎えにきます」

孫布からそう報《しら》された孫権は、大軍を率いて首都の建業《けんぎょう》を発《た》った。阜陵は建業の西に位置している。さほど遠くはない。すでに十月である。寒風がながれる江水《こうすい》を渡った。

阜陵に大軍を伏せた孫権は、王淩と魏兵の到着を待ちうけた。

ところが王淩はのちに司空《しくう》から太尉《たいい》に昇るほどの才器であり、さらに魏の王朝にとって危険な権力者になるころの司馬懿と戦う胆力《たんりょく》をそなえている。阜陵にむかって軍をすすめるうちに、

——怪しい。

と、感づいて、すばやく後退した。

呉の戦略としてはこれは小細工《こざいく》にすぎず、うまくいったところで称《ほ》められたものではない。さらに敵将に逃げられたとあっては、この出陣は空費《くうひ》となった。

呉と蜀の両国は同盟関係にあるといっても、迅速《じんそく》な連絡をとりあって、魏にむかって同時に出撃するということはできなかった。

しかしながら、蜀の諸葛亮が司馬懿を西方に釘《くぎ》づけにしたのであれば、司馬懿をしのぐ賢智《けんち》の将《しょう》は魏におらず、もしも孫権が天下平定という意望を失わずにいたのであれば、この年から軍を北上させても、さまたげられる危険はすくなかったのではあるまいか。その戦略に小細工は必要なかったとおもわれるが、どうであろう。

ところで、諸葛亮の兄の諸葛瑾《きん》は、孫権に厚遇されたひとりである。孫権が帝位に即《つ》いたあと、諸葛瑾は大将軍・左都護《さとご》に任ぜられた。かれの長男の諸葛恪《かく》も、名が高くなっていた。

諸葛瑾は面長《おもなが》で、その貌《かお》は驢馬《ろば》のそれに似ていた。あるとき、孫権は群臣を集めた席上で、一匹の驢馬を牽《ひ》いてこさせた。さらにその驢馬にふだを吊《つ》るして、

「諸葛子瑜《しゆ》」

と、書かせた。子瑜が諸葛瑾のあざなであることを知らない群臣はいない。このからかいには、孫権が諸葛瑾にたいしていだいている親密さがひそんでいるとはいえ、いたずらがすぎるといえなくない。群臣はひそひそと嗤《わら》った。

いたたまれなくなった諸葛恪は、孫権にむかってひざまずき、

「どうか筆で、二字書き加えることを、お許しください」

と、いった。すぐに筆を与えられた諸葛恪は、文字の下につづけて、

「之驢《のろば》」

と、書いた。それをみた一座の者は、どっと笑った。孫権もその機知《きち》に感心し、驢馬を諸葛恪に下賜《かし》した。

孫権は才気煥発《さいきかんぱつ》である者を好む。その点で、諸葛恪は孫権に高く評され、ますます重用《ちょうよう》されるようになった。しかしながら、父の目はそれとはちがった。みなが非凡と称める恪の才気には、徳が欠けているとみた。それゆえ諸葛瑾はつねづね恪を嫌い、

「恪はわが家を安寧《あんねい》に保つことができないであろう」

と、愁《うれ》いの声を幽《くら》くもらすことがあった。

一方、諸葛亮のあとつぎの諸葛瞻《せん》は、まだ五歳である。めずらしく、この冬を成都《せいと》ですごすことになった諸葛亮は、わが子を、目を細めてながめた。瞻とは、上を視《み》ることであるから、向上心をなくさないようにという親心が、その名にこめられているのであろう。諸葛亮は自分の子を観察して、大器にならないかもしれないが、小器にはならない、と安心した。人格形成の根幹にあるのは、素直さである、とおもっている。

——瞻には、それがある。

と、諸葛亮は感じ、瞻の傅育《ふいく》にかかわっている斉方《せいほう》、斉仄《そく》という父子に礼をいった。素直さといえば、皇帝の劉禅《りゅうぜん》にもそれがある。劉禅は二十五歳になるが、諸葛亮に相談することなく大事をおこなってはならない、という父の遺言《ゆいごん》を守りつづけている。

「そうだ、主上に都江堰《とこうえん》をごらんになっていただこう」

灌漑《かんがい》のために造られた都江堰は、古くは戦国時代のものであったが、後漢《ごかん》の時代にいちど改修工事がおこなわれた。諸葛亮はそれを整備しなおした。それによって蜀は、飢饉《ききん》知らずの沃野《よくや》になったといわれる。諸葛亮の水利事業は後世の者に絶賛されることになる。

諸葛亮は劉禅に随行して成都の西にある都江堰を巡視したが、そのまえに馬忠《ばちゅう》を大きく動かした。

諸葛亮が蜀の主力軍を率いて外征すると、蜀の国内で叛乱を起こす異民族がある。汶山《ぶんざん》郡の羌《きょう》族がそれであり、牙門将《がもんしょう》である張嶷《ちょうぎょく》が鎮討《ちんとう》にむかったが、諸葛亮は張嶷を監督させるべく、馬忠を遣《や》った。

――ふしぎに馬忠には異民族を鎮《しず》める力がある。

敵対する者の心を攻める、それが上策である、といったのは馬謖《ばしょく》であるが、馬忠はそれができた将であろう。はたして馬忠は、年内に汶山郡の叛乱を鎮討してしまった。

なお、その後の馬忠についていえば、その功績はかがやかしい。

南中を統轄《とうかつ》していた李恢《りかい》が亡《な》くなったあと、後任の庲降都督《らいこうととく》として赴《おもむ》いた張翼《ちょうよく》が法に厳格であったため、それを嫌った蛮族の大首長である劉冑《りゅうちゅう》が叛乱を起こした。

治めるとは、法を尊重することだ、という思想をもっている諸葛亮は、法をよりどころにしていた張翼に同情的であったが、乱が大きくなると呼びもどして、馬忠をかわりに遣った。

馬忠は乱の首謀者である劉冑を斬り、南中を平定した。そこで諸葛亮は馬忠に監軍《かんぐん》・奮威《ふんい》将軍を加え、博陽亭《はくようてい》侯に封建した。

もともと南中を統轄するのが庲降都督であるが、建寧《けんねい》郡が治めにくいということで、府を建寧郡より北の平夷《へいい》県に置いていた。馬忠がその県より南下したことで、ようやく庲降都督の府を、建寧郡東北部の味《み》県に移せるようになった。

さらに馬忠は太守《たいしゅ》の張嶷を率いて、隣接《りんせつ》する越嶲《えっすい》郡を鎮定した。越嶲郡は、諸葛亮が南征をおこなった際に、政府に順服するかたちになったが、官軍が帰還すると、ふたたび叛逆して、以後、政府が制御《せいぎょ》できなくなっていた。その無法状態を馬忠は張嶷とともに匡《ただ》したのである。

馬忠は将としてすぐれているので、当然のことながら、武徳をそなえている。威厳《いげん》もあったにちがいないが、かれの本質にはどうやら寛容《かんよう》があった。怒りを顔にだしたことがなかった。蛮夷《ばんい》の民は馬忠を畏《おそ》れながらも愛した。それゆえ馬忠が亡《な》くなったとき、かれらは葬儀場にやってきて、涙をながし、哀悼《あいとう》をつくした。

馬忠をみいだしたのは劉備《りゅうび》であるが、その人格を育てたのは諸葛亮であろう。

時をもどす。

馬忠と張嶷が汶山郡の羌族を討ってくれたので、諸葛亮は治水や農政に意識をむけることができた。

翌年、兵を休ませることにした諸葛亮だが、自身は休んでいるひまはない。成都をあとにし

て漢中郡《かんちゅう》へむかった。途中、岱《たい》に、

「南鄭《なんてい》から遠くないところに、農耕にふさわしい地がないか、捜してくれ」

と、いいつけ、諸葛亮自身は南鄭より西の漢城にはいった。岱は子の岫《しゅう》とともに馬を走らせて農地を捜した。三日後に帰ってきたふたりは、

「東に黄沙《こうさ》という地があります。農耕にふさわしいのは、そこでしょう」

と、報告した。

みずから黄沙を検分《けんぶん》した諸葛亮は、

「よし、ここで兵たちに、農耕を教えよう」

と、いい、兵を集めて農業の指導にあたった。荊州《けい》の襄陽《じょうよう》と隆中《りゅうちゅう》にいたときから、諸葛亮は農産にくわしかった。

だが、岫は首をかしげてその光景をながめながら、

「兵に武器をもたせて教練《きょうれん》するまえに、耒《すき》や鍬《くわ》をもたせたのは、なぜでしょうか」

と、父に問うた。岱は笑い、

「主はつぎの戦いをお考えなのだ。つまり、一年をこす長期戦となる。蜀軍はせっかく勝っても、兵糧《ひょうろう》不足で引き揚げる事態が多い。そこで、つぎの戦いは、兵糧の輸送をあてにしないで、滞陣《たいじん》できるようにしたい。主はそうお考えなのだ」

と、教えた。

やがて季節が変わると、諸葛亮は設計図を岱と岫にみせて、

「これを造るように」

と、いいつけた。すぐに岫が、

「木牛《もくぎゅう》とちがって、これは手押しの一輪車です。幅は木牛よりせまいので、馬といえましょうか」

と、父にむかっていった。

「昨年、主は木牛をおつかいになったのに、なぜあらたに木の馬が要《い》るのか。考えてみよ」

岱は岫に熟考させるために、黙っていた。なおこの木の馬は、すぐに流馬《りゅうば》とよばれるようになった。

設計図を凝視《ぎょうし》していた岫は、ひらめきを得たのか、目をあけた。

「わかりました。主は昨年とはちがう道、昨年よりけわしい道を選んで出撃なさるのですね」

「そういうことだ。主はこれまで四度遠征なさっている。最初が祁山道《きざんどう》、二度目が故道《こどう》、三度目はまた祁山道、四度目も祁山道だ。今度はそのいずれでもあるまい」

「祁山道と故道には、ほかより平坦な道がつづくので、あらたな輸送車を必要としません。きっと斜谷道《やこくどう》ですよ」

岫はそう予想して、父とともに流馬を完成させた。さっそく諸葛亮はその流馬を兵にみせて、おなじ物を造るように、と命じた。

兵がその作業を終えると、ようやく諸葛亮は教練をおこない、演習までできるようになった。激闘をおこなった軍には、息をととのえる時間が必要であろう。

諸葛亮が黄沙において兵とともにすごした年もそれにあたるが、翌年も、軍事にかかわらなかった。行政と農政に専念したといってよい。

ただし同盟国である呉の動向をうかがった。

孫権は奇妙なことにとりつかれていた。

北辺《ほくへん》の州を幽《ゆう》州といい、そのなかの遼東《りょうとう》郡は、魏《ぎ》に従属しているようにみせて、じつは独立国といってよく、太守の公孫淵《こうそんえん》は国王にひとしかった。よけいなことかもしれないが、倭《わ》の女王である卑弥呼《ひみこ》は、魏へ使者を送りたくても、途中に公孫淵の国があるため、それができず、この国が滅亡するまで待たなければならなかった、といわれる。とにかく孫権は公孫淵と結ぶべく、使者を往復させた。それに応《こた》えた公孫淵は、

「あなたさまにお仕えしたい」

と、冬に、使者をよこし、貂《てん》の毛皮と馬を献上してきた。

大いに喜んだ孫権は、春になると、その使者を送りかえすついでに、重臣三人に一万の兵を属《つ》け、さらに財宝珍貨と九錫《きゅうしゃく》を公孫淵にさずけようとした。

この決断に、呉の朝廷の大臣たちは反対し、

「どうしても使者をお遣りになるのなら、役人に数百人の兵を属けるだけでよろしい」

と、述べた。かれらは公孫淵を信じなかったが、孫権は信じたため、反対意見をことごとくしりぞけて、多数を遼東へ送った。

それからが白昼の悪夢のようであった。

公孫淵は到着した使者の首を斬って魏の朝廷へ送り、兵士と財宝を奪った。

そういう惨事を大臣たちが予想できたのに、孫権がひとり妄想《もうそう》のなかにとどまっていたところに、政治と外交の感覚をゆがめる老いをみないわけにはいかない。といっても、孫権はまだ五十二歳である。


五十を艾《がい》と曰《い》う。六十を耆《き》と曰う。七十を老《ろう》と曰う。(『礼記《らいき》』)

艾とは、髪に白さが加わることで、耆とは、としよることである。老いることを、耆老《きろう》ともいう。だが、艾は老人を指さない。

公孫淵にあざむかれた孫権は、烈火のごとく怒り、遼東を攻めると吼《ほ》えるようにいったが、薛綜《せっそう》らにいさめられて、ようやくおもいとどまった。

孫権は自身の眊眩《ぼうげん》のせいで、重臣と一万の兵をみすみす失った。そうなると腹立ちのあまり魏を攻めるということがあっても、冷静さを欠いた北伐になるので、魏の重臣たちはそういう遠征を恐れはしなかった。なんといっても、

——恐ろしいのは、諸葛亮の蜀軍だ。

というのが、先年に蜀軍にたたきのめされた、という実感をひきずっている司馬懿である。

「つぎに、諸葛亮はどうでるか」

司馬懿は心中で問いつづけている。

蜀の動静に関心をもっている軍師の杜襲《としゅう》と督軍《とくぐん》の薛悌《せってい》が、司馬懿に進言をおこなった。

「明年、麦が熟せば、諸葛亮はかならず雍《よう》州を寇略《こうりゃく》するでしょう。隴右《ろうゆう》（隴西《ろうせい》郡）では穀物の備蓄《びちく》が底をついています。この冬のあいだに、あらかじめ兵糧をはこんでおくべきです」

それをきいても、司馬懿はうなずかなかった。

「いや、それにはおよぶまい。諸葛亮は二度祁《き》山を攻撃し、一度陳倉《ちんそう》を急襲した。だが、いずれも攻めあぐねて退却した。今度、雍州を攻めるべく出撃してきても、城攻めをおこなわず、野戦を求めるであろう。すると蜀軍がくるのは隴東《ろうとう》であり、隴西ではあるまい」

雍州に隴西郡はあっても隴東郡はない。隴は山名または関名であり、それより東は扶風《ふふう》郡である。

——武器に関して、魏軍は蜀軍に劣る。

そうおもっている司馬懿は、曹叡《そうえい》に上奏した。

「冀《き》州の農夫を天水《てんすい》郡の上邽《じょうけい》に徙《うつ》して、田野を開墾《かいこん》させるとともに、京兆《けいちょう》郡、天水郡、南安《なんあん》郡には、武器の製造にたずさわらしていただきたい」

先年、司馬懿は諸葛亮に負けて帰ったが、曹叡に譴責《けんせき》されることはなかった。だが、おなじように失敗すれば、信用がゆらぐ。

この上奏は、許可された。となれば、よけいに、失敗はゆるされない。

一方、蜀では、十二月に諸葛亮は諸将と兵に食料の輸送を命じた。斜谷道の入り口に巨大な食料庫というべき邸閣《ていかく》がある。そこに米などを納めさせた。

来春の遠征は確定といってよかった。

道が凍結するまえに、岱と岫の父子は、扶風郡から帰ってきて、諸葛亮に報告した。

春になって漢中郡を発する蜀軍は、箕谷《きこく》から褒水《ほうすい》にそって斜谷をくだり、渭水《いすい》のほとりにでる。

稼穡《かしょく》のことを考えると、すぐに耕作にとりかからなければならないので、それにふさわしい地を岱と岫がひそかに調査してきたのである。

「蘭坑《らんこう》という地があります。そこがよろしいかと——」

と、岱は地図をゆびさした。

「わかった……」

と、いった諸葛亮はしばらく地図をみつめていた。それからまなざしを岱にむけて、

「われらが渭水のほとりに進出しながらも、その川のほとりで田業《でんぎょう》をおこなうことを、司馬仲《しばちゅう》達《たつ》は予想していないであろうが、向後《こうご》、仲達は蜀軍とどのように戦おうと考えているであろう

か」

と、問うた。

岱は渭水のほとりを往来しているうちにききこんだことがある。

「魏の朝廷は北方の民を天水郡に徙して、野《や》を開墾させたほかに、工廠《こうしょう》を建てて、武器の製造をいそがせているようです」

「なるほど、仲達も長期戦をみこんで、輸送の便をはかろうとしているか。武器も、魏は蜀より劣っているので、改良をいそいでいるとみえる」

「しかし、食料不足が蜀軍にないかぎり、蜀軍が魏軍に負けることはけっしてありません。仲達は先年の負けに懲《こ》りて、野天《のてん》での戦いを挑まないでしょう。すると、勝敗は年内では決まらないことになりますが……」

いま諸葛亮の指麾《しき》下の蜀軍に勝てる軍は、海内《かいだい》のどこを捜してもない。岱は誇りをもってそう断言できる。

「仲達が穴熊《あなぐま》に似て、穴からでてこなくても、それはそれでかまわない」

諸葛亮はすこしほほえんだ。

「いたずらに対峙《たいじ》しているだけで、よろしいのですか」

「わが蜀軍が雍《よう》州に滞陣していると知れば、かならず呉の天子が動く。激戦は、南方でおこなわれる」

そういった諸葛亮を岱はいぶかしげに視《み》た。

「仄聞《そくぶん》したところでは、呉の天子は、遼東の公孫氏に騙《だま》されて、多くの人を失ったようではありませんか。もはや呉の天子は往時の高い見識も、覇気《はき》にみちた気概《きがい》もなく、老朽《ろうきゅう》してゆくだけの君主にすぎず、とても腰をすえた北伐など、できますまい」

と、岱はいった。

諸葛亮はめずらしく高く笑声を立てた。

「そなたの人物評は、あいかわらず辛《から》いな。われは若いころの孫権に、いちど会った」

「赤壁《せきへき》の戦いの直前ですね」

「大軍をもって呉に迫る曹操に降伏すべきか、抗戦すべきか、衆議をおこなわせた孫権は、降伏論が多数であったので、沈鬱《ちんうつ》な表情をしていた。そこに周瑜《しゅうゆ》があらわれて、降伏論を一蹴《いっしゅう》した。その意見をきいた孫権は、おのれを励《はげ》ますためでもあろう。近くにあった上表用の案《つくえ》をたたき斬って、曹操に降伏すると唱《とな》える者はこうなるのだ、とわめくようにいった」

「群臣を恫《おど》したのですか」

岱と岫ははじめてきく話なので、瞠目《どうもく》した。

「案が両断されたことによって、天下もふたつに分かれた」

「さすがのご慧眼《けいがん》です」

「孫権が案を斬ってくれたおかげで、先帝とわれらは逃げまどわずにすむようになった。もともと孫権という人は負けずぎらいの質《たち》なので、来春、わが軍と魏軍が雍州で対決し、それが天下注視の戦いになることがくやしく、かならず呉軍は魏を攻める、とわれは予想している。さて、魏の軍事を掌統《しょうとう》している司馬仲達が西方にいて動けないとなれば、魏はどうするであろうか」

岱は諸葛亮の説《と》くことをきいているうちに、

——主は孫権に礼容《れいよう》を示そうとなさっているのだ。

と、感じた。

もしも孫権が曹操に降伏していれば、劉備とその従者は、海内の外まで逃げなければならなかった。海内の外とは、おそらく死地であり、その地を踏んだ者に未来はなかったであろう。孫権のひとつの決断によって救われたというおもいが、いまだに諸葛亮の心のすみに灯をともしつづけている。それがわからなければ、ほんとうの従者にはなれない、と岱はおもった。

春を迎えた。

山谷から雪と氷が消えるまで待ち、仲春《ちゅうしゅん》である二月に、諸葛亮は出陣を告げた。

この年、かれは五十四歳である。

出発にあたって、先鋒の将を魏延《ぎえん》とした。魏延は、征西《せいせい》大将軍を拝命している。

魏延と憎悪をぶつけあっている楊儀《ようぎ》は、丞相長史《ちょうし》として、遠征の費用算出に、なくてはならぬ人である。魏延と楊儀のあいだに立って、両者をなだめるのが、司馬の費禕《ひい》である。

諸葛亮は軍中で争いが生じないように費禕をともなった。そのほか護軍《ごぐん》とした姜維《きょうい》を、近くに置いた。

先鋒が斜谷道をおりた。このとき流馬がはじめて用いられた。むろん流馬がはこんだのは兵糧である。

軍はやがて武功水《ぶこうすい》という川にそって渭水《いすい》に近づいた。むろん武功水は渭水にそそいでいる。そのあたり、つまり武功水の西岸域、渭水の南岸域がかさなるところを、五丈原《ごじょうげん》という。大軍を駐屯させるには、やや狭い地で、もっとも狭いところは五丈しかないといわれているので、五丈原という呼称が定着した。

諸葛亮はそこに営所を築かせると同時に、兵に屯田《とんでん》をさせるべく、渭水のほとりに送りだした。かれらは無人の野に送り込まれたわけではなく、農民がいる地へゆき、農民にまじって農耕をおこなった。蜀の兵が魏の民とともに農作業をおこなったのであるが、もめ事はひとつも起こらなかった。蜀の兵は礼儀正しかった。

諸葛亮軍の兵力は十余万である、と洛陽《らくよう》に伝えられた。ただし大軍を従えることを好まなくなった諸葛亮が、もしも十余万の兵を率いていたのが事実であるとすれば、その三分の一は屯田兵であったにちがいない。

「十余万は多い……」

不安をおぼえた曹叡は、征蜀護軍《せいしょくごぐん》の秦朗《しんろう》に二万の歩騎をさずけて、司馬懿の指麾下にいれた。

ちなみに司馬懿が動いたのは、四月である。おそくとも三月には、諸葛亮軍は渭水のほとりに出現していたであろうに、司馬懿の反応がにぶいのはなぜであろう。

諸葛亮が先年のように大きく動かなかったので、その戦略図を読みきれなかった、ということはあろう。

諸葛亮は城攻めをおこなわなかった。

これは司馬懿がにらんだ通りで、蜀軍の先鋒は武功水の東、渭水の南に塁《るい》を築いて、魏軍のでかたをうかがった。

長安《ちょうあん》をでた魏軍は、武功県を経て、郿《び》県に到った。郿県は渭水の北岸にあるので、いきなり蜀軍にぶつかる恐れがない。そこで、諸将は、

「渭水の北にとどまって、蜀軍をふせぎましょう」

と、司馬懿にいった。

大きな川をはさんで滞陣し、勝機をうかがうという戦いかたはある。だが、司馬懿は諸将を叱《しか》った。

「備蓄米は渭水の南岸に積まれているのだぞ。南岸に渡るのが遅れれば、それらは蜀軍に奪われてしまうのだ」

魏軍は渭水を渡渉《としょう》した。

それを知った諸葛亮は微笑し、

「仲達は、ちょっと勇気をだしたらしい」

と、姜維にいい、先鋒を西へ後退させるように指令した。こちらが退けば、むこうは寄せてくる。ひきつけておいて叩くのが、諸葛亮の戦法である。

が、それにたいして司馬懿はにぶい反応しかみせなかった。この戦場で、どうしても司馬懿がはたさなければならないのは、負けない、ということであり、勝つ、ことではない。

諸葛亮はそういう司馬懿が以前にもまして慎重に兵を配し、軍をすすめていることがわかった。

——勝負がつくのは、明年であろう。

諸葛亮は魏軍を刺戟《しげき》するように、ときどき隊を突出させているが、魏軍はこの餌《え》を食べにこない。

いちど五丈原から遠くない積石《せきせき》の地で、両軍は衝突した。司馬懿は先年の敗北を反省して、武器の改良をおこない、歩兵を充実させた。それでも蜀軍の弩《ど》の威力に圧倒されかけたが、耐えて、蜀軍を押しかえした。

五丈原まで兵を引いた諸葛亮は、

「仲達は努力家だな。数年間で、将として成長した。敵将が成長すると、われも成長できる」

と、左右にいい、指麾の毛扇《もうせん》を手放すと、筆を執《と》り、行政府の長官という顔つきになった。

また、訴訟があれば、ここで諸葛亮が裁《さば》くのである。休むひまもない。

夏のあいだ、岱は諸葛亮の激務を見守っていた。

ときどき諸葛亮がうれしそうな顔をするときは、兄の諸葛瑾宛《あて》の書翰《しょかん》をしたためているときであった。

「瞻《せん》はまだ八歳ですが、聰明《そうめい》であるのはよいとして、早熟なので、大器にならないのではないかと心配しております」

そう書いた諸葛亮は、呉からの通知あるいは兄からの返書がとどいていないか、岱に問うた。

――孫権はかならず北伐を敢行《かんこう》する。

主はそう信じておられるのであろう、と岱はおもいながら、

「まだ、なにも――」

と、心を痛めながら答えた。

呉と蜀の征戦《せいせん》は、その結果となれば、二、三か月おくれて通知される。じつは蜀軍の出撃を知った孫権は、

――諸葛亮はやるわい。

と、手を拍《う》ち、膝《ひざ》を抵《う》って、坐《すわ》ったままの自身を恥じ、出師《すいし》を決意した。五月に、陸遜《りくそん》と諸葛瑾を江夏《こうか》郡へ遣り、夏口《かこう》に軍営を設置させた。また良将である孫韶《そんしょう》と張承《ちょうしょう》には、徐《じょ》州攻略を命じ、広陵《こうりょう》から淮陰《わいいん》まで軍をすすめさせた。さらに孫権は北伐を諸将まかせにせず、みずか

ら大軍を率いて西進し、合肥新城《ごうひしんじょう》を包囲した。

孫権は腰をすえて戦略を実行したといってよい。

司馬懿を呼びもどせない曹叡は、みずから水軍を率いて救援にむかわざるをえなくなったのである。これは諸葛亮の狙い通りの事態になったといえる。ただし五丈原にいる諸葛亮は、それを知らなかった。

諸葛亮の近くにいて、情報を蒐めている姜維は、

「魏では、辛佐治《しんさじ》が節《せつ》をもって到ったので、むこうはもう出撃しないでしょう」

と、いった。佐治とは辛毗《しんぴ》のあざなである。かれは曹丕《そうひ》の側近となったあと、曹真の軍師となった。曹叡が帝位にのぼってから、辛毗は衛尉《えいい》となった。この年には、特別に大将軍軍師・使持節《しじせつ》となって戦場に到着すると、

「これ以上すすんで、敵と戦ってはならぬ」

と、厳命した。これが曹叡の意向である、といいかえたほうがよい。

諸葛亮は姜維の報告をきくと、

「仲達はもともと戦う気がない。戦いたいと願っているようにみせて、その武威《ぶい》を軍の内に示そうとしているにすぎない。かりに、われに勝つことができるとおもえば、千里のかなた（洛陽）に、戦いの許しを乞《こ》うまでもない」

と、いった。

両軍の営所は堅固に造られ、そこから兵が出撃しないので、不活発な戦場となった。

七月のある日、諸葛亮のもとに膳《ぜん》をはこんでいる岫が、深刻さをこめて父にささやいた。

「主が食事をお残しになるようになりました」

「まことに――」

岱の全身に戦慄《せんりつ》が走った。かついちども諸葛亮は食べ残したことはない。数日間、ようすをみていた岱は、おもいきって、

「医人をお招きにならないのですか」

と、問うた。すると諸葛亮は、逆に、岱に問うた。

「昔、漢の高祖《こうそ》は、重病となってなんといったか」

「命《めい》はすなわち天に在《あ》り」

「われが教えたことをよくおぼえていたな。自分の生命は天命にまかせている。古代の名医である扁鵲《へんじゃく》でもどうすることもできない。われは漢の高祖に倣《なら》うことにする」

その後、ほどなく牀《しょう》に横たわるようになった。八月である。劉禅の使者として尚書僕射《しょうしょぼくや》の李《り》福《ふく》が到着した。諸葛亮の病状の悪化を知った劉禅が見舞いをおこなわせたといわれるが、それは後世のつじつまあわせであろう。成都《せいと》から五丈原までは千里以上もあるので、使者が往復する月日を想《おも》えば、李福は見舞いではなく、戦況を訊《き》きにきたのである。

諸葛亮は病牀をみせずに李福と面談した。

帰途について数日経《た》ったときに、諸葛亮の顔色の悪さに気づいた李福は引き返した。本営の舎に駆けつけた李福は、諸葛亮にこういわれた。

「あなたがなぜ引き返したか、わかっている。あなたが問う人物は、蔣琬《しょうえん》です」

李福は一礼した。

「公に万一のことがあった場合、後事を託されるのは、蔣琬のつぎはどなたか」

「費禕がよろしい」

そのつぎの人物について、諸葛亮は黙して語らなかった。

その後、岱が作る粥《かゆ》も喉《のど》を通らなくなるまえに、諸葛亮は楊儀、費禕、姜維の三人をひそかに病室に招き、自分の死後にどのように軍を撤退させたらよいかを、教示した。

――あとは死を待つばかりか……。

岱は病室の闇のなかで、しずかに泣いた。ある夜、おもいがけず諸葛亮の声がはっきりきこえた。

「岱よ、われが死んだあと、そなたは墓守りをするつもりであろう」

「かならず――」

「それはならぬ。豫章《よしょう》のこと、わが叔父《おじ》のこと、荊州のこと、隆中《りゅうちゅう》のことを、瞻に語ることができるのは、そなたと斉方《せいほう》しかおらぬ。遺産とは財でも宝物でもなく、ことばなのだ。瞻を育ててくれ」

すぐに答えられなかった岱は、嗚咽《おえつ》したあと、

「うけたまわりました」

と、嗄《か》れた声をだした。翌日、楊儀からひとつの情報を得た岱は、諸葛亮の枕頭《ちんとう》に坐《すわ》り、

「呉の天子が、魏をお伐《う》ちになりました」

と、告げた。諸葛亮は微動だにしなかったが、岱の目には、主のうなずきがみえた。

この夜、営所が閃光《せんこう》に照らされると、すさまじい衝撃《しょうげき》音があった。東北から西南へむかい、赤い光を放ちながらながれていた星が、五丈原に隕《お》ちたのである。地が揺れたので、岱はおどろいて兵舎の外にでた。

——巨星が墜《お》ちた。

胸さわぎをおぼえた岱が、病室にもどってみると、諸葛亮の息がなかった。

この死は、秘せられ、蜀軍は粛々《しゅくしゅく》と撤退した。それを知った司馬懿はあわてて追撃した。が、蜀軍が反撃の構えを示したので、司馬懿はおどろいて退却し、蜀軍を追うのをやめた。土地の者はそれを嗤《わら》い、

「死せる諸葛、生ける仲達を走らす」

と、いいあった。走らす、とは、敗走させる、ということである。ある者がそれを司馬懿に伝えたところ、

「相手が生きていれば、料《はか》ることもできるが、死んだとなれば、料りようがない」

と、苦笑しながらいった。料《りょう》は、ますではかることをいうが、この場合、推量するということであろう。司馬懿は蜀軍の営塁《えいるい》跡をみてまわり、感嘆したように、天下の奇才なり、と諸葛亮を称めた。

諸葛亮は自身の葬地《そうち》について、定軍山《ていぐん》を指示していた。その山は漢中郡の西南端にある。かつて劉備《りゅうび》は定軍山によって曹操《そうそう》の進撃をくいとめ、王国を建てるきっかけを得た。その地に墳墓《ふんぼ》を造らせた諸葛亮は、死後も、劉禅と国を護《まも》るつもりであったにちがいない。

それはそれとして、諸葛亮を追慕《ついぼ》する人々は多く、各地で廟《びょう》を建てたいという声があがった。しかし朝廷はそれを許可しなかった。そこで人々は、季節の祭祀《さいし》にかこつけて、ひそかに路上で祀《まつ》った。みかねた者が、

「諸葛亮の廟を成都に建てることをお許しになるべきです」

と、進言したが、劉禅はそれに従わなかった。そこで歩兵校尉《ほへいこうい》の習 隆《しゅうりゅう》と中 書郎《ちゅうしょろう》の向充《しょうじゅう》たちが上表した。

「周《しゅう》の人々は、召伯《しょうはく》（召公奭《しょうこうせき》）の徳を慕って、甘棠《かんとう》の木を伐《き》らないようにし、越王《えつ》（句践《こうせん》）は范蠡《はんれい》の功をおもって、范蠡の像を鋳造《ちゅうぞう》したときいています。諸葛亮の徳は遠近に範《はん》となり、王室が壊れなかったのは、この人のおかげです。廟は成都ではなく、墳墓に近い沔陽《べんよう》に建てさせればよろしいではありませんか」

ようやく劉禅はそれを許可した。ちなみに劉禅は死後の諸葛亮に、忠武侯《ちゅうぶ》という称号を贈っ

た。

さてこの年からおよそ五百年後、唐《とう》の玄宗《げんそう》皇帝が、安禄山《あんろくざん》の謀叛《むほん》にあって、長安をのがれて蜀《しょく》に亡命するということがあった。

その乱のせいで、流泊《りゅうはく》するようになった詩人がいた。

杜甫《とほ》、という。

かれは四十代の後半という齢《とし》で、成都に住むようになった。そこで劉備と諸葛亮の事績を識《し》って感動した。天下の人々が歴史的にかれらに注目していない時代にあって、杜甫の目は先駆《せんく》的であったといってよい。かれの住居から遠くないところに諸葛亮の祠堂《しどう》があり、かれは諸葛亮の澄み切った忠誠心を絶賛した。かれの詩の冒頭にこうある。

——諸葛の大名《たいめい》　宇宙に垂《た》る。

［完］

連載を終えて（あとがきに代えて）

三国志の世界で、諸葛亮（孔明《こうめい》）は絶大な人気がある。

この人気を産みだしたのは、すでに明《みん》の時代に成立した通俗小説の『三国演義《さんごくえんぎ》』である。この小説は、史実にある良いところをことごとく諸葛亮の策略や行動として、かれを超人化してしまった。したがってその像は、実像とはずいぶんずれがある。

私は実像から遠くないところで小説を展開することを好むので、いくつかの難問に直面せざるをえなくなった。

正史『三国志』は、三国時代が終わって晋《しん》の時代となり、さほど経《た》たずに成立したので、ずいぶん信憑《しんぴょう》性が高い。その『三国志』のなかに「諸葛亮伝」がある。

私が難問といったのは、諸葛亮の叔父《おじ》の行動である。それに関して、正史にはこうある。

「諸葛亮は早くに父を喪《うしな》った。従父《おじ》（叔父におなじ）の諸葛玄《げん》は、袁術《えんじゅつ》の任命によって豫《よ》章《しょう》太守《たいしゅ》となり、亮と弟の均《きん》を連れて、任地におもむいた」

歴史の記述とは、これほど簡略なものかとあきれる人もいるであろうが、正史とはそういうものなのである。

十代の諸葛亮に、たしかに父はいないが、継母《けいぼ》と諸葛瑾《きん》という実兄がいる。さらにふたりの姉もいる。故郷である琅邪《ろうや》国陽都《ようと》県（徐州《じょ》）をでて、叔父に従って豫章の政府がある南昌《なんしょう》県へむかったのは、亮と均のほかにふたりの姉もであるが、継母と長兄は同行しなかった。

なぜ、と問わざるをえない。

徐州は曹操《そうそう》の侵寇《しんこう》にさらされ、軍事的に不安定となった。そこに残るのはかなり危険である。だが、叔父の任地が安全というわけではない。そこまで、他家の四人の子をかかえてゆく諸葛玄の財力と家族構成はどうなっているのか。

さらに、最大の難問があった。

正史にはいくつかの「注」が付属しており、そのなかのひとつである『献帝春秋《けんていしゅんじゅう》』には、南昌県をしりぞいた諸葛玄は、西城《せい》にとどまったが、やがて住民の叛乱《はんらん》によって殺された、とある。正史の本文では、荊《けい》州の劉表《りゅうひょう》にたよったとあるので、大いに矛盾する。

なぜ、なぜ、と自問をくりかえしているうちに、小説の構想はふくらんでゆくもので、そういう、なぜ、がないと歴史小説はおもしろくない。どこを捜しても正解が得られないときでも、小説家は避けずに、小説的解答や解釈を示してゆくべきであろう。私はその覚悟で連載小説を書きはじめ、書き終えた。

ところで、正月開始から半年以上がすぎたとき、小説に絵をつけてくださっていた村上豊さんが亡くなられた。村上さんは天才的な画家で、早い筆さばきで詩情を画《か》けた。その逝去《せいきょ》を悼《とう》惜《せき》するばかりである。なお、絵がとぎれなかったのは、原田維夫さんの手際のよさによる。ここで両氏に感謝をささげる。

私は正史を二十年以上も読み続け、読みかえしては、あらたな年表を作っている。読むという作業に、書くという作業を加えると、新たな謎に遭遇したり、急に謎が解けたりする。この連載小説には、以前にはなかった新発見も付加したつもりだが、その成否については考えぬことにする。

なお、新聞連載中には、掲載のために西原幹喜さんに懇切《こんせつ》につきそっていただき、出版にむかっては、苅山泰幸さんが丁寧な仕事をしてくださった。両氏には心から感謝を申します。

宮城谷昌光

二〇二三年七月吉日

上巻目次

初出　日本経済新聞夕刊（二〇二二年一月四日〜二〇二三年三月三十一日）

装幀　大久保伸子

宮城谷昌光　みやぎたに・まさみつ

一九四五年愛知県生まれ。
早稲田大学文学部卒業。出版社勤務などを経て、
一九九一年『天空の舟』で新田次郎文学賞。
同年『夏姫春秋』で直木賞。
一九九四年『重耳』で芸術選奨文部大臣賞。
二〇〇〇年、司馬遼太郎賞。
二〇〇一年『子産』で吉川英治文学賞。
二〇〇四年、菊池寛賞。二〇〇六年、紫綬褒章。
二〇一六年『劉邦』で毎日芸術賞。
同年、旭日小綬章。
十二年の歳月をかけた『三国志』全十二巻など、
著作は多数。

諸《しょ》葛《かつ》亮《りょう》　下

二〇二三年十月十八日　第一刷
二〇二三年十月二七日　第二刷

著　者　宮城谷昌光
©Masamitsu Miyagitani,2023
発行者　國分正哉
発　行　株式会社日経ＢＰ
　　　　日本経済新聞出版
発　売　株式会社日経ＢＰマーケティング
　〒一〇五ー八三〇八　東京都港区虎ノ門四ー三ー一二
印　刷　錦明印刷
製　本　大口製本

ISBN978-4-296-11751-2　Printed in Japan
本書の無断複写・複製（コピー等）は著作権法上の例外を除き、禁じられています。

購入者以外の第三者による電子データ化および電子書籍化は、私的使用を含め一切認められていません。

本書籍に関するお問い合わせ、ご連絡は左記にて承ります。

https://nkbp.jp/booksQA